CLASSIQUES JAUNES

Littératures francophones

Valbert ou les Récits d'un jeune homme

Teodor de Wyzewa

Valbert ou les Récits d'un jeune homme

Édition critique par Valérie Michelet Jacquod

PARIS
CLASSIQUES GARNIER
2023

Valérie Michelet Jacquot, spécialiste de la littérature du XIXe siècle, s'intéresse plus particulièrement à l'esthétique du roman fin-de-siècle. Nous lui devons *Le roman symboliste : un art de l'« extrême conscience »*. Elle a également participé à l'ouvrage collectif *Catulle Mendès et la République des lettres* et a publié plusieurs articles sur Édouard Dujardin, André Gide, Rémy de Gourmont, Marcel Schwob.

Couverture : « Le mentorat », artiste inconnu. Source : https://aliasentrepreneur.com

ISBN 978-2-8124-2794-7
ISSN 2417-6400

INTRODUCTION

Teodor de Wyzewa : si le nom n'est connu, aujourd'hui, que de quelques-uns, amateurs de musique ou exégètes du symbolisme, il fut pourtant l'un de ceux qui contribuèrent au climat de ferveur esthétique et intellectuelle propre à la fin du dix-neuvième siècle.

De 1883, date à laquelle le jeune Théodore Wyżewski[1], âgé de vingt et un ans et débarqué quinze ans plus tôt de sa Pologne natale, découvre enfin Paris, jusqu'à sa mort, en 1917, il sera l'un de ceux qui font et défont l'opinion en matière d'art. De manière très militante d'abord, du temps de sa collaboration aux jeunes revues symbolistes, puis plus autorisée, dès qu'il rejoint, à la demande du puissant Brunetière, la *Revue des Deux Mondes*, Wyzewa marquera du sceau de son esprit la vie culturelle de son pays d'accueil. Et son esprit est avant tout un esprit cosmopolite[2], où se croisent les influences et les langues, les cultures et les sensibilités. Avec ce bagage, il s'impose rapidement, ce d'autant plus que, « comme les vrais apôtres, Wyzewa a reçu le don des langues »[3] et que, non content d'introduire dans ses articles le contexte et d'éclairer la pensée d'auteurs aussi divers que Tolstoï, Sienkiewicz, Joergensen,

1 C'est en 1885, au moment de la parution de son premier article dans la *Revue Wagnérienne*, que Théodore Wyżewski devient Teodor de Wyzewa.

2 Dans son étude sur Teodor de Wyzewa, Paul Delsemme montre combien le cosmopolitisme de Wyzewa est paradoxal, reflétant sa personnalité, puisque le jeune critique se montre à la fois farouchement acquis à la cause des littératures étrangères, tout en prévenant tout excès auquel cette attitude pourrait conduire par un persiflage contre la « délatinisation » de la France et de la culture française. Voir sur ce point, *Teodor de Wyzewa et le cosmopolitisme littéraire en France à l'époque symboliste*, Bruxelles, Presses Universitaires de Bruxelles, 1967, p. 201-231.

3 *Ibid.*, p. 126.

Stevenson ou encore Jacques de Voragine, il se charge de les traduire pour le public français. Chroniqueur apprécié, traducteur reconnu, esprit vif et brillant, Wyzewa ne cessera de consolider sa réputation par un travail acharné, méticuleux, le travail de celui qui ne se sent jamais tout à fait arrivé, jamais tout à fait à la hauteur.

Ce parcours réussi, qui a fait de Wyzewa une personnalité importante du Paris des lettres d'avant-guerre, n'est pourtant pas la dimension que l'on retient aujourd'hui du personnage, même si, de temps à autre, son nom resurgit au gré d'une réédition, récemment celle de *La Légende dorée.* À la faveur du regain d'intérêt de ces vingt dernières années pour les études « fin-de-siècle », le nom est à nouveau prononcé, mais toujours associé au développement des théories wagnériennes qui envahirent salons et revues symbolistes entre 1880 et 1900. Il n'est certes pas question de remettre en cause cette vision, tant il semble justifié de reconnaître dans le premier Wyzewa, celui du symbolisme et du wagnérisme naissants, le meilleur d'une pensée qui ira s'assagissant, évoluant vers une critique de bon aloi, solidement documentée, mais qui est celle d'un esprit qui se raidit, devient conservateur.

UNE POSTÉRITÉ BRISÉE : ERREUR DE PERSPECTIVE ?

Ce qui semble plus contestable, par contre, est la manière dont on a décrété une rupture entre les deux faces du personnage, rupture dont *Valbert*, ce roman semi-autobiographique paru en 1893, serait comme l'acte officiel. Quelques années avant les principaux romans signalant la mue du symbolisme[1], deux ans

1 Nous pensons à une série de romans ironiques et, même, autocritiques, remettant ouvertement en cause le projet symboliste et faisant de cette interrogation le sujet de l'œuvre, comme *Paludes* (1895), de Gide, *Les Chevaux de Diomède* (1897), de Gourmont ou encore *Penses-tu réussir !* (1898), de Tinan. Tous sont postérieurs au roman de Wyzewa.

avant ce que Michel Décaudin a analysé comme la date officielle d'entrée en crise du mouvement, *Valbert* serait donc le livre de la rupture, le premier à tourner ostensiblement le dos au symbolisme et à opposer – et avec quelle véhémence ! –, à la religion d'art jusqu'ici cultivée, une perspective résolument chrétienne et même plus, « tolstoïsante », faisant du renoncement à soi la clé de voûte d'un bonheur oblatif. Il y aurait donc chez Wyzewa un avant *Valbert*, temps d'un symbolisme idéaliste et exclusivement intellectuel, et un après *Valbert*, qui signalerait le réveil de la sensibilité chrétienne et le désir d'action, et entre ces deux versants, une fracture aussi incompréhensible qu'irrémédiable.

C'est en effet au moment où Wyzewa s'attelle à la rédaction de son roman, commencé à Bayreuth en 1888, qu'il se détache des cercles symbolistes et de l'agitation parisienne autour de l'œuvre wagnérienne. Lorsque le roman paraît en feuilleton, dans *L'Écho de Paris* d'avril et de mai 1893, le jeune homme a déjà publié ses *Contes chrétiens*, qui fixent le cadre de sa nouvelle profession de foi, en prônant un anti-intellectualisme d'orientation mystique. *Valbert* annoncerait bien, au son du *Parsifal*, la fin d'un certain symbolisme épris d'intellectualisme, en martelant le refus de la pensée toute-puissante et d'une conception intellectuelle de la vie. Mais pour convaincante que paraisse cette interprétation, elle n'en simplifie pas moins de beaucoup la notion de symbolisme, négligeant le fait que celle-ci se définit aussi, et peut-être même avant tout, par une attitude, celle de la pensée réflexive et autocritique toujours tendue vers son propre dépassement.

Plus que le roman de la rupture, *Valbert* serait donc la démonstration même de cette posture symboliste assumée jusqu'au bout, jusqu'à la « crise », dans la plus pure tradition hégélienne, et jusqu'au dépassement qu'elle entraîne, naturellement, logiquement. *Valbert* s'imposerait alors comme l'un des modèles les plus aboutis d'une poétique de l'extrême conscience, largement partagée par les symbolistes et poursuivant le travail ironique d'un Gourmont ou d'un Gide, qui tous deux s'interrogent sur l'existence possible d'un roman de la vie cérébrale, d'un Dujardin, d'un Renard ou d'un Schwob, qui ne se trompent pas et reconnaissent dans le personnage de Wyzewa l'égal de leurs héros, un pauvre intellectuel taraudé par le prurit de l'auto-analyse. Le « syndrome Valbert », ou l'effort désespéré de qui cherche à sortir de lui-même pour aimer et agir, serait donc moins un signe de révolte et de rupture qu'une exaspération de l'état d'esprit fin-de-siècle, et particulièrement symboliste, qui fait de l'hyperconscience le mode de disfonctionnement coutumier d'une intelligence gavée d'idéalisme. Et la perspective chrétienne de Wyzewa ne serait alors qu'une variante du nationalisme barrésien, du sensualisme gidien, de la tentation anarchiste de Gourmont, ou de toute autre forme de dépassement possible de l'impasse intellectuelle.

En ce sens, la postérité brisée de Wyzewa tend à devenir ce qu'assurément elle ne peut qu'être : une erreur de perspective, et *Valbert* est bien, comme le soulignait Jean-Louis Vaudoyer, le document fidèle de la « jeunesse de l'époque symboliste et wagnérienne »[1]. À ce titre déjà, le roman de Wyzewa mérite d'être tiré de l'oubli. Mais sa réédition devrait aussi permettre une remise en perspective de ce que fut l'esthétique symboliste, très souvent restreinte à ses ambitions poétiques, et de la place qu'un intellectuel comme Wyzewa a prise dans son émergence, du temps de la *Revue Wagnérienne* jusqu'à *Valbert.*

UN THÉORICIEN DU SYMBOLISME ÉVINCÉ

Au moment où, déjà quadragénaire, Wyzewa revient dans son *Journal* sur son œuvre et tente le bilan de celle-ci, c'est incontestablement aux écrits de la période symboliste qu'il donne la part belle :

---

1 Jean-Louis Vaudoyer, « Après avoir relu "*Penses-tu réussir ?* », *Le Divan*, avril 1924, p. 170.

> *Valbert*, mes contes, quelques pages de *Nos Maîtres* et *Les Peintres*, voilà en somme ce que j'aurais produit[1].

De fait, dès sa première livraison à la *Revue Wagnérienne*, en 1885, l'impact de ses articles est tel que Wyzewa ne tarde pas à s'imposer comme « l'éminence grise » du mouvement. On adhère à ses vues, reconnaissant en lui un esprit fort, un ouvreur de voie. Aussi Barrès réagit-il promptement à l'article de Wyzewa sur « Le Pessimisme de Richard Wagner », voyant dans la théorie de son ami d'alors une explication limpide de l'état d'esprit symboliste et de ses aspirations littéraires. Dans l'élan donné, Barrès poursuit et donne sa version de l'esthétique de demain ou de l'art suggestif[2]. Maurice Barrès, mais aussi Romain Rolland, Francis Jammes et d'autres jeunes esprits comme Adolphe Boschot, Georges de Saint-Foix, Edmond Jaloux et Joachim Gasquet, prêt à faire éclore le Naturisme, reconnaissent leur dette à l'égard d'un jeune homme à peine plus âgé que certains d'entre eux. « Wyzeva [*sic*] fut notre éducateur », affirme Joachim Gasquet dans l'*Ermitage* de 1892, alors que Romain Rolland lui écrit, à l'occasion de ses études sur Mozart, son admiration de la première heure pour ses travaux de la *Revue Wagnérienne* :

> Vous m'avez montré le premier ce que c'est qu'un grand critique d'art, un critique dont l'intelligence est illuminée par l'amour[3].

Bien entendu, le rejet est à la hauteur de l'admiration et Wyzewa s'attachera aussi, dès cette période, des détracteurs qui lui voueront parfois des inimitiés tenaces et même haineuses, comme dans le cas de Maurras. Ce dernier refuse sans condition tout ce qui émane de l'esprit du « métèque » Wyzewa, ce russo-polonais,

---

1 Teodor de Wyzewa, *Journal*, 18 février 1904, Bibliothèque Jacques Doucet, cote B-III-5 MS 9.119 à MS 9.130.

2 Maurice Barrès, « L'esthétique de demain : l'art suggestif », *De Nieuwe Gids*, Amsterdam, octobre 1885, p. 140-149.

3 Romain Rolland, Lettre à Teodor de Wyzwea du 21 octobre 1910, citée dans Paul Delsemme, *Teodor de Wyzewa…*, *op. cit.*, p. 184.

de surcroît adepte du cosmopolitisme et grand ordonnateur de la littérature étrangère. Maurras montrera une constance qu'il faut bien qualifier d'exemplaire dans la calomnie.

Après le tournant du siècle il deviendra aussi de bon ton de railler cette fois-ci la méthode utilisée par le jeune critique dans ses « Notes sur Mallarmé », première et capitale tentative d'élucidation de l'esthétique du Maître. On reproche alors à Wyzewa d'avoir voulu clarifier, et donc simplifier, peut-être même banaliser, la poésie du Maître, en ayant recours à une explication quasi paraphrastique de ses vers[1]. Le même reproche lui est adressé à propos de l'exégèse Wagnérienne, qui confine parfois à la démonstration d'idées, ce que Wyzewa ne nie pas, adhérant volontiers à la conception symboliste d'une critique comme « conscience vivante de l'Art »[2], et soulignant qu'il n'est pas nécessaire de connaître dans le détail une œuvre pour jouir de ses effets. À propos de Wagner, qu'il vénère et dont il n'est pas le moins assidu lecteur, Wyzewa lance pourtant un provocant :

---

1 Paul Delsemme fait le bilan de l'exégèse de Mallarmé par Wyzewa. Il relève d'une part la nécessité de l'entreprise de Wyzewa, qui le premier a donné à Mallarmé sa place, « la plus haute », dans le mouvement symboliste, tandis que, d'autre part, il rappelle les conditions dans lesquelles Wyzewa a entrepris sa lecture critique. Reçu rue de Rome, Wyzewa peut reconstruire, en suivant les causeries du Maître, les intentions qui présidèrent à sa poésie, mais ne peut en aucun cas fonder ni confronter ses vues avec des textes antérieurs ou une étude des sources et des manuscrits. Il est, encore une fois, un ouvreur de voie, un pionnier qui s'oppose à la critique officielle, pour louer le génie d'un poète en qui l'on voit encore un mystificateur décadent. La critique de Wyzewa est par ailleurs pleine d'intuitions exactes, comme celle de l'échec inévitable du « Livre », qui témoigne d'une haute compréhension des intentions du Maître. Mallarmé lui-même ne la jugera pas indigne de son œuvre et se montre honoré du travail de Wyzewa. Finalement, précise Delsemme, il faut rappeler que personne avant Thibauet, en 1913, ne s'avise de donner une meilleure méthode que celle de Wyzewa pour l'étude de la poésie de Mallarmé, qui envisage l'interprétation directe des poèmes comme une traduction, *Teodor de Wyzewa…*, *op. cit.*, p. 155-162.

2 La formule est de Charles Morice, autre figure marquante de la critique symboliste, « Paradoxe sur la critique », *La Grande Revue*, juin 1922 (publication posthume de notes rédigées en 1917).

> Où est l'écrivain qui a lu Ses écrits théoriques ? Mais les œuvres, pour qu'elles transforment une race, n'ont pas besoin de ce qu'elles soient connues[1].

Novatrice, ambitieuse et clairvoyante, mais parfois tendancieuse, la pensée de Wyzewa attire vite la méfiance et l'on se détourne de lui. Quelques-uns s'alarmèrent très tôt de ce manque de reconnaissance, comme Maurice Spronck, qui brosse le tableau de la situation en 1895, et invite au redressement de perspective, persuadé que le symbolisme n'a « point entièrement rendu justice »[2] à Wyzewa :

> Parmi les jeunes hommes dont les débuts remontent en effet à dix, quinze ans, et qui, entre 1880 et 1885, commencèrent à balbutier leurs premiers essais littéraires, celui-ci n'est pas aujourd'hui le plus célèbre ; il est pourtant un de ceux qui méritaient d'abord d'arrêter l'attention ; il est assurément celui qui a le plus fortement pensé sur le plus grand nombre de sujets, et dont les idées, soit directement, soit indirectement, eurent le plus d'influence active sur les générations nouvelles[3].

C'est pourtant bien Wyzewa qui signe, deux mois avant Moréas et Adam, la première définition du symbolisme littéraire avec ses « Notes sur Mallarmé », et c'est encore lui que l'on considère volontiers, en 1885 déjà, comme l'homme d'idées du mouvement naissant. Oublié, l'initiateur de Barrès, de Dujardin, d'Adam et de tous ceux qui l'ont côtoyé à la brasserie Gambrinus[4], où il s'est employé au commentaire des textes fondateurs du symbolisme ! Oublié, le traducteur indispensable des œuvres venues

---

1 Teodor de Wyzewa, « Le Pessimisme de Richard Wagner », *Revue Wagnérienne*, 8 juillet 1885, p. 168.

2 Maurice Spronck, « M. Teodor de Wyzewa », *Le Journal des débats*, 11 juin 1895.

3 *Ibidem*.

4 Georges Grappe, dans son article « Quelques notes sur le symbolisme », *Mercure de France*, janvier 1907, p. 70-77, rappelle qu'il s'agit là d'un lieu de rencontre, rue Médicis, où Paul Adam, Jean Moréas, Charles Morice, Gustave Kahn, Joseph Caraguel et Mathias Morhardt se retrouvaient pour élaborer, entre 1885 et 1887, l'esthétique symboliste qu'ensuite, chacun de leur côté, ils contribuèrent à officialiser.

du Nord. Car si l'on découvre vers 1880, en même temps que les opéras de Wagner, la pensée désenchantée de Schopenhauer, personne, ou presque[1], parmi les plus fervents admirateurs, n'est à même de déchiffrer leurs écrits. La frustration est grande, malgré les efforts de ces pieux exégètes et l'on se contente le plus souvent d'incomplètes traductions pour les aborder[2]. La situation réclamait Wyzewa, qui relèvera le défi en devenant l'interprète attitré pour toute une jeunesse wagnérienne et pessimiste. C'est avant tout ce rôle que Georges Grappe rappelle au moment de donner ses « Notes sur le symbolisme », parlant de Wyzewa comme d'un :

> [...] slave à l'intelligence subtile, polyglotte connaissant admirablement toutes les littératures étrangères, sema[nt] au cours des conversations ardentes qu'il avait avec ses amis, des idéologies innombrables qui les familiarisaient avec des pensées inconnues en France. Il avait étudié à fond tous les systèmes philosophiques – en particulier ceux des races du Nord – et merveilleux assimilateur, ayant sans lassitude par lui-même séparé l'or du sable, clairement, généreusement, sans réflexion égoïste, il exposait à ces jeunes intelligences ses contemporaines [*sic*] les métaphysiques d'un Spinoza, d'un Goethe, d'un Hegel ou d'un Fichte. Il évoquait Jean Paul ou Novalis. Il célébrait les mystiques d'Allemagne ou des Flandres. Il exposait les morales rénovées et libérées de tout dogme d'un Stuart Mil ou d'un Spencer. En littérature, il

1 Exception faite, semble-t-il, des principaux collaborateurs de la *Revue Wagnérienne*, dont Édouard Dujardin, son directeur, et l'Anglais Houston Chamberlain, fin connaisseur de Wagner qui épousera l'une de ses filles, Éva. Un témoignage de Dujardin semble toutefois montrer leur limite de la connaissance de la langue allemande à l'époque de la *Revue Wagnérienne*, tandis que Wyzewa, qui traduit les écrits de Wagner dès 1885 pour les présenter aux lecteurs de la *Revue*, la maîtrise parfaitement. Dans son *Mallarmé par un des siens*, Dujardin déclare : « Je me rappelle comment Chamberlain et moi, quelquefois avec quelques amis, seuls tous deux le plus souvent, nous étudiions ces textes qui nous semblaient si difficiles, nous retrouvant à la brasserie avec le fruit de nos méditations : – Vous savez ? tel passage ? eh bien, je crois que j'ai compris... », Paris, Messein, 1936, p. 199.

2 Mentionnons les traductions de Judith Gautier pour Wagner (1882), les présentations de Ribot et de Bourdeau pour Schopenhauer (1874 et 1881), avant la traduction plus complète du *Monde comme Volonté et comme représentation* par Burdeau, en 1888-1889.

initiait les nouveaux venus aux drames d'Ibsen, aux romans de Tolstoï ou de Dostoïevski[1].

Bien parti pour occuper les devants de la scène, on peut se demander ce qui a interrompu le cours d'un destin tout tracé ?

À cette question, il est deux réponses possibles, la première faisant intervenir la personnalité de Wyzewa, la seconde étant à mettre en relation avec l'évolution de sa pensée à partir de 1887, qui lui fait renoncer très tôt à l'idéalisme wagnérien, trop tôt, en fait, pour que son geste soit compris par ses anciens compagnons.

UNE PERSONNALITÉ RETORSE

Wyzewa, victime d'un caractère à la fois entier et timide, a certes très mal défendu son œuvre et sa place parmi les fondateurs de l'esthétique symboliste, mais ses anciens amis ont, de leur côté, hâté la liquidation de sa réputation. Dès avant le tournant du siècle, le nom de Wyzewa disparaît des anthologies symbolistes et un silence absolu sur son œuvre ratifie son exclusion. En 1894, pour les *Portraits du Prochain Siècle*[2], la contribution de Wyzewa n'est pas sollicitée. En 1905, dans la vaste enquête du *Gil Blas* sur la littérature contemporaine, encore baignée de symbolisme, aucune allusion au co-fondateur de la *Revue Wagnérienne*, à l'ancien directeur de la *Revue Indépendante* et auteur de *Nos Maîtres* (1895). Dans la nouvelle enquête de 1909 : toujours rien ! Cette *omertà* des compagnons de la première heure confirme, aux yeux de Wyzewa, son entrée dans la grande absence, supportée sans

1 Georges Grappe, « Quelques notes sur le symbolisme », *op. cit.*, p. 71

2 *Portraits du Prochain siècle*, Paris, Girard, 1894, font paraître des textes de poésie, de prose, des lettres de nombreux auteurs proches du mouvement symboliste, dont les plus connus, comme Mallarmé, mais également d'auteurs plus discrets comme Jean Dolent ou Hugues Rebell.

mot dire, ou presque. Une plainte, une seule, perce dans le *Journal* et signale la profondeur de la plaie :

> Figure-toi [Wyzewa écrit à sa femme défunte] que l'*Écho de Paris* a commencé à nouveau une « enquête » auprès des écrivains d'aujourd'hui, interrogés sur les façons de concevoir le présent et l'avenir des lettres françaises. Eh ! bien, mon cœur se déchire à la pensée que personne ne mentionnera mon nom, et que, certes, l'auteur de l'enquête ne s'avisera pas de me consulter[1].

Peu importe à Wyzewa que ses travaux de musicologue ou de critique d'art soient alors reconnus, car il sent bien que le meilleur de sa pensée a été injustement écarté.

Plus encore que passée sous silence, la référence à Wyzewa est volontairement radiée par les amis, ses anciens frères en symbolisme. Édouard Dujardin, après avoir fort logiquement consacré l'épigraphe des *Hantises* à Wyzewa, fait machine arrière pour son roman. *Les Lauriers sont coupés* est pourtant largement inspiré des théories de son collègue de la *Revue Indépendante*. Le projet de dédicace à Wyzewa montrait clairement la dette contractée envers son confrère, reprenant presque à la lettre le programme du roman wagnérien exposé dans les « Notes sur la littérature wagnérienne et les livres de 1885-1886 »[2].

> À
> Monsieur Teodor de Wyzewa
>
> Un roman de vie ordinaire, mais un roman de quelques heures, – d'un seul personnage dont seraient uniquement dites les successions d'idées (visions, sensations, sentimentalités) – aussi où serait disparu le primitif nécessaire travail de l'analyse, un roman de synthèse voulant être directement vécu – et d'une écriture plus rationnellement (plus étymologiquement) française – ne serait-ce pas quelques choses approchant au rêve d'une vie faite plus vivante ?… Par l'ouvrier qui en une

1 Teodor de Wyzewa, *Journal*, 17 août 1909, *op. cit.*
2 Cet article est paru dans la *Revue Wagnérienne*, 8 juin 1886, p. 150-171.

> œuvre sienne a tâché < de faire > une réalisation des lointaines théories idéales, jadis en commun méditées, est dédié cet essai[1].

Wyzewa analysera, *a posteriori*, les raisons de son éviction. De manière lucide, il reconnaît que sa personnalité, complexe et retorse, avait de quoi étonner, voire lasser, ses compagnons. Un mélange de timidité et d'exaltation, qu'il met, dans *Valbert*, sur le compte de son slavisme – « Joignez-y qu'à l'exemple de la plupart de mes compatriotes j'étais ivre à l'état naturel, comme si un préhistorique Polonais avait bu assez de champagne, de son vivant, pour exciter encore les cerveaux de ses arrière-descendants » [*V*, 81] – le prédispose à des amitiés orageuses. L'extrême intimité peut se retourner, à la faveur d'un mot, d'une remarque, en réserve dédaigneuse aussitôt que Wyzewa se sent incompris. Et le jeune Teodor, comme l'homme qu'il deviendra par la suite, se sent souvent incompris. Son caractère entier et son désir de se faire adopter, au temps de ses relations symbolistes comme au temps des premières années de collège, l'engagent dans des amitiés qu'il souhaite rapidement exclusives. On sent en lui un cœur prêt à s'épancher et à recevoir des confidences. Dans le meilleur des cas, ces prédispositions naturelles débouchent sur des relations brèves, mais vécues par Wyzewa sur un mode oblatif. Jane Avril, que l'auteur de *Valbert* met en scène sous les traits de la petite Marie, ne cache pas son admiration pour celui qu'elle a bien connu. Elle déplore, dans ses *Mémoires*, ne pas avoir pu aimer son bienfaiteur comme il l'aurait souhaité :

> Quel dommage que je n'aie pu l'aimer d'amour, n'ayant jamais pu lui offrir qu'une affection reconnaissante et admirative ! Mais il occupe dans mon souvenir une place unique et je ne saurais l'oublier. Incapable de la moindre compromission, artiste, lettré, musicien, savant d'une modestie et d'une sensibilité sans égales, il aurait mérité qu'on l'adore. Je lui dois ce qu'il peut y avoir de noble et d'élevé dans mes pensées

---

1 Édouard Dujardin, Projet de dédicace à Teodor de Wyzewa, cité dans Carmen Licari, introduction à *Les Lauriers sont coupés*, Roma, Bulzoni editore, 1977, p. 47-48.

> les meilleures. Je n'ai jamais rencontré dans ma vie un être pouvant lui être comparé[1] !

Wyzewa, en « bon Samaritain », sauve Jane en prenant à sa charge les frais d'un traitement médical indispensable. C'est aussi le « bon Samaritain » en lui qui se presse aux côtés de Jules Laforgue, mourant, et le poète lui dédiera cette épithète, en même temps que ses *Moralités légendaires.*

Le caractère passionné des amitiés de Wyzewa ressort de ces témoignages. Dans la plupart des cas pourtant, ces excès conduisent à des lendemains où la gêne, « un sentiment de flétrissure »[2], voire une animadversion prend le relai de l'exaltation, d'autant qu'à plusieurs reprises, mais sans pouvoir proférer d'accusations précises, ses amis ont l'impression d'avoir été trompés[3]. Jacques-Émile Blanche reproche à Wyzewa la trop grande intimité de leur relation, qui les entraînent tous deux à d'embarrassantes

---

1 Jane Avril, *Mes Mémoires, suivi de Cours de danse fin de siècle*, Paris, éd. Phœbus, 2005, p. 76.

2 C'est le mot qu'utilise Wyzewa, dans une lettre à Barrès de 1890 ou 1891 : « [...] j'ai grand désir de vous revoir. Seulement je vous avoue que moi aussi je suis gêné par l'idée de flétrissure qui résulte pour toutes choses de nos entretiens... », Fonds Barrès, BNF, lettre 25.

3 Sur ce point, voir Paul Delsemme, *Teodor de Wyzewa, op. cit.*, p. 26-29. Paul Delsemme cite, entre autres, les accusations de duplicité que Blanche profère contre Wyzewa dans *Mes Modèles* ou dans son roman *Aymeris.* Ainsi, dans *Mes Modèles*, le peintre témoigne du passé trouble de Wyzewa autant que de sa reconversion en honnête homme. Les accusations restent cependant vagues et l'auteur condamne plus une attitude que des faits, ce qui fut toujours le cas pour Wyzewa : « Poupin au malicieux sourire, politique captieux, Wyzewa s'emparait de quiconque il voulait employer pour parvenir à des buts impénétrables, et qui nous semblaient gratuits. Barrès, comme mon père, comme Dujardin, Ary Renan et moi-même, avons été manœuvrés par lui sans nous en douter, jusqu'à ce que des lettres, découvertes longtemps après, nous aient révélé la perfidie de ce doux maniaque. Il n'était pas encore le saint que l'on assure qu'il devint. Je l'aimais fort. Il était slave ! », *op. cit.*, p. 26. Wyzewa, renchérit Delsemme, s'explique à propos du slavisme auquel on attribue sa duplicité et qui n'est, en fait, que « l'un de ces excès de politesse ou de désir de plaire, qui trop souvent conduisent les véritables Slaves à vouloir devancer la pensée secrète de leurs interlocuteurs en n'exprimant de leur propre pensée que la part qu'ils estiment susceptible de les satisfaire », cité dans *ibid.*, p. 31.

confessions, regrettées aussitôt prononcées. Sa demande de rupture reflète le mélange de séduction-répulsion qu'exerce, depuis le collège, la personnalité de Wyzewa sur son entourage et jouera en sa défaveur au moment d'assurer sa place parmi les théoriciens du symbolisme :

> Nous aurions des secousses, écrit Blanche, qui nous feraient du mal, si nous continuions à nous dire des choses intimes comme nous nous en sommes avoué et il vaut mieux rester amis de loin[1].

Et Blanche de conclure, dans la même lettre : « ne nous racontons plus jamais l'un l'autre »[2]. Blanche, mais aussi Barrès ou Dujardin, ces deux derniers poussant l'intimité jusqu'à la cohabitation avec Wyzewa pour de courtes périodes[3] : trois amitiés, étroites, et trois ruptures, définitives, ruptures toujours liées à la suspicion ou au malaise qu'inspire la personnalité de Wyzewa. Il faut pourtant noter que dans le cas de Dujardin s'ajoutent au conflit de personnalités des dissensions professionnelles et des divergences d'opinions, notamment à propos de la question allemande, lancinante en cette fin de siècle. La chronique d'une rupture programmée tient donc en quelques éléments :

> Wyzewa ne partageait pas la vision positive que Dujardin avait de la réalité allemande ; ce dernier, quant à lui, s'accommoda mal des contrecoups que le caractère timide mais dédaigneux de Wyzewa eut sur la gestion de la *Revue Indépendante* – Wyzewa ne réussissant pas à faire preuve de la même diplomatie que Dujardin envers les collaborateurs de la revue. [...]. De plus, leurs idées commencèrent sans doute

1 Lettre de J.-É. Blanche à T. de Wyzewa, 9 août 1890, Bibliothèque Jacques Doucet, cote MS Alpha 6736.

2 *Ibidem.*

3 Dujardin, qui ne supporte pas la solitude [voir la lettre de Gustave Kahn à Jules Laforgue, citée dans E. Liverman, *Teodor de Wyzewa : Critic without a country*, Genève, Droz, 1961, p. 56], appelle auprès de lui Wyzewa, place Blanche, en 1886, tandis qu'une lettre de Wyzewa à Brunetière révèle que les deux hommes cohabitèrent un mois ou deux ; BNF, NAFr, cote 25051, reproduite dans Paul Delsemme, *Teodor de Wyzewa...*, *op. cit.*, p. 366.

à diverger lorsque le critique polonais n'encouragea pas l'expérience de Dujardin dans le domaine du vers libre[1].

D'humeur changeante et de sensibilité trop vive, en affaires comme en amitié, le jeune Wyzewa n'est certes pas un compagnon facile, et Félix Fénéon, que Dujardin a propulsé avec Wyzewa à la direction de la *Revue indépendante*, démissionne après deux mois de travail commun seulement. Wyzewa se retrouve donc seul à diriger la revue durant toute l'année 1887, épisode qui révèle la sûreté de son jugement esthétique, mais montre surtout son inaptitude au commandement. Que manque-t-il à Wyzewa pour s'imposer ? Jacques-Émile Blanche partage bien des traits de caractère avec son ami et dresse l'inventaire, au détour d'une lettre, des qualités qui leur font à tous deux défaut pour devenir des meneurs d'hommes :

> Nous n'avons ni l'un ni l'autre cette ardeur, ce mouvement, ce besoin d'action d'un homme comme ce Barrès, qui me semble un homme plutôt heureux[2],

commentaire que le peintre prolonge, un mois plus tard, dans un portrait littéraire qui pourrait fort bien accompagner le croquis qu'il fit de Wyzewa à Bayreuth, en 1889, représentant un jeune homme pensif et nonchalant, étendu sur un divan, le regard absorbé en des méditations :

> Le plus grand de nos malheurs, écrit le peintre, est l'indolence, l'inertie qui est le fond de notre nature et il nous faut être fouettés, malmenés. Ce n'est pas bien glorieux à constater, mais cela est[3].

Wyzewa ne possède donc pas les qualités d'un Dujardin, d'un Kahn, qui lui soufflera sa place à la *Revue indépendante*, ou d'un

---

1 Frederica D'Arcenzo [éd. scientifique], *Les Hantises*, Il Calamo, Roma, 2001, p. 108.

2 Lettre de J.-É. Blanche à T. de Wyzewa, 1er juillet 1890, Bibliothèque Jacques Doucet, cote Ms Alpha 6730.

3 Lettre de J.-É. Blanche à Teodor de Wyzewa du 9 août 1890, *ibid.*

Moréas, trois hommes chez qui le charisme personnel, l'estime de soi et l'intelligence pratique sont assez solides pour leur assurer les premiers rangs. Leurs noms, qui ne font pas référence aux théories les plus marquantes du mouvement, feront pourtant l'histoire du symbolisme, alors que celui de Wyzewa sera déclassé. Maladroit dans ses rapports aux autres, Wyzewa tente, un peu tard, de s'assurer une visibilité, puisqu'il choisit de rassembler ses principaux articles de la période symboliste dans un recueil, *Nos Maîtres*, dont la préface insiste longuement sur la cohérence de sa réflexion, et réfute toute idée de rupture.

Mais au moment où le recueil paraît, en 1895, Wyzewa s'est sans doute déjà trop éloigné des cercles symbolistes, multipliant les brouilles personnelles et les malentendus esthétiques, préférant s'enfermer dans un silence que l'on juge méprisant plutôt que de tenter de s'expliquer. À la parution de *Nos Maîtres*, la fracture est consommée et l'on rejette sans examen les arguments que Wyzewa expose dans sa préface, préférant voir en lui un déserteur du mouvement.

Sa pensée a, certes, beaucoup mûri entre les premiers articles de la *Revue Wagnérienne* et *Valbert*. De là une seconde explication, qui s'ajoute aux problèmes liés à la personnalité de Wyzewa et peut expliquer la disparition précoce de son nom.

DU SYMBOLISME À L'ANTI-INTELLECTUALISME

L'évolution précoce de Wyzewa vers un anti-intellectualisme d'obédience chrétienne déclenche un sentiment très net, chez ses compagnons symbolistes, de trahison intellectuelle, et cela d'autant plus que Wyzewa arrive à cette conclusion par une interprétation renouvelée, et jugée abusive, de Wagner :

> Wagner n'est point le disciple de Schopenhauer, mais du Christ : et le Christ de Wagner est, exactement, celui de Tolstoï[1].

Quelques mois après la première livraison de ses *Contes chrétiens*, c'est *Valbert*, son roman autobiographique, qui entérine le nouvel état d'esprit de l'auteur. L'intrigue suit les tribulations d'un jeune homme slave, d'origine polonaise, comme Wyzewa, et qui, « amoureux depuis l'âge de six ans, [...] ignore ce que c'est que l'amour ». Et Pierre Quillard de continuer :

> L'épilogue le montre possesseur enfin, grâce à Wagner, du bienheureux secret : l'amour, la félicité suprême réside dans la compassion et dans l'ignorance : « *Durch Mitleid wissend, des reine Thor !* – le nais, l'imbécile, mais qui a le cœur pur et trouve toute science dans la compassion »[2].

Sans renoncer à Wagner, Wyzewa en propose désormais une interprétation en décalage complet avec les cénacles symbolistes. Le compositeur allemand ne s'arrête plus à l'idéalisme pessimiste de Schopenhauer, mais le dépasse, en devenant le chantre d'une joie simple et profonde que l'homme retrouve en renonçant à l'intellectualisme aliénant. Trahison, le mot n'est pas trop fort, même s'il est parfois tempéré par la certitude d'un égarement passager de Wyzewa/Valbert, qui soignerait la souffrance de celui qui est seul avec sa pensée en y renonçant temporairement. Dans son compte rendu pour le *Mercure de France*, Pierre Quillard met en doute l'authenticité et le caractère durable de la conversion du jeune Valbert, qui découvre son bonheur dans le renoncement complet à la pensée critique. Tout au plus, cette morale est-elle l'un des dommages collatéraux de l'esprit hyperconscient de Valbert qui, pris de vertige intellectuel, se jette sur une planche de salut pour reposer ses nerfs à vif. Du personnage de Wyzewa, Quillard écrit :

---

1 Teodor de Wyzewa, « La Religion de Richard Wagner et la religion du comte Léon Tolstoï », *Revue Wagnérienne*, 8 octobre 1885, p. 243.

2 Pierre Quillard, « Teodor de Wyzewa », *Mercure de France*, septembre 1893, p. 22.

> On dirait d'un Casanova de Seingalt un peu triste qui se convertirait vers trente ans à la morale évangélique : mais il reste un doute encore sur la solidité de son bonheur ; se contentera-t-il longtemps d'une explication des choses aussi rudimentaire ? et si la compassion et la simplicité du cœur n'étaient en lui que la lassitude momentanée de l'égoïsme et de la dialectique ? Je crains fort pour cette âme sauvée une chute nouvelle et définitive dans l'antique abîme de la pensée[1].

Quelques années plus tard, et malgré la confirmation de l'anti-intellectualisme de Wyzewa, Pierre Quillard ne se résout toujours pas à voir cette intelligence si universelle se détourner de la science, la condamner et se condamner en même temps au culte d'une bienheureuse ignorance. À nouveau, à la faveur d'un commentaire sur la deuxième série des *Écrivains étrangers*[2], le mot trahison est lancé, mais Quillard parle cette fois d'une trahison de sa propre nature pour Wyzewa :

> Cet homme instruit et averti des lettres anciennes et des lettres étrangères, apte à comprendre les métaphysiques et à mettre en valeur l'importance d'un menu détail historique, manifeste, à l'égard de la science, le plus souverain dégoût. Mais comme il se dément soi-même, comme il trahit sa véritable nature par le souci d'être exact et par la ferveur pour la vérité qui éclate, malgré tout, dans son étude, admirable celle-là, sans antiphrase, sur les amis de Spinoza, où l'on voit bien, quoiqu'il la dise vaine, qu'il sait goûter « l'ivresse naïve et grave » de la pensée[3] !

Si Henri Bordeaux a, quant à lui, bien senti le caractère définitif du changement d'état d'esprit qui conduira Wyzewa à une double conversion, intellectuelle d'abord, troquant la vacillante métaphysique de Schopenhauer contre un mysticisme d'obédience chrétienne, puis spirituelle ensuite, devenant au soir de sa vie un

---

1 Pierre Quillard, *ibid.*, p. 22. On peut ajouter au compte-rendu de Quillard l'analyse de Bernard Lazare, ancien confrère de la *Revue indépendante*, qui prédit dans ses *Figures contemporaines* que Wyzewa se lassera bientôt de la morale de « l'imbécile qui a le cœur pur », voir *inf.*, « portrait de Wyzewa », p. 248.

2 Teodor de Wyzewa, *Écrivains étrangers*. Deuxième série, Paris, Perrin, 1897.

3 Pierre Quillard, « Littérature », *Mercure de France*, novembre 1897, p. 571.

catholique convaincu, il ne peut que déplorer ce changement qu'il associe à une rétractation :

> Et voici que l'un des plus rares d'entre ces esprits, l'un de ceux qui s'en allèrent le plus loin dans les chemins de la pensée humaine, M. Téodor de Wyzewa, jadis créateur d'une neuve esthétique et rénovateur d'hégélienne philosophies, revient sur ses pas, agitant le rameau d'olivier et parlant d'apporter la douce paix aux hommes en leur communiquant la pure simplicité de *Parsifal*[1].

L'incompréhension de ceux qui restent fidèles à l'idéalisme et au culte d'une l'intelligence exaltée en cette fin de siècle, a sans doute pesé lourd dans l'éviction de Wyzewa, et cela en dépit des efforts de ce dernier pour expliquer l'évolution d'une pensée dans laquelle il ne voit aucune irrémédiable fracture[2]. Dès avant les années 1890, on le considère comme un symboliste démissionnaire, perdu à la cause du mouvement, si tant est que l'on puisse parler de mouvement au sein d'un groupe qui cultive l'indépendance au plus haut point. Cette conception, on le sait, est en grande partie le résultat d'une représentation quelque peu court-voyante du symbolisme, dont l'esthétique serait uniquement fédérée autour de la synthèse wagnérienne et d'une conception intellectuelle de l'idéalisme, empêchant la vision plus large d'un mouvement se définissant d'abord et avant tout à travers une attitude intellectuelle qui inclut la possibilité de sa propre contradiction : celle de l'extrême conscience.

1 Henri Bordeaux, *Téodor de Wyzewa*, Genève, Ch. Eggimann et Cie, 1894, p. 10.
2 Dans la préface de *Nos Maîtres*, recueil que Wyzewa dédie aux anciens collègues de la *Revue Wagnérienne* et de la *Revue Indépendante*, l'auteur s'efforce de souligner la continuité de sa pensée.

WYZEWA : ACTEUR DU SYMBOLISME DE L'EXTRÊME CONSCIENCE

C'est à Jacques Rivière, dans une série d'articles parus entre 1913 et 1914 sur l'avenir du roman[1], que l'on doit la définition d'un symbolisme comme attitude intellectuelle déterminant une esthétique, et non l'inverse. Pour le critique de la *NRF*, collaborateur de Gide et Copeau, auxquels sa réflexion est certainement redevable, le symbolisme se distingue au sein de la littérature « fin-de-siècle », ou « décadente », par la marque, dans chaque œuvre, « d'un créateur trop conscient »[2]. C'est ainsi dans l'exacerbation de la conscience, héritée de la tradition du roman d'analyse, reprise ensuite par le roman psychologique, mais poussée à l'extrême dans le cas du symbolisme, que Rivière voit l'originalité du mouvement. Et Rivière débute sa réflexion en affirmant que le symbolisme, loin de se limiter au renouvellement d'une conception de la poésie, même si cette ambition demeure importante, est avant tout la manifestation artistique d'un certain regard sur le monde, principalement hérité du solipsisme de Schopenhauer, et qui se résume en celui des « gens qui savent terriblement ce qu'ils pensent, ce qu'ils veulent, ce qu'ils font »[3].

Toute la production symboliste, et particulièrement sa prose, est donc traversée par deux aspirations esthétiques contraires, qui s'achoppent pour donner aux récits leur tonalité critique. Certes, le symbolisme poursuit l'œuvre de synthèse, l'œuvre absolue exaltée par Wagner, *via* Schopenhauer, mais il fait dans le même temps la démonstration du caractère impossible de cet idéal après l'avoir mis à l'examen. Ambition d'élévation aussitôt retombée, à l'image du Tityre « *semper recubans* » de Gide ! Ambition d'élévation aussitôt sanctionnée : « duperie [que] cette poursuite de

1 Jacques Rivière, *Le Roman d'aventure*, Paris, éd. des Syrtes, 2000.
2 *Ibid.*, p. 10.
3 *Ibid.*, p. 9.

l'âme insaisissable »[1], s'exclame André Walter de son côté, roman impossible, suicide esthétique, lui répondent les autres : telles sont les prolégomènes d'une esthétique paradoxale qui manifeste ce double élan de la littérature, projetée vers l'idéal et, dans le même temps, ramenée à ses insuffisances. C'est ainsi que Rivière en arrive à expliquer la composition si anormale de l'œuvre en prose du symbolisme, qui s'effectue à rebours, composition par décomposition, sous l'action dissolvante de tous les « acides de la pensée » qui concourent à défaire l'unité de l'œuvre :

> De délicates lignes destructrices [...] la traversent en tous sens, l'analysent, la décomposent ; comme le feu suit sans erreur la charpente d'une maison et la consume jusque dans ses murs, ainsi l'intelligence de l'auteur dissout en son sujet tout ce qui en forme le support et l'assise. C'est un travail critique, plutôt que créateur, qu'elle accomplit[2].

La démarche de Wyzewa, dès son entrée en littérature, s'inscrit dans cette conception, en explorant une pensée critique qui le conduit, en moins de dix ans, de l'idéalisme le plus intransigeant – « seul vit le Moi, et seule est sa tâche éternelle : créer »[3] – à une participation éperdue à la vie, sur un mode oblatif et mystique, sans rupture ni reniement. Il semble au contraire que cette conversion s'effectue d'elle-même, comme une maturation naturelle de la pensée ayant achevé son propre examen. L'attitude de l'extrême conscience s'efface d'elle-même, dans une palinodie cérébrale, lorsque l'intelligence a tout disséqué, tout comme Amie, l'amante cérébrale de Valbert, va s'effacer d'elle-même devant la vie retrouvée sous les baisers de Lischen. L'oraison funèbre que lui accorde le jeune homme montre que sa disparition est l'aboutissement logique d'une pensée investigatrice :

1 André Gide, *Les Cahiers d'André Walter*, œuvre posthume. [anonyme], Paris, Perrin et Cie, 1891 ; repris dans *Les Cahiers et les Poésies d'André Walter*, Paris, Gallimard, 1986, p. 74.

2 Jacques Rivière, *Le Roman d'aventure*, *op. cit.*, p. 12.

3 Teodor de Wyzewa, « Le Pessimisme de Richard Wagner », *op. cit.*, p. 169.

> Il y a dans les contes de ma nourrice un jeune pâtre qui avait obtenu le secret de la langue des oiseaux. Mais un jour il tua un oiseau qui voulait en tuer un autre, et du coup toute science l'abandonna. Il continuait à entendre parler les oiseaux ; mais il ne comprenait plus rien à ce qu'ils disaient. Par un enchantement pareil, j'ai gardé mon Amie présente devant moi, mais j'ai cessé de pouvoir jouir de sa délicieuse présence. Je la contemple, je l'admire, je la regrette, mais j'ai cessé de pouvoir croire en elle [*V*, 196].

Le temps de l'idéalisme et son cortège de fantasmes est révolu, tombé sous les feux de la pensée autocritique. Le ton nostalgique indique que si Valbert a perdu sa foi idéaliste, rien, pour l'instant, ne remplace les joies cérébrales.

La continuité qu'assure à l'œuvre de Wyzewa la posture symboliste de l'extrême conscience a été soulignée dans la préface à *Nos Maîtres*. Ce plaidoyer, plus sincère qu'on ne l'a décrit, justifie le mouvement hégélien, ou quasi dialectique, de la pensée symboliste, qui se propulse, sans reniement, vers son propre dépassement. Il n'est besoin, pour le prouver, que de parcourir les premiers articles wagnériens de Wyzewa, dans lesquels ce dernier tempère déjà son exégèse passionnée des œuvres du compositeur par le regard du critique. C'est ce regard qui permet à Wyzewa d'entrevoir, parmi les premiers, la faillite de l'œuvre absolue imaginée à partir du modèle wagnérien. Wyzewa décrit en effet dès 1885 la manière dont Wagner, ayant « élevé l'Art au degré suprême », s'en détourne et « renonce l'Art[1] » pour se tourner vers la Religion. Au moment où l'on voit en lui le modèle de l'artiste accompli, en ses drames des chefs-d'œuvre de perfection, Wyzewa expose le mécanisme qui le conduit à penser l'art comme insuffisant et à n'y voir qu'un moyen de parvenir à une vérité, non esthétique, mais métaphysique et religieuse. Wagner n'est pas le seul à dépasser l'art. Tolstoï fait lui aussi de la quête artistique le moyen d'une investigation psychologique, puis existentielle. À la question de savoir

1 Teodor de Wyzewa, « La Religion de Richard Wagner et la religion du comte Léon Tolstoï », *op. cit.*, p. 237.

quelles circonstances ont décidé ces conversions spectaculaires, la réponse la plus plausible est celle qui avance l'attitude de l'extrême conscience, à l'œuvre chez Wagner et Tolstoï, et dont le renoncement à l'art serait une naturelle conséquence :

> Mais c'est, d'avantage [*sic*], en les deux, la contemplation incessante (et, parce que seuls ils l'exercent, plus troublante) des vives âmes, les lois psychiques perçues, et menant au souci de leurs aboutissemens [*sic*] métaphysiques[1].

Wyzewa ne se contente pas de montrer où conduit l'attitude symboliste de l'extrême conscience. Il en fera lui-même l'expérience, qu'il relate dans *Valbert.* Le message est clair et annonce l'une des issues à laquelle conduit l'autoprocès d'un symbolisme purement intellectuel, à savoir le passage d'une religion d'art, pétrie de métaphysique schopenhauérienne, à un art pleinement religieux[2]. La musique de Wagner est donc bien, pour Wyzewa, l'instrument qui permet au Moi de faire l'expérience du monde en se découvrant libre, heureux, et participant de ce grand tout qui est la nature. C'est la leçon de *Valbert*, qui fait de *Parsifal* l'expression d'un miracle dans lequel l'unité est reconquise :

> Et voici que toute plainte se tut : un flot divin de caresses inonda la terre et les cieux. Tous les cœurs autour de moi s'apaisaient, pâmés d'un tendre bonheur. L'adorable jeune homme était venu ; il avait reconquis, il ramenait à Montsalvat la lance sacrée. Debout, dans sa longue robe blanche, tranquille et doux, sa seule venue avait suffi pour transfigurer la nature. C'était lui que célébraient maintenant, avec mille

1 *Ibid.*, p. 238.

2 Au moment de la publication de *Valbert*, Wyzewa a déjà écrit et publié deux de ses *Contes chrétiens*, *Le Baptême de Jésus ou les quatre degrés du scepticisme* et *Les Disciples d'Emmaüs, ou les étapes d'une conversion* (1892). Son intérêt pour le mysticisme chrétien ne se démentira pas et se traduit par plusieurs importants travaux de traduction. La plus importante contribution de Wyzewa à la littérature religieuse est sa traduction, en 1902, de *La Légende dorée*, d'après les manuscrits latins de Jacques de Voragine, version encore utilisée aujourd'hui, voir Jacques de Voragine, *La Légende dorée*, traduit du latin (1911) par Teodor de Wyzewa, Paris, éd. du Seuil, « Points », 1998.

> chansons si naïves, les oiseaux, les arbres, les fleurs, et ces voix mystérieuses qui s'éveillaient dans nos âmes [*V*, 205].

Loin d'un retournement de dernière minute, cette réflexion est le résultat d'une longue méditation sur les rapports entre l'œuvre Wagnérienne et la philosophie de Schopenhauer, montrant que la première, quand bien même elle se revendique de la philosophie idéaliste, en propose une interprétation biaisée qui l'éloigne du pessimisme. Si l'œuvre de Wagner est considérée comme « une scolie de Schopenhauer », Wyzewa ajoute que, pour peu qu'on regarde de plus près, « mainte chose nous étonne, en ce pessimisme ». Et Wyzewa de commenter :

> Parsifal renonce à vouloir, mais ce n'est point au profit de l'anéantissement boudhiste [*sic*] ; il renonce à l'égoïste plaisir, pour fondre sa vie, plus joyeusement, avec l'universelle vie[1].

Nous ne sommes pas loin du panthéisme romantique, mais plus près encore d'une mystique chrétienne de la liberté, dont Tolstoï plaide la cause.

Wyzewa, défenseur de l'idéalisme pour qui « seul vit le Moi »[2], admirateur de Hegel et de Villiers de l'Isle-Adam, ne sera donc jamais schopenhauérien que par raccroc, et en se détournant des aspects les plus sombres de la pensée du philosophe[3]. Ce qui l'intéresse chez Schopenhauer serait au contraire les solutions que celui-ci ébauche pour combattre le mal-être de l'homme. Mais chez le philosophe, elles s'avèrent transitoires et finalement inefficaces, tandis que Wyzewa voit dans la musique de Wagner l'avènement d'un « optimisme philosophique radieux »[4], curieusement échafaudé sur la mauvaise interprétation de Schopenhauer :

---

1 Teodor de Wyzewa, « Le pessimisme de Richard Wagner », *op. cit.*, p. 168.

2 *Ibid.*, p. 169

3 Toujours dans l'important article sur le « Pessimisme de Richard Wagner », Wyzewa, alors wagnérien convaincu, montre comment, selon lui, l'œuvre du compositeur dépasse ce qu'il nomme la « ridicule Volonté, absolue et inveuillante de Schopenhauer », *op. cit.*, p. 168.

4 *Ibid.*, p. 170.

> Et si Wagner a cru, plus modeste que son maître, reprendre seulement la doctrine de Schopenhauer, qui de nous le pourra blâmer de n'avoir point compris les *Parerga*[1].

Dans les rangs symbolistes, cultivant avec complaisance un pessimisme très à la mode, on s'irrite d'abord des conclusions de ce roman, pourtant préparées par les articles de Wyzewa, et qui ne sont que la naturelle conséquence de l'attitude de l'extrême conscience[2]. Peu après Wyzewa, c'est en effet au tour de Marcel Schwob de plaider pour un art renonçant à ses artifices au profit de la vie. Les dernières lignes du *Livre de Monelle* montrent un narrateur et sa jeune amie qui tournent délibérément le dos à un univers de songes et de mensonges pour s'engager dans la vie en acceptant d'aimer et de souffrir :

> Ainsi Louvette se souvint, et elle préféra aimer et souffrir, et elle vint près de moi avec sa robe blanche, et nous nous enfuîmes tous deux à travers la campagne[3].

Schwob, mais aussi Tinan, qui met en scène un héros renonçant aux appels des sirènes symbolistes ou encore Gourmont, dont le personnage Diomède répudie la pensée maudite et qui, dans *Sixtine* déjà, se gaussait des excès où pouvait conduire la mode du pessimisme[4] : tous illustrent l'impasse d'une vie entièrement vécue sur le mode de la cérébralité. Si les solutions avancées ne sont pas celles de Wyzewa, le processus est commun et explore la pensée autocritique à l'origine du symbolisme de l'extrême conscience.

---

1 *Ibidem*.

2 L'un des premiers récits symbolistes caractéristiques de la pensée autocritique est sans conteste *Les Lauriers sont coupés* d'Édouard Dujardin, directement inspiré des articles théoriques de Wyzewa

3 Marcel Schwob, *Le Livre de Monelle* (1894), Paris, Mercure de France, 1921, p. 217.

4 Dans *Sixtine* (1890), Gourmont met en scène un petit conte qu'il intitule « la Honte d'être heureux », montrant les ridicules d'un personnage victime de la mode du pessimisme, Paris, Mercure de France, 1921, p. 245-249.

Valbert exacerbe d'ailleurs cette posture de l'extrême conscience en donnant à la narration le ton d'une enquête qui veut lever le voile sur les deux émotions capables d'arracher l'homme à sa condition : l'amour et l'art. Dans *Valbert*, comme dans chaque roman de l'extrême conscience, le héros cherche à savoir ce que peut être l'amour et interroge la possibilité pour l'art de remplacer toute autre forme de relation amoureuse.

Si Wyzewa a tenté de répondre à cette question dès son entrée en littérature, en s'inspirant de la théorie wagnérienne pour imaginer un art total, pourvoyeur de vie et satisfaisant les désirs profonds de l'homme, ce n'est logiquement qu'avec la mise en cause de cet idéal, dans *Valbert*, que réapparaît alors, dans sa torturante complexité, la question de l'amour. L'art étant impuissant à recréer la vie, il ne peut satisfaire pleinement celui qui aspire à aimer, et c'est le mythe de Pygmalion, très prisé des symbolistes, qui s'effondre page après page dans *Valbert*. Les récits du jeune homme témoignent de cette désillusion. Alors qu'il modèle de toutes pièces les objets de son amour, grâce à l'entremise de la littérature ou des artifices du théâtre[1], Valbert doit de se reconnaître victime d'une illusion et, s'il cherche dans un premier temps à l'entretenir, l'auto-examen auquel il se livre l'oblige à considérer le caractère frelaté d'une relation que l'art magnifie. Sur les ruines d'un idéalisme mensonger s'élève une autre vérité, jusqu'ici négligée : la vie. Valbert franchit alors le pas, d'abord tout intellectuel, du « vocabulaire de l'"Idée" à celui de la "Vie" »[2], puis entre de plein pied dans la nature, avec sa relation à Sarah, pour finir

1 La conception que Valbert se fait des femmes et de l'amour est toujours médiatisée par l'art, qu'il s'agisse de littérature – « Et puis je me redressais, amèrement, je révélais à celle qui m'aimait que je ne l'aimais pas, car j'avais lu Heine et les *Fleurs du mal* » [*V*, 123] – ou du théâtre dans le cas de Mme Floriane, dont la beauté est magnifiée par les artifices de la scène – « C'était bien elle, en effet, mais combien peu la même qu'au théâtre ! Son visage était usé, creusé, maquillé ; rien n'y restait de l'idéale beauté qu'elle revêtait pour paraître en scène. Je me sentis honteux, malheureux, devant une désillusion aussi imprévue », [*V*, 126].

2 Laurent Jenny, *La Fin de l'intériorité Théorie de l'expression et invention esthétique dans les avant-gardes françaises (1885-1935)*, Paris, P.U.F, 2002, p. 17.

par découvrir la pleine saveur de cette vie dans la compassion agissante. Dans cette perspective, le roman de Wyzewa doit être considéré comme l'un des documents d'époque les plus explicites montrant les conséquences d'une jeunesse « disposé[e] à ne goûter d'autres plaisirs que ceux de la pensée » [*V*, 91], qui s'y engloutit, se laisse parasiter par l'intellectualisme jusqu'au réveil nécessaire, que celui-ci soit chrétien, nationaliste, anarchiste ou vitaliste. Bilan du rêve idéaliste, *Valbert* montre, étape après étape, l'effondrement de la croyance en un art capable de remplacer la vie. Pourtant, ce rêve d'un art supérieur à la vie, Wyzewa mieux que quiconque l'avait exprimé au moment où le symbolisme édifiait sa doctrine, lui donnant forme et esprit à travers la théorie du roman wagnérien.

LE ROMAN WAGNÉRIEN : DU PROGRAMME DE 1885 À VALBERT

En 1885, Paris découvre, grâce à la *Revue Wagnérienne*, un nouveau Wagner à travers la présentation de ses écrits théoriques, et plus précisément de sa pensée esthétique[1]. Wyzewa prend une part active à ce travail de mise au jour qu'il proclame nécessaire et urgent. « L'œuvre de Richard Wagner, écrit-il, sous l'incomparable valeur d'une Révélation philosophique, a, encore, pour nous, le sens clair et précieux, d'une doctrine esthétique »[2]. Loin de se

1 Jusqu'à la création de la *Revue Wagnérienne*, la diffusion de Wagner en France est le résultat d'initiatives privées, comme celles du juge Lascoux, qui fonde au retour de Bayreuth, où il assiste en 1876 à la première du *Ring*, le « Petit Bayreuth », association qui donnera une série de concerts privés. Judith Gautier, la fille du poète, traductrice de *Parsifal* et auteure de plusieurs ouvrages sur le Maître, dont *Richard Wagner et son œuvre poétique depuis Rienzi jusqu'à Parsifal*, Paris, Charavay Frères, 1882, va donner l'impulsion au « Bayreuth de poche », qui réunit la bonne société parisienne autour de l'œuvre de Wagner.

2 Teodor de Wyzewa, « Peinture Wagnérienne. Le Salon de 1885 », *Revue Wagnérienne*, 8 juin 1885, p. 154.

contenter d'un rôle de traducteur, il met rapidement sa connaissance de l'allemand au service de ce projet, se faisant l'inlassable et parfois abusif interprète d'une pensée qu'il infléchit dans le sens de ses préoccupations. Car ce qui intéresse Wyzewa, c'est de renouveler la « chère littérature française » en s'inspirant d'une pensée cosmopolite. Celle-ci se nourrira d'abord de Wagner, bien sûr, mais accordera aussi une place de choix à Poe, Ibsen, Tolstoï ou Dostoïevski, tous reconnus par Wyzewa comme les Maîtres d'une littérature renouvelée. Mais dans les années 1885, c'est sans conteste Wagner qui inspire à Wyzewa ses commentaires les plus éclairés.

Du Maître, Wyzewa retient surtout la possibilité d'atteindre un art de synthèse à travers la perfection symphonique et le tressage d'éléments musicaux, poétiques et visuels, si intimement associés chez le compositeur allemand qu'ils confèrent à l'œuvre le pouvoir de recréer l'émotion, ce troisième et ultime mode de la perception, riche de toutes les sensations – ou premier mode – et de toutes les notions – ou second mode. Quand l'émotion est restituée, c'est la vie même qui est recréée, le moi se confondant avec le monde dans la plus pure tradition philosophique du romantisme[1]. De là une dimension métaphysique que l'on concède volontiers aux œuvres wagnériennes, parce qu'elles réaliseraient les vues de Schopenhauer sur la musique, faisant de celle-ci le moyen privilégié d'accéder à une connaissance immédiate du monde. La théorie des trois modes de perception sera systématisée par Wyzewa, qui en donne une vision claire, bien qu'un peu caricaturale. Le critique, forçant les propos

---

1 Jacques Rivière note, en 1913, que le sujet de l'œuvre symboliste est toujours une émotion, *Le Roman d'aventure*, *op. cit.*, p. 10. Remy de Gourmont, de son côté, prête à son héros Hubert d'Entragues, l'ambition de recréer la vie à partir d'une seule sensation : « [...] je montrerai comment ce peu de bruit intérieur, qui n'est rien, contient tout, comment avec l'appui bacillaire d'une seule sensation [...] un cerveau isolé du monde peut créer un monde », *Sixtine*, *op. cit.*, p. 161. On peut reconnaître, derrière les déclarations du personnage, la théorie des trois modes de perception de Wagner.

de Wagner, expose l'idée d'une concordance entre la sensation et les arts visuels (peinture, sculpture), tandis que les notions seraient restituées par la littérature, à travers les mots, et l'émotion par la musique. Wyzewa insiste cependant sur le développement interne que connaît chaque art. La peinture descriptive évolue en peinture émotionnelle, ou impressionniste, et la littérature, comme la musique, fait de même. La littérature émotionnelle, ou symboliste, devra donc emprunter ses procédés à la musique, et qui plus est à une théorie de la musique émotionnelle et non descriptive[1], dont Wagner est le Maître.

LA PLACE DU ROMAN DANS L'ESTHÉTIQUE SYMBOLISTE

Si la réflexion de Wyzewa a le mérite de montrer la cohérence de l'effort symboliste, son originalité ne tient pas dans la mise au jour de la théorie d'un art de synthèse, mais plutôt dans le choix du roman comme genre élu pour son application. Le pari est d'envergure, puisque la rhétorique symboliste des genres – si tant est que la notion de genre conserve une validité dans un système opposant le langage immédiat, ou poésie, à toute forme de prose – relègue le roman, du moins dans sa forme réaliste, à un rang inférieur. Réhabiliter le roman : c'est pourtant l'objectif que se fixe Wyzewa dès 1885, et cela non seulement en faisant de lui l'instrument de la fusion des arts, mais en exigeant qu'il réalise la synthèse, à l'intérieur de la littérature, de « vingt siècles » de création artistique. Le roman que Wyzewa imagine est donc appelé à régler sa poétique sur les procédés de la musi-

1 Le premier article de Wyzewa dans la *Revue Wagnérienne* est précisément dirigé contre la musique descriptive de Saint-Saëns, « La Musique descriptive », *Revue Wagnérienne*, 8 avril 1885, p. 74-77.

que émotionnelle, tout en réalisant la synthèse entre la littérature descriptive et notionnelle :

> Il n'y a point d'opposition entre le roman dit réaliste et qui est seulement descriptif, et le roman dit idéaliste, qui est seulement psychologique. Ce sont deux aspects différents d'une même vie ; et ils doivent être conciliés dans un art total, recréant complète la vie de la raison comme celle des sens[1].

Idéaliste, le roman de synthèse, que Wyzewa nomme « wagnérien », limitera son champ de vision à un individu, et même à sa vie psychique ; descriptif, il cherchera à développer le ruban de cette vie cérébrale de la manière la plus exhaustive possible, dans le déroulement du quotidien le plus banal possible ; émotionnel, enfin, il établira la synthèse des sensations et de leur analyse par la conscience, pour en faire jaillir l'émotion, et il se concentrera pour y parvenir sur les moments intenses où les sensations extérieures déclenchent automatiquement le travail d'analyse et préparent une émotion forte.

Ces sommets de l'existence, Schwob, Gourmont ou Gide les nommeront « crise », « aventure », « frisson esthétique » ou « Schaudern » et, s'ils prennent naissance dans une sensation physique (le désir ; l'angoisse ; la peur ; l'ennui), ils se transforment sous l'action de la pensée en une émotion d'ordre métaphysique, en intuition, argument que Wyzewa avançait en 1886 et que Rivière reprendra en 1913[2].

---

1 Teodor de Wyzwea, « Notes sur la littérature wagnérienne et les livres en 1885-1886 », *op. cit.*, p. 161.

2 À propos de Mallarmé, Wyzewa écrit : « [...] comme son esprit, tout logique, allait d'instinct aux raisonnements désintéressés, il fut spécialement ému par les spéculations théoriques. C'est à la recherche de la vérité qu'il goûtait ses plus conscientes, ses meilleures joies. Il voulut donc, dans ses poèmes, recréer les joies de la recherche spéculative, et il voulut, pour les mieux recréer, indiquer aussi leur sujet. Il fut amené à dire sa philosophie, non pour la dire, mais parce qu'il ne pouvait faire sentir d'autre façon ces joies philosophiques, ces joies suprêmes, qu'il voulait exprimer », « Notes sur l'œuvre poétique de M. Mallarmé », *La Vogue*, 5 et 12 juillet 1886, repris dans *Nos Maîtres, Études et portraits littéraires*, Paris, Perrin,

S'éclaire ainsi la définition du roman symboliste, ou wagnérien, roman que Wyzewa imagine encore à venir lorsque, en 1885, il en établit la théorie. À juste titre d'ailleurs, puisque ce roman ne cessera de représenter un idéal, sans jamais qu'une des réalisations de l'époque ne parvienne à l'atteindre.

Dans sa mise au point sur la littérature wagnérienne et les livres, il lance donc, avant tous, un appel qui sera entendu par les prosateurs du symbolisme, et en particulier par Dujardin :

> Aurons-nous enfin le roman que vingt siècles de littérature nous ont préparé, un roman recréant les notions sensibles et les raisonnements intimes, et la marée des émotions qui, par instants, précipite les sensations et les notions dans un confus tourbillon tumultueux[1] ?

La déclaration est suivie d'un bref, mais capital art poétique, non seulement parce qu'il précède de deux mois le *Manifeste* d'Adam et de Moréas[2] mais, surtout, parce qu'il propose une première poétique du roman à venir, mentionnant le rôle que celui-ci est censé assurer à l'intérieur du symbolisme et dans le développement de l'art en général. Là où Moréas et Adam se contentent de parler de « roman polymorphe », en restant très vagues sur la manière de mettre en scène les déformations du

---

1895, p. 100. Rivière ne dit pas autre chose, vingt-sept ans après ce premier article, parlant du sujet de l'œuvre symboliste comme d'une « émotion abstraite, toute pure, sans causes ni racines, une impression détachée de son origine », *Le Roman d'aventure*, *op. cit.*, p. 10.

1 Teodor de Wyzewa, « Notes sur la littérature wagnérienne et les livres de 1885-1886 », *op. cit.*, p. 169.

2 Le premier, puisque Wyzewa devance de quelques mois le *Manifeste* d'Adam et Moréas, dans lequel une petite place est faite au roman symboliste : « La conception du roman symbolique est polymorphe : tantôt un personnage unique se meut dans des milieux déformés par ses hallucinations propres, son tempérament ; en cette déformation gît le seul réel. Des êtres aux gestes mécaniques, aux silhouettes obombrées, s'agitent autour du personnage unique : ce ne lui sont que prétextes à sensations et à conjectures. [...] Tantôt des foules, superficiellement affectées par l'ensemble des représentations ambiantes, se portent avec des alternatives de heurts et de stagnances vers des actes qui demeurent inachevés », *Le Figaro*, 18 septembre 1886.

réel par la conscience, Wyzewa fixe le cadre temporel et narratif nécessaire au récit pour restituer la vie profonde de chaque âme à travers les émotions :

> le romancier futur dressera une seule âme, qu'il animera pleinement ; par elle seront perçues les images, raisonnés les arguments, senties les émotions [...]. L'artiste devra encore limiter à l'extrême la durée de la vie qu'il voudra recréer. Il pourra ainsi, durant les quelques heures de cette vie, restituer tout le détail et tout l'enchaînement des idées. On n'aura plus des perceptions isolées, inexpliquées, mais la génération même, continue, des états mentaux[1].

En 1887, c'est donc Édouard Dujardin qui s'appliquera à la réalisation de ce programme. Dans *Les Lauriers sont coupés*, Daniel Prince incarne cette conscience unique par laquelle tout est perçu. Pas une ligne du court roman de Dujardin qui ne soit le reflet de ce tourbillon confus des pensées, que le narrateur cherche à débrouiller pour y dégager l'émotion, et l'auteur expose son programme en reprenant, comme en écho, les lignes de Wyzewa :

> C'est tout simplement le récit de six heures de la vie d'un jeune homme qui est amoureux d'une demoiselle, – six heures, pendant lesquelles rien, aucune aventure n'arrive ; [...]. Tout cela est l'analyse des idées ; – la vie la plus banale possible analysée le plus complètement et le plus originalement possible[2].

Après lui, Barrès, Gourmont, Gide, Schwob, ou encore Tinan et Valéry tenteront ce roman de la vie cérébrale, en faisant de l'émotion le centre d'un récit entièrement voué à l'expression de son jaillissement et de ses modulations. S'il ne fait aucun doute que des romans comme *Les Cahiers d'André Walter*, *Sixtine*, *Les Lauriers sont coupés* ou *Penses-tu réussir !* poursuivent l'idéal du roman wagnérien, à travers une poétique expérimentale qui imite

1 Teodor de Wyzewa, « Notes sur la littérature wagnérienne et les livres de 1885-1886 », *op. cit.*, p. 169-170.

2 Édouard Dujardin, Lettre à ses parents du 13 juin 1886, citée dans le dossier documentaire des *Lauriers sont coupés*, Paris, GF, 2001, p. 125.

le travail de l'intelligence traquant l'émotion, on peut se demander en quoi *Valbert*, avec sa narration sagement ordonnée, à la manière des mémoires du XVIIIe siècle, et son discours construit comme une plaidoirie, se rattache encore à l'idéal wagnérien du roman. Cette question paraît d'autant plus pressante que, même si le cadre du récit se situe à Bayreuth et que l'œuvre du Maître est encore qualifiée «d'idéale musique [...] née au profond [...] du cœur», le roman s'ouvre sur une mise au point du chevalier Valbert, qui fait état de la distance prise avec l'œuvre de Wagner. Valbert déplore la contradiction, dans la musique du Maître, entre un symbolisme trop voulu et la sensualité naturelle des symphonies :

> De là, dans la plupart de ses œuvres, dans *Tristan*, dans *l'Anneau du Nibelung*, même dans *Parsifal*, cette espèce d'effort à dépasser son pouvoir réel qui, tout en me frappant de respect, échoue à me causer un entier plaisir [*V*, 69].

Pas plus qu'un roman à la gloire de Wagner, le récit n'affiche les caractéristiques esthétiques du roman wagnérien. L'intrigue n'est resserrée ni du point de vue temporel ni du point de vue géographique. La composition du récit ne cherche pas à imiter le tourbillon tumultueux des pensées. Au contraire, fidèle à une tradition de récits de mémoires, les épisodes s'enchaînent selon une chronologie rigoureuse, commençant par les souvenirs d'enfance, tandis que le procédé du récit encadré instaure une distance dans la narration, qui de ce fait s'éloigne de «l'impression de tout venant» revendiquée par Dujardin. Les confessions de Valbert sont organisées selon un protocole rigoureux, incluant la musique de Wagner – «j'ai besoin moi-même de me préparer à vous entendre : et vous savez qu'il y a dans le troisième acte des *Maîtres Chanteurs* un quintette, des danses et des marches d'une beauté surnaturelle» –, et suivant un programme établi à l'avance, – «Vous me direz un des épisodes que vous avez l'obligeance de proposer à ma curiosité; une autre fois, je vous demanderai la suite» [*V*, 71-72].

Mais par-delà tous ces signes attestant une prise de distance avec l'idéal de 1885, ce qui compte est la permanence de la posture intellectuelle de Valbert et du narrateur qui, elle, n'a pas changé. En cette posture revit toute une génération symboliste, qui envisage la contemplation artistique comme le plus sûr moyen de goûter une émotion absolue, en même temps que, par elle, le personnage fait l'amère expérience des limites de cette religion d'art. Cette désillusion, qui court d'un récit à l'autre en s'amplifiant, explique l'ironie finale d'un Valbert, héros de l'extrême conscience toujours prêt à se « railler jusqu'au sang »[1] et qui devient, par cette attitude, le frère des Daniel Prince, Hubert d'Entragues, André Walter ou Henri, le pathétique écornifleur de Jules Renard. Ce dernier s'en rend compte et se hâtera de l'écrire à Wyzewa, lui disant comment il a reconnu en Valbert le frère d'Henri :

> Il me semble que soudain nous somme devenus amis, très amis. Vous m'avez empli, pour un temps hélas, le cerveau d'une foule de bonnes choses que je voudrais garder. Voulez-vous lire *L'Écornifleur* ? Bien des pages qui m'exaspèrent maintenant vous déplairont, mais je suis sûr que vous reconnaîtrez qu'Henri et Valbert sont de la même famille. Cela vous fera plaisir. Et si je me trompe, tant pis. Je ne regretterai pas ce billet, car une minute où l'on est sincère, est d'or[2].

Valbert est de la famille d'Henri, « né intellectuel » comme on naît infirme, et possédé par des « maudits instincts de psychologue » [*V*, 187] qui l'entraînent à « pens[er] au lieu de sentir » à « pens[er] au lieu d'agir » [*V*, 91].

S'il déplore cet état d'esprit et y voit la source de tous ses maux, c'est avant tout car la part de l'homme sensible le dispute chez lui à l'intellectuel. Valbert n'est pas Edmond Teste et, loin de la caricature du héros cérébral, il ne parvient pas à tuer la marionnette en lui, à triompher des mouvements de son cœur.

---

1 C'est Remy de Gourmont, dans *Sixtine*, qui écrit cela de son héros Hubert d'Entragues, jeune romancier symboliste. Voir *Sixtine*, *op. cit.*, p. 298.

2 *Lettre de Jules Renard à Teodor de Wyzewa*, 12 juillet 1893, Bibliothèque Jacques Doucet, MS 6693.

Déchiré entre ce qu'il ressent et ce qu'il pense, impuissant à n'y rien changer, qui plus est conscient de cette impuissance, il se désole en découvrant sa pitoyable situation, « plus sourd que les sourds, plus aveugle que les aveugles » [*V*, 91]. Cette situation est celle qu'Henri reconnaît au moment de quitter ceux qui l'ont accueilli et qu'il a trompés. De là l'autodérision affirmée, chez l'un et l'autre de ces pique-assiettes des sentiments vrais. Et comme Henri, Valbert est bien le prototype du jeune homme fin-de-siècle, gavé d'idéalisme, remplaçant la morale de l'action par un scepticisme anesthésiant, méprisant les élans sincères de son cœur tout en se méprisant de les mépriser.

Cet état d'esprit sera exacerbé dans la dernière décennie du XIXe siècle. Alors que l'ironie de Daniel Prince, d'Hubert d'Entragues et d'André Walter ne troublait que ponctuellement la solidité de leur foi en l'art, celle de Valbert, d'Henri et de Raoul de Vallonges envahit tout, et signale l'effondrement de l'idéalisme sous la pression de ses propres armes, sous la pression dissolvante de la pensée critique. Dans cette perspective, « le livre affreusement désenchanté de Wyzewa »[1] l'est à la hauteur de la croyance que l'auteur avait placée en l'art, et l'idéalisme tombe, vaincu par l'extrême conscience.

L'IDÉALISME EN QUESTION

En 1886, Wyzewa écrivait pourtant : « seul vit le Moi, et seule sa tâche éternelle est de créer »[2], formule qui va connaître le succès. Défenseur convaincu de la philosophie hégélienne, vouant une indéfectible admiration à Villiers de l'Isle-Adam[3], Wyzewa

1 Jean-Louis Vaudoyer, « Après avoir relu " Penses-tu réussir ? », *op. cit.*, p. 170.
2 Teodor de Wyzewa, « Le Pessimisme de Richard Wagner », *op. cit.*, p. 169.
3 Voir les articles suivants : « Le Comte de Villiers de l'Isle-Adam, notes », *Revue Indépendante*, décembre 1886, p. 260-290 ; « Les Livres », *Revue Indépendante*, c.r. de

fera de l'idéalisme la clé d'interprétation des œuvres de Wagner. Son raisonnement est le suivant : puisqu'il ne saurait exister une autre vie qu'intérieure, on peut la créer en exprimant ses émotions. Le moi comprend et pénètre le monde en découvrant ses émotions, et c'est par l'art qu'il transmet cette révélation, ce que nul mieux que Wagner n'a réussi.

Très vite cependant, Wyzewa nuance son jugement et commence par mettre en cause la validité de la posture idéaliste pour comprendre le monde. Sa réaction est aussi excessive que l'était sa foi ancienne, ce qui explique sans doute l'incompréhension à son égard. Dans *Valbert*, on assiste au procès mené contre les excès d'un idéalisme intellectuel, qui ignore les élans de l'âme, et c'est non seulement le héros, mais encore le narrateur, se partageant tous deux les traits de Wyzewa, qui associent leurs voix pour illustrer les tragiques conséquences d'une existence vouée à l'esprit :

> Et si je ne sais pas bien au juste dans quelle intention Valbert m'a conté les récits qu'on va lire, je sais parfaitement, en revanche, dans quelle intention je me suis mis à vous les répéter. Vous y verrez en quelques exemples, les abominables suites, je ne dirai pas de l'intelligence, mais d'une conception intellectuelle de la vie. [*V*, 91]

Valbert est à première vue le prototype de l'esthète fin-de-siècle, mais il se singularise dans le sens où son intérêt pour l'idéalisme n'est pas uniquement une réaction au dégoût d'une littérature positive et matérialiste, mais relève, de son aveu même, d'un conditionnement naturel qu'il doit à sa race. De Pologne, il affirme avoir rapporté :

> un appareil singulier, un appareil exotique et sans emploi ici : quelque chose comme un cerveau polonais, ou, si vous préférez, un cerveau amoureux. [*V*, 98]

Tribulat Bonhomet, août 1887, p. 156-157 ; « Notes sur la littérature wagnérienne et les livres en 1885-1886 », *op. cit.*, p. 150-171,

Wyzewa, qui comme Valbert est un enfant de l'exil, se trouve dans une position de témoin objectif pour découvrir cette vérité polonaise du « cerveau amoureux », qui évoque l'idée d'une âme qui, où qu'elle soit, se retrouve déchirée entre des postulations contraires, entre une sensibilité maladive qui demanderait à s'extérioriser, et un penchant à l'introspection, exacerbant l'émotion, la portant à incandescence sans lui permettre de se réaliser. Cette impossibilité de vivre les émotions sera rappelée bien des années plus tard, dans la préface que Wyzewa signe pour *Immortelle Pologne !*, le roman de Dauchot, décrivant le Polonais comme un éternel « exilé [...] contraint à vivre parmi une réalité qu'il sent lui être fatalement étrangère »[1].

Prédisposé par ses origines à une vie aliénée, partagé entre ce qu'il sent et ce qu'il pense, Valbert est aussi un enfant du romantisme, nourri de nombreux récits dont on retrouve l'écho dans la narration du jeune homme, et qui s'interposent entre la réalité vécue et analysée. Rousseau, Chateaubriand, Michelet et, dans une certaine mesure, Stendhal, Baudelaire et Heine : ce fonds littéraire aiguise tantôt les penchants naturels de Valbert à l'exaltation amoureuse et à l'introspection, tantôt le pousse à adopter un cynisme de marqueterie. Les héros qu'admire Valbert, et sur lesquels il adapte ses réactions, se nomment donc Julien Sorel ou René, dont le prénom fait référence à sa première passion de collège, quand ils ne rappellent pas l'Adolphe de Constant, pris au piège de ses propres raisonnements, ou le narrateur de *La Confession d'un enfant du siècle*[2], qui propose sa souffrance en exemple pour mettre en garde la jeunesse.

1 Teodor de Wyzewa, Préface à *Immortelle Pologne !*, de Gabriel Dauchot, Paris, Perrin, 1908, p. XI-XII.

2 Le narrateur anonyme qui rapporte les récits de Valbert insiste sur la portée didactique de ceux-ci. Ses déclarations rappellent celles du narrateur de *La Confession d'un enfant du siècle* : « Ah ! Si les récits de Valbert pouvaient maintenir hors des voies maudites de l'intelligence et de la réflexion ne serait-ce qu'une seule âme, parmi celles qui m'entendent ! », [*V*, 91].

À l'image de ce que ressent la génération de 1890, la culture que Valbert porte en lui devient pesante au point d'empêcher non seulement l'action, mais de frelater ou de différer de façon problématique ses réactions :

> Et puis les livres que j'avais lus avaient déposé en moi le germe de trop de rêves et de réflexions. [*V*, 133]

La vie, soupire alors Valbert, se réduit à un « rôle à jouer vis-à-vis de [soi]-même » [*V*, 133] dont les grandes lignes sont déjà tracées, ce qui n'offre plus rien d'excitant.

L'accès à la vie par le viatique de l'art inscrit également de notables retards entre la sensation vécue et la sensation analysée. Valbert souffre de ce manque de spontanéité et s'en ouvre à son interlocuteur, mais, décidément impuissant à se dégager de la médiation de l'art, il recourt une fois de plus, pour s'en plaindre, aux modèles littéraires :

> C'est Rousseau, je crois, qui se plaignait de trouver toujours trop tard, en descendant l'escalier, l'esprit dont il aurait eu besoin pour faire belle figure dans le monde. Ce cuistre n'avait de soin que de son esprit. Mais moi, Monsieur, j'ai l'infirmité naturelle de toujours éprouver trop tard, et quand enfin je reste seul après une rencontre, les sentiments que j'aurais dû éprouver pendant cette rencontre. [*V*, 164]

LES SEPT DEGRÉS DU DÉTACHEMENT

La gageure pour Valbert est, dès lors, d'apprendre à laisser sa sensation s'exprimer librement, ou sincèrement, en ignorant les postures littéraires tout comme le prêt-à-penser idéaliste. Du premier au septième et dernier épisode, une progressive marche à travers la littérature, et l'art en général, sanctionne les croyances de Valbert et l'amène à renoncer à une existence vue et sentie à travers l'art. Sept récits : sans doute peut-on voir dans l'utilisation de ce nombre symbolique la volonté de souligner l'élévation progressive de Valbert vers une conception épurée de l'amour. Celle-ci ne sera révélée au Chevalier que dans l'épilogue, prenant le visage d'Alice, synthèse d'Amie et de Lischen, que Valbert a aimé tour à tour, mais imparfaitement. Avant la découverte d'Alice, chaque aventure amoureuse incite Valbert à se défaire d'une représentation littéraire ou intellectuelle de l'amour, qu'il sait l'empêcher d'aimer vraiment, car elle s'interpose entre son esprit et la femme désirée. Ainsi, à l'exaltation naïve de l'enfance, autour des fiançailles fictives avec Mlle Irène, baignées dans l'atmosphère des contes de l'enfance [Premier récit], succède l'âge des sacrifices accomplis en l'honneur de René, le camarade élu pour lequel Valbert entretient une muette et romantique passion [IIe récit]. Le réveil qui sanctionne la sublimation de l'amour débouche naturellement, au chapitre suivant, sur le réalisme d'un adultère bourgeois, rétréci au point même qu'aucun acte ne le concrétise [IIIe récit]. Ce sont les artifices de l'art qui se chargeront d'apporter du rêve dans la monotone existence de Valbert. Le jeune homme, en disciple de Baudelaire, réinvente l'icône adorée, l'actrice de Douai, à la faveur d'un jet de lumière et d'une parure de scène [IVe récit]. L'histoire d'Amie prolonge un temps, en les exacerbant, le temps des fantasmes esthétisants. Mais cette fois-ci, l'évocation de la femme idéale est soutenue par la caution fin-de-siècle de l'idéalisme [VIIe récit], tandis que, peu avant, les personnages de Sarah et de Marie[1] [V^e^ et VIe récits], semblaient tout droit sortis d'un roman de Zola ou d'une étude des Goncourt. Le septième et dernier épisode, le plus long, placé de manière prémonitoire sous l'autorité du Wagner de *Parsifal*, renvoie finalement dos à dos les conceptions idéalistes et naturalistes de l'amour et de l'art, toutes deux insatisfaisantes, laissant penser que Valbert n'a pas fini ses pérégrinations.

Dans ce parcours orienté en forme de panorama littéraire, le lecteur est donc appelé à replacer les références et les noms, parfois

1 Marie fait référence à Jane Avril.

revendiqués, le plus souvent suggérés, et à reconstruire autour de Valbert une sommaire histoire du sentiment amoureux, de l'amour naturel et naturellement chaste du premier récit, qui se joue des conventions et du mariage, au pygmalionisme du jeune Narcisse fin-de-siècle, rêvant d'une aveugle Amie lui devant tout, jusqu'à l'existence. Entre deux c'est l'ombre d'Heine et de Baudelaire, d'*Atala*[1], de *René*, d'Adolphe, de Julien et de Frédéric qui passe. Ce sont les héros de Tolstoï, de Dostoïevski, avec, dans l'épilogue, un peu du Robert Greslou[2] de Bourget, qui accompagnent le Chevalier dans son initiation à l'amour et préparent l'avènement de la figure de Parsifal, l'humble et le pur, comme ultime épanouissement.

Mais pour y parvenir, Valbert doit avant tout rééduquer son esprit, qu'il sait engourdi par l'idéalisme, en commençant par brûler, l'une après l'autre, les idoles. L'extrême conscience qui le caractérise le pousse donc à se retourner contre chacun de ses maîtres passés, philosophes, écrivains et artistes qui ont nourri sa vision idéaliste du monde.

BRÛLER LES IDOLES

« [...] brûle. Brûle tout sur la terre et au ciel. Et brise la férule et éteins-la quand tu auras brûlé »[3], murmure Monelle à celui

1 C'est cet ouvrage que la mère du petit Valbert emporte dans son exil en France : « Lorsqu'elle eut à quitter la Russie pour s'installer dans un misérable petit logement des Batignolles, ma mère, je me rappelle, ne crut devoir emporter que deux choses, parmi toutes celles qui lui appartenaient : une traduction polonaise d'*Atala* et une selle tcherkesse [...] », [*V*, 98].

2 On peut rapprocher la scène de la visite nocturne de Lischen dans la chambre de Valbert à celle de Charlotte dans le roman de Bourget, ainsi que les remords de Valbert déclenchés par son sentiment d'insincérité envers la jeune fille, à ceux de Greslou vis-à-vis de son amante, ceci d'autant que l'on sait que Wyzewa a été l'attentif lecteur du *Disciple*, roman pour lequel il écrira une préface en 1911 (éd. Nelson).

3 Marcel Schwob, *Le Livre de Monelle*, *op. cit.*, p. 123.

qu'elle est venue chercher dans la plaine. Comme le personnage de Schwob, Valbert comprend qu'il doit se débarrasser de ses anciennes croyances pour avancer. Mais le chemin est d'autant plus difficile que le héros idéaliste a perdu la faculté de vouloir. Il ne peut qu'analyser et broyer les éléments de sa vie, les réduire à de la matière cérébrale et en faire, faute de mieux, de l'art. Il lui faut donc réapprendre à vouloir pour agir, en faisant taire l'analyste en lui. Deux voies se présentent alors à Valbert, qu'il empruntera tour à tour. Avant de renoncer à une conception artistique de la vie pour plonger dans une morale de l'action, le jeune homme préfère s'en remettre à des auteurs qui, par leur puissance d'évocation, imposent la sensation de manière si forte qu'ils ne permettent pas l'analyse, suspectée d'éventer l'émotion et de l'affaiblir. Qui sont-ils ? Michelet, Dickens, Dostoïevski : trois artistes à « l'imagination violente », interdisant toute tentative de « former des jugements sur leurs œuvres, vain et stérile jeu de pédants », affirme Valbert[1] [*V*, 171]. Trois nouvelles idoles

---

1 Affirmation qui pèsera dans les réflexions de Wyzewa sur la critique. Si celui-ci était encore partisan d'une critique esthétique du temps de la *Revue Wagnérienne*, il s'en éloigne à partir des années 1890, signalant combien les jugements vieillissent et fanent l'originalité d'une œuvre : « Quelle misérable chose, d'ailleurs, que la critique ! Comme cela vieillit vite, et, fatalement, devient ridicule après quelques années ! », *Journal*, notation du 16 octobre 1902, *op. cit.* Wyzewa oppose à cette conception sa propre définition de la critique, sous la forme d'une biographie artistique. L'objectif est simple : tenter, par une étude minutieuse de tous les documents et renseignements récoltés, de reconstruire jour après jour, heure par heure, les faits et les pensées d'un artiste, afin d'expliquer l'éclosion d'une œuvre d'art. Le processus est alors réversible. L'analyse de l'œuvre devrait permettre de mieux connaître la vie et la pensée de l'artiste. Dernier point : Wyzewa voit dans le roman le genre le plus à même de dévoiler la biographie d'un auteur : « La biographie critique, pour servir à la compréhension des œuvres, devrait être elle-même un roman. Sur les faits recueillis, elle édifierait tous les faits, heure par heure ; sur les pensées authentiquement transmises par l'artiste, elle édifierait l'ordre entier des pensées, durant une vie. Par là une œuvre serait expliquée ; avec l'analyse d'une sonate de Beethoven, les lecteurs auraient l'image ainsi des pensées qui menèrent Beethoven à composer cette sonate, et l'indice des émotions que la sonate traduit », Teodor de Wyzewa et Georges de Saint-Foix, *W.-A. Mozart. Sa vie musicale et son œuvre. Essai de biographie critique suivi d'un nouveau catalogue chronologique de l'œuvre complète du Maître*, Paris, Desclée de Brouwer, 1936, t. 1, p. 12.

dont le Chevalier va s'entourer, pressé d'en finir avec son personnage intellectuel, évitant surtout d'agrandir le cercle de ses lectures. La devise qui se dégage de la fréquentation de ces esprits forts pourrait être la suivante : il faut être pris[1] pour ne pas retomber dans la pensée se dévorant elle-même. Le Wagner de *Parsifal* ou celui des *Maîtres Chanteurs* appartient au type d'artistes qui emporte, à condition cependant de ne pas ergoter à son sujet et de l'aborder avec le cœur. Ce sera le parti pris de Wyzewa dès son entrée en littérature, en 1885, parti pris qu'il n'abandonnera jamais. Quand bien même il se sera depuis longtemps éloigné du wagnérisme, Wyzewa aura une déclaration de reconnaissance envers un Maître toujours aimé, avouant que, malgré tout ce qui le sépare désormais de Wagner, « il [...] suffit de l'entendre pour être de nouveau tout à lui »[2].

Wagner sauvé, grâce à sa puissance d'évocation, l'examen critique de Valbert continue. Pour connaître la vie et l'amour, le jeune homme sent qu'il doit s'ébrouer de sa torpeur, en commençant par se détourner des penseurs qui ont forgé sa vision du monde :

> Je m'entraînais, en particulier, à détester les philosophes, et tous les auteurs à idées, les raisonneurs, les constructeurs, et ceux-là aussi qui m'avaient autrefois suggéré ma conception du monde. Car je n'ai pas besoin de vous dire – après ce que vous savez de moi – que je m'étais spécialement attaché dès ma jeunesse aux théories des idéalistes, Platon, Berkeley, Fichte. J'avais appris d'eux que l'univers extérieur était un rêve de ma pensée, que toute réalité réelle était en moi seul, et tout pouvoir de créer. [*V*, 169]

1 « Être pris » est la devise de Sixtine, qui explique à Entragues, son amant malhabile, comment celui qui a gagné son cœur l'a emportée sans lui laisser le temps de la réflexion : « Que voulez-vous ? Il m'a prise. Il fallait me prendre. Vous l'ai-je assez dit qu'il fallait me prendre et capter par de la force et de la ruse le vol de ma volonté ? », *Sixtine*, *op. cit.*, p. 301.

2 Teodor de Wyzewa, *Beethoven et Wagner, essais d'histoire et de critique musicales*, Paris, Perrin, 1898 ; nouv. éd. 1914, cité dans Paul Deslemme, *Teodor de Wyzewa...*, *op. cit.*, p. 152.

Dans l'épilogue, Valbert souligne une dernière fois la nécessité de rompre avec la pensée idéaliste pour vivre, en fustigeant les méfaits du cartésianisme :

> Il y a je ne sais quel philosophe qui s'est vanté d'avoir sauvé les hommes en déplaçant l'axe de la pensée, de façon à mettre l'esprit humain au centre des choses. Ce triste baladin était trop niais, je suppose, pour mesurer l'étendue de l'abîme où il jetait les hommes : et d'autres niais sont venus après lui, qui ont achevé le désastre. [*V*, 210-211]

L'un d'entre eux, bien qu'il ne soit pas nommé, est sans doute Schopenhauer, auquel le narrateur fait allusion dans sa première rencontre avec Valbert. « Ce qu'on appelle l'amour, est-ce que cela seulement existe ? », questionne le narrateur, exposant la perplexité dans laquelle l'ont plongé « d'excellents ouvrages [...] lus ces derniers temps » [*V*, 70]. On peut compter parmi eux *Le Monde comme Volonté et comme représentation*, ou du moins les présentations de l'œuvre qui circulent en France à cette époque. Le maître-ouvrage de Schopenhauer propose en effet de célèbres développements sur l'amour, dont Wyzewa a, de manière certaine, pris connaissance à travers l'ouvrage de Théodule Ribot, s'il n'a pas lu lui-même la somme du philosophe[1]. La définition que donne Valbert de l'amour rappelle celle de Schopenhauer. À la question de savoir « qu'est-ce que l'amour, en vérité ? », le Chevalier propose une réponse en tous points conforme à la pensée de Schopenhauer sur le sujet. L'amour est agitation vaine et tromperie :

> Nous nous agitons à travers la vie sans rien savoir des autres ni de nous-mêmes ; notre pensée nous trompe, nos cœurs sont pleins de ténèbres ; et nous n'avons de force que pour souffrir ou pour faire souffrir. [*V*, 200]

---

1 Wyzewa signale à l'attention du lecteur de la *Revue Wagnérienne* du 8 mai 1885 l'ouvrage de Ribot, *La Philosophie de Schopenhauer*, paru une première fois en 1874, puis en 1885.

L'amour comme une ruse de la Volonté en vue de la perpétuation de l'espèce est illustrée par la relation avec Sarah. Valbert, qui ne l'aime pas, qui la sait tricheuse et menteuse, fait pourtant l'expérience de ce sortilège et des désillusions qui l'accompagnent :

> Et aujourd'hui encore ces six mois passés avec Sarah m'apparaissaient comme une courte incursion qu'il m'a été donné de faire dans la nature : courte, mais pourtant trop longue, quand je songe à l'impression de vide et d'ennui que j'en ai rapportée. [*V*, 146]

Le roman de Wyzewa se présente ainsi comme une vaste remise en cause de l'amour tel que la fin du siècle, sous l'influence de l'idéalisme, le présente. Leurre de l'instinct, construction de l'intelligence ou contemplation esthétique, l'amour vécu de la sorte trompe et aliène. Valbert croit aimer et n'aime pas, confond l'art et la vie – «Je l'ai aimé d'un étrange amour sans désirs, que j'aurais pu tout aussi bien ressentir pour un livre ou pour un tableau», [*V*, 99] ou reconstruit de toutes pièces le sentiment amoureux :

> Je crois, en vérité, que je ne ressentais absolument rien, mais je ne cessais point de penser que j'étais amoureux. [*V*, 80]

Les aventures de Valbert rejoignent celles de nombreux héros fin-de-siècle, souffrant d'une impuissance d'aimer, formule dont Tinan fait le titre d'un ouvrage qui paraît un an après Valbert[1]. Mais à la différence de Tinan et de nombreux autres romanciers du symbolisme, Wyzewa ne se limite pas au constat de l'impuissance d'aimer. Il ouvre à son héros une voie, la sienne, qui le fait progresser de la posture du Narcisse à celle de François d'Assise, en passant par Parsifal.

1 Jean de Tinan, *Un Document sur l'impuissance d'aimer*, Paris, Librairie de l'Art indépendant, 1894. Cet ouvrage montre combien, dans les années 1890, la question de l'authenticité du sentiment amoureux préoccupe les jeunes esthètes encore épris d'idéalisme.

NARCISSE, PARSIFAL ET L'OMBRE DE FRANÇOIS D'ASSISE

Si Valbert ne peut aimer, c'est donc, d'abord, parce qu'il a hérité d'une conception idéaliste de l'amour. Celle-ci est incarnée par la figure de Narcisse[1]. Parce que «seul vit le Moi», l'amour n'est donc jamais vécu autrement qu'à travers un solipsisme qui dénie à l'autre son statut de sujet. Dans le roman de Wyzewa, l'attitude du Narcisse est maintes fois rappelée, et toujours fustigée comme la source du mal-être qui s'empare de la jeunesse fin-de-siècle et du héros en particulier. Très vite, par exemple, le confident de Valbert se rend compte de la nature narcissique de son compagnon :

> Et je fis encore à Valbert une foule de remontrances; mais, pourvu qu'on lui parlât de lui, les plus cruelles ne l'auraient point fâché. [*V*, 86-87]

Valbert lui-même ne s'en cache pas et sent qu'il lui faut renoncer à Narcisse pour découvrir l'amour :

> J'avais essayé de voir, de sentir, d'aimer; ma pensée m'avait toujours condamné à ne voir à ne sentir, à n'aimer que moi seul. [*V*, 210]

Valbert et son confident échappent tous deux, *in extremis*, au piège de l'auto-contemplation, et reconnaissent en Parsifal l'anti-Narcisse, accueillant le monde, s'y projetant plutôt que de l'enfermer dans sa vision. Or, le secret de Parsifal, figure christique

1 Narcisse est le modèle de l'amant et de l'artiste pour la génération symboliste. André Gide, dans *Le Traité du Narcisse*, entérine l'idée d'un Narcisse-artiste, appelé à contempler les formes, à «descend[re] profondément au cœur des choses» pour leur «redonner une forme éternelle [...], véritable enfin, et fatale, – paradisiaque et cristalline», *Le Traité du Narcisse, Théorie du symbole* (1891); *Romans, récits et soties. Œuvres lyriques*, Paris, Gallimard, «Pléiade», 1958, p. 10. En ce qui concerne l'interprétation de la figure de Narcisse par la littérature de la fin du XIXe siècle, voir l'essai de Pierre Jourde, *L'Alcool du silence. Sur la décadence*, Paris, H. Champion éd., 1994, p. 139-155.

ramenant avec la lance sacrée le bonheur et la guérison, réside dans la compassion. Il est le cœur pur, l'ignorant que ne consume aucun désir de gloire, à commencer par celle que procurent les victoires de l'esprit :

> *Durch Mitleid Wissend, der reine Thor !*. Le niais, l'imbécile, mais qui a le cœur pur et qui trouve toute science dans la compassion. [*V*, 205-206]

Quand bien même Valbert, comme le narrateur, accueillent tous deux l'anti-intellectualisme de Parsifal, la manière dont cette révélation les frappe diffère, et cette différence est à l'image du caractère double que Wyzewa se reconnaît, à la fois intellectuel, certes, mais à la sensibilité exacerbée. Alors que chacun, après que Valbert a achevé son dernier récit, s'en retourne assister au troisième acte de *Parsifal*, la révélation a lieu. Mais Valbert, comme le héros de Wagner, devra ensuite se mesurer aux épreuves de la vie et faire l'apprentissage de ce bonheur par l'action concrète. L'épilogue met en scène une dernière rencontre entre le jeune homme, malade, et son confident, rencontre durant laquelle Valbert, entre deux quintes de toux, se déclare pourtant guéri « d'un mal cent fois plus cruel, de cette impuissance à aimer et à vivre [...] » [*V*, 209]. Qu'a-t-il fallu à Valbert pour connaître la plénitude ? Avant tout, apprendre à sortir de lui-même :

> Il me suffisait, pour être heureux, de déplacer le centre de ma vie, de m'intéresser aux choses au lieu de m'intéresser à moi-même.[*V*, 214]

Et l'abandon de la défroque du Narcisse implique nécessairement de renoncer au culte de la pensée pour, à la manière de Parsifal, vivre comme le pur et l'ignorant :

> [...] Le secret du bonheur est de ne point penser : car le premier et le dernier résultat de la pensée est de nous convaincre de notre existence, et de la non-existence des autres. [*V*, 246]

Valbert ne cesse de décliner cette vérité et le plaidoyer qu'il mène contre le repli intellectuel multiplie les métaphores. La pensée est tantôt comparée à une muraille[1], tantôt, jouant d'un cliché décadent, elle devient principe de décomposition de l'âme, qui s'affaisse sur elle-même à force d'auto-contemplation :

> L'âme qui n'a point d'issue au dehors ne peut manquer de se pourrir ; et une puanteur s'en exhale qui a failli m'asphyxier. [*V*, 211]

« Sortir de soi » sauve, et Valbert n'est pas le seul à faire ce constat. Toute une génération, celle du Gide des *Nourritures terrestres*, du Barrès d'*Un Homme libre*, des Tinan, des Bloy, des Mirbeau se réveille et remplace le rêve par l'action. Celle-ci rejoint, chez Wyzewa, un idéal de charité, qui annonce le renouveau du roman chrétien dans la littérature du début du vingtième siècle. « Travailler pour autrui au lieu de travailler pour moi » [*V*, 214], dans l'allégresse que procure l'abnégation, c'est ce que le jeune homme découvre la première fois quand, au retour d'un après-midi gaspillé à la foire de Saint-Cloud, il s'improvise cordonnier et surmonte son horreur des « occupations matérielles » pour renfoncer un clou dans la semelle de sa compagne. Valbert tire de cette banale aventure un enseignement dont il fera sa morale :

> [...] Je m'aperçus que, sans mettre à mon travail aucune pensée d'intérêt, le seul fait de travailler pour autrui m'avait rendu agréable et facile la plus fâcheuse des besognes. Oui, j'avais éprouvé un plaisir singulier

---

1 La métaphore de la muraille ou du labyrinthe pour décrire l'action enfermante de la pensée est prisée des symbolistes de l'extrême conscience. À titre d'exemple, on peut citer Schwob, dans *Le Livre de Monelle* : « J'arrivai dans un lieu très étroit et obscur, mais parfumé d'une odeur triste de violettes étouffées. Et il n'y avait nul moyen d'éviter cet endroit, qui est comme un long passage », *op. cit.*, p. 203, ou Gide, dans *Paludes* : « On ne sort pas ; – c'est un tort. D'ailleurs on ne peut pas sortir ; – mais c'est parce que l'on ne sort pas. – On ne sort pas parce que l'on se croit déjà dehors. Si l'on se savait enfermé, on aurait du moins l'envie de sortir, *in Œuvres Complètes. Romans Récit et soties...*, *op. cit.*, p. 113. L'image sera reprise par Jacques Rivière dans ses articles sur le « Roman d'aventure ». À travers elle, Rivière illustre la poétique de l'extrême conscience : « Rien ne sert de s'obstiner ; il y a un mur de ce côté-là ; on ne passe plus ; même si l'on croit avancer, on est toujours en dedans », *op. cit.*, p. 8.

> à renfoncer ce méchant clou, simplement parce qu'ainsi je procurais du plaisir à une jeune femme qui sans moi eût souffert. [*V*, 214]

Il serait prématuré de croire cependant que le roman de Wyzewa présage déjà la conversion au catholicisme qui sera sienne en 1902. Si le désir d'action prend la nuance du dévouement chrétien dans les dernières pages, cette conception d'un universel amour en Dieu n'est encore attachée à aucune religion précise. En témoigne le sort que Wyzewa fera subir à sa préface des *Contes chrétiens* de 1892, appelant à se détourner de la science vaine pour découvrir Dieu, et qu'il retire dès sa conversion, la jugeant trop laïque. Le catholicisme de Wyzewa et sa dévotion pour Saint-François d'Assise, à qui il consacrera plusieurs ouvrages[1], ne sont pas encore à l'ordre du jour, même si l'ombre de François plane sur l'épilogue de *Valbert*. Le jeune homme repenti de son idéalisme emprunte, il est vrai, certains traits à l'ermite italien, – jeunesse dissipée, conversion au travail manuel, dénuement volontaire, refus de l'intellectualisme et communion avec la nature –, mais est-ce suffisant pour affirmer que l'anti-intellectualisme de Wyzewa comporte déjà les germes de sa conversion future ? Dans tous les cas, il convient de différencier, dans le roman de Wyzewa, le document d'époque du récit autobiographique, statut revendiqué par l'auteur pour son roman. Si la passion de Valbert pour le travail, pour les sensations simples et l'action en général peut être considérée comme le résultat de l'examen autocritique qui caractérise la littérature de l'extrême conscience, et que l'on retrouve dans la plupart des romans du symbolisme[2], l'exaltation au don de soi et à un amour vécu sur

---

1 Wyzewa traduit en 1902, pour *La Légende dorée*, le récit de « Saint François, confesseur », *op. cit.*, p. 561-571, puis, de l'italien, en 1912, également d'après les textes originaux, *Les Petites fleurs de Saint-François d'Assise (Fioretti)*. Suivies des *Considérations des très saints Stigmates*, Paris, Perrin.

2 Gourmont, pourtant fervent défenseur d'une esthétique idéaliste, n'affirme pas autre chose lorsqu'il délègue à Entragues le soin d'exprimer son « mépris du matérialisme » en soulignant qu'il confine à l'absurde, et ajoute dans le même temps une

le mode oblatif est la réponse personnelle de Wyzewa, et nous plonge dans la dimension plus strictement autobiographique des confessions du Chevalier.

UN ROMAN AUTOBIOGRAPHIQUE

Wyzewa n'écrira que deux romans dans sa vie, chacun à des moments clés de son existence et chacun à caractère ouvertement autobiographique. *Valbert* revient sur les étapes d'une conversion esthétique, tandis que *Le Cahier rouge ou les Deux Conversions d'Étienne Brichet* (éd. posthume, 1917), raconte l'histoire d'un compositeur, celui qu'aurait souhaité devenir Wyzewa[1], qui, après la mort de son épouse, embrasse la religion catholique de la défunte. Quand il travaille à son *Valbert*, Wyzewa est imprégné de l'esthétique symboliste, qui ressasse à l'envi des formules comme celle de Gourmont : il n'y a désormais « en littérature, qu'un sujet, celui qui écrit »[2]. Symboliste de l'extrême conscience, Wyzewa a pu vouloir aller jusqu'au bout de l'aventure subjective qui anime les romanciers de l'époque, en faisant de son personnage un alter ego de l'écrivain[3]. La période symboliste révolue, Wyzewa confirme pourtant son parti pris de l'écriture biographique ou

---

formule qui sonne le glas de son idéalisme : « Penser, ce n'est pas vivre ; vivre, c'est sentir », *Sixtine*, *op. cit.*, p. 160-161. De même Gide, dans *Le Voyage d'Urien* (1892), fait dire à ses marins que le temps de l'action est venu : « Nous avions quitté nos livres parce qu'ils nous ennuyaient [...]. Nous étions las de la pensée, nous avions envie d'action », *in Romans, récits et soties...*, *op. cit.*, p. 18.

1 Signe de cette volonté persistante de l'auteur, Wyzewa fait de Valbert un compositeur, certes médiocre, qui se contentera, sa nouvelle foi découverte, de transcrire de la musique.

2 Remy de Gourmont, *Le Livre des masques* (1896), Paris, Mercure de France, 1963, p. 97-98.

3 *Les Contes chrétiens*, que Wyzewa publie en 1892, mettent aussi en scène un double de Wyzewa, en la personne de Valerius Slavus, savant averti de la pensée platonicienne et convaincu de pouvoir maîtriser, par elle, la mort et le temps.

autobiographique. *Ma Tante Vincentine*[1], qui se situe entre l'essai et le roman, et qui rend hommage à celle qui a suivi Teodor dans son exil, s'est sacrifiée pour son bonheur et sa réussite, paraît en 1913. On peut alors penser que s'il n'a jamais écrit de récits autres qu'autobiograhiques, c'est avant tout par incapacité à « créer un héros différent de lui-même et [...] imaginer une fiction sans point commun avec sa propre existence »[2]. Mais il semble qu'il faille surtout y voir la confirmation d'une théorie personnelle de la biographie qui, loin de s'opposer au caractère fictif du roman, voit en celui-ci le plus sûr moyen d'éclairer la formation des pensées et des émotions. C'est le jugement que Wyzewa défendait officiellement à peu près au moment de *Valbert* :

> Je voudrais qu'on prît n'importe quelle vie, présente ou passée, qu'on s'efforçât d'en connaître tous les faits, et qu'ensuite on la revécût, comme on revit les épisodes d'un roman, en suppléant par l'imagination à ce que les faits ne sauraient donner[3].

Le roman, dans son ambition d'explorer plus intensément l'émotion, ne plonge-t-il pas au cœur de la réalité, dévoilant pas à pas l'évolution intérieure de chaque être ? C'est à peu près en ces termes que Wyzewa défendra la méthode choisie pour réaliser sa monumentale biographie esthétique de Mozart, qu'il rédige en collaboration avec Georges de Saint-Foix. L'objectif est annoncé dans la préface. Il s'agit de :

> reconstituer le développement intérieur du génie de Mozart, avec l'espérance d'atteindre ainsi l'âme et la vie véritables du maître, par delà le détail, tout anecdotique, des menus incidents de son existence individuelle[4].

---

1 Teodor de Wyzewa, *Ma Tante Vincentine*, Paris, Perrin, 1913.

2 C'est l'avis du critique Paul Delsemme, *Teodor de Wyzewa... op. cit.*, p. 114.

3 Teodor de Wyzewa, « Trois figures de femmes au XVIIIe siècle », *Revue Bleue*, 21 avril 1894, cité dans *ibid.*, p. 181.

4 Teodor de Wyzewa ; Georges de Saint-Foix, *W.-A. Mozart...*, *op. cit.*, p. 12.

Voilà une vérité qui accompagnera toujours Wyzewa, et l'incitera à consacrer dix ans de sa vie à rétablir, jour après jour, le dialogue du compositeur avec les découvertes musicales de son époque. C'est ce même dialogue critique avec les découvertes symbolistes que propose *Valbert*, mais il s'y ajoute un fonds personnel, que la lecture en parallèle du *Journal*, de *Ma Tante Vincentine* et de la correspondance de Wyzewa nous permet de retrouver. Si ce réseau de références, à l'exception de *Ma Tante Vincentine*, ouvrage publié du vivant de l'auteur, n'éclaire les épisodes du roman qu'au prix d'un travail de dépouillement d'archives, un indice dévoile le statut autobiographique du roman de 1892 dès le sommaire du prologue. Wyzewa y présente le narrateur comme « l'auteur » du roman, ce que la suite confirme. Tous les détails concordent en effet, puisque l'ami et confident que Valbert rencontre sur la colline de Bayreuth, partage de nombreux traits avec le Wyzewa de l'époque[1]. Critique wagnérien, assez connu du milieu pour se faire interpeler par Valbert, mais déjà s'éloignant d'un wagnérisme court-voyant, le narrateur est bien un double de l'auteur. Quant à Valbert, il avoue 27 ans en 1889, date de sa dernière rencontre avec son ami à Bayreuth, ce qui signifie qu'il est né, comme Wyzewa, en 1862. Comme lui, il a connu l'exil, l'adaptation à une langue et à une terre inconnues, puis les humiliations de l'internat, dues à sa pauvreté et à sa mise excentrique. Comme le jeune Teodor, il goûte, après les années de détresse du collège, à la détente d'une vie plus facile, celle de Douai, embellie par une idylle pour une actrice vieillissante[2]. Et puis vient la vie parisienne, dès la vingtième année, entrecoupée de pèlerinages à Bayreuth, ou ailleurs en Allemagne,

1 Le sommaire du prologue fixe, en même temps que le dispositif de délégation de la parole, le statut du narrateur : « Où le chevalier de Valbert se présente à l'auteur, qui le présente au public » [*V*, 65].

2 Wyzewa a 18 ans, lorsque, à Douai, il fait la connaissance de Mlle Jagetti, une actrice connue du public douaisien. Voir *Journal*, notation des 4 juin 1903 et 13 février 1904, *op. cit.*

partout où l'amour de la musique appelle Wyzewa. Paris est aussi l'occasion, pour Wyzewa, d'évoquer autour de son personnage quelques silhouettes connues et aimées, des lieux fréquentés, des souvenirs chers : Marie, ou Jane Avril, Barrès à travers l'évocation de l'expédition à la foire de Saint-Cloud et le maraudage des poires[1], Paul Adam, le bal Bullier encore.

Si la position de critique que Wyzewa occupe dans les années 1885-1890 le rapproche plus du narrateur que de Valbert, ce dernier illustre pourtant ce qu'a pu être la vie affective et amoureuse de Wyzewa à cette époque. Déchirements intérieurs, sentiment d'impuissance et crises morales, dont on retrouve l'écho dans des lettres poignantes envoyées à ses amis les plus sûrs : Wyzewa n'avait pas encore trouvé le bonheur. Et comme son personnage, il connaissait alors des épisodes dépressifs terribles. À Brunetière, il avoue à peu près l'état d'esprit dans lequel se trouve Valbert après l'abandon de la petite Marie :

> Depuis mon retour de Belgique, il y a deux mois, j'ai vécu et vis encore dans un état de véritable folie : comment cela finira, je n'ose y songer ; mais jamais je n'ai connu rien de pareil. Il ne se passe pas un soir où je ne suis poursuivi (taraudé ? ?) par un désir absolument insensé de me tuer. Pourquoi ? Impossible de trouver un motif un peu raisonnable : c'est vraiment une folie[2].

Ce n'est qu'au contact de Marguerite Terlinden, rencontrée précisément au cours de l'été 1892, au moment d'achever le manuscrit de *Valbert*, qu'il se défait de son pessimisme. Teodor épouse la fille cadette du peintre belge Félix Terlinden en janvier 1894. S'il

1 Alors que Wyzewa, dans *Valbert*, n'évoque pas la présence d'une troisième personne lors de l'épisode de la sortie à Saint-Cloud, Jane Avril, dans ses *Mémoires*, restitue la vérité. À propos de Barrès, Wyzewa et elle, elle écrit : « Une autre fois, nous nous rendîmes tous trois à la fête de Saint-Cloud, rieurs comme des enfants, y dégustant des frites et moules traditionnelles, suivies de poires que nous avions "chipées" au mur d'un jardin dans la campagne », *op. cit.*, p. 43.

2 Teodor de Wyzewa, Lettre à Ferdinand Brunetière, non datée, BNF, NAF, 25051, f° 382.

ne s'est pas immédiatement aperçu de son amour, occupé à courtiser Adèle, la sœur aînée, il reconnaît, après la mort prématurée de son épouse, combien le roman auquel il travaillait alors l'appelait déjà. Sous les traits d'Alice, c'est Marguerite que Teodor/Valbert recherchait, c'est vers Marguerite que s'agite inutilement la vie de son héros, comme il le note dans son *Journal* :

> J'ai surtout été frappé de l'extraordinaire besoin de toi qu'atteste ce roman, qui a rempli les années de ma vie jusqu'au moment où je t'ai connue. Tout ce Valbert m'apparaît un appel vers toi, mon ange, la folle agitation d'un cœur qui te cherche[1].

Lesté de ce poids autobiographique et de la présence en filigrane de Marguerite, *Valbert* n'est pas seulement un document d'époque qui nous permet de comprendre les conséquences de l'idéalisme sur la jeunesse de 1890, même si cette contribution est capitale, il est encore le témoignage d'un parcours personnel, parcours d'un cœur et d'un esprit inquiets, dont les échos ont souvent des accents d'une justesse poignante. Et si l'on a, généralement, rejeté l'anti-intellectualisme de Wyzewa dans le camp symboliste, on a par contre reconnu à *Valbert* cette justesse et cette délicatesse de ton qui font aimer l'œuvre. « Le charme qu'on goûte à lire M. de Wyzewa est assez comparable à celui que procurent aux enfants les premières révélations du kaléidoscope »[2], écrit Paul Berger, tandis que Pierre Quillard admet qu' :

> autant les conclusions où nous voudrait insidieusement obliger M. de Wyzewa semblent contestables, voire dangereuses, autant, dussé-je lui faire peine en tenant compte de pareilles futilités, on trouvera de charme aux récits pris en eux-mêmes. Cela se lit comme les Mémoires du dix-huitième siècle, j'entends ceux qui sont écrits en bonne prose. Et n'est-ce point une joie, quand le jargon nous envahit chaque jour, de rencontrer un tel livre de libertinage élégant et attendri ? Mais le

1 Teodor de Wyzwea, *Journal*, notation du 16 juillet 1903, *op. cit.*

2 Paul Berger, « Une âme contemporaine, M. de Wyzewa », *L'Idée libre*, septembre 1895, p. 445.

> ton seul et la pureté de la langue rappellent les époques mortes : les épisodes et les images sont d'un homme qui aurait beaucoup fréquenté Henri Heine, Tourguéneff et toutes les littératures du Nord. M. de Wyzewa accomplit constamment ce miracle de séduire par toutes les grâces qu'il renie ; et je connais nombre de gens qui entreraient avec joie dans une communauté essénienne où tout le monde parlerait comme le chevalier Valbert[1].

Âme inquiète, toujours à la recherche d'une confirmation, Teodor de Wyzewa n'aurait certainement pas renié cet hommage rendu à son *Valbert*, lui qui écrivait à Edmond Jaloux, au moment de lui envoyer sa biographie de Mozart :

> [...] laissez-moi vous dire combien j'ai été profondément touché de ce que vous avez écrit sur *Valbert* ! Tout le reste de ce que j'ai fait ne représente guère, à mes yeux, – sauf encore une ou deux petite choses, – que des besognes professionnelles exécutées de mon mieux : mais *Valbert* me tient vraiment au cœur, et je ne puis vous dire combien je suis heureux lorsque je rencontre un ami qui a lu ce livre et s'y est diverti[2] !

Puisse le lecteur d'aujourd'hui se divertir encore à la lecture d'une œuvre qui fait revivre, à travers les souffrances du jeune Valbert, la crise morale d'une génération qui a voulu croire que l'art pouvait remplacer la vie.

---

1 Pierre Quillard, « Teodor de Wyzewa », *Mercure de France*, sept. 1893, p. 25. Si Pierre Quillard se contente de relever la sobriété et l'élégance du style dans *Valbert*, Paul Delsemme avance une explication d'ordre biographique à ce langage qui tranche avec l'hermétisme symboliste : « Dans ce roman qu'il a rédigé à une époque où il s'écartait du mouvement symboliste et où il s'efforçait de complaire à Ferdinand Brunetière, il est apparent qu'il a visé à un art dépouillé, classique », *Teodor de Wyzewa...*, *op. cit.*, p. 117.

2 Lettre de Wyzewa à Edmond Jaloux, Bibliothèque Jacques Doucet, MS 6340.

Je dédie ce livre à mon maître et ami Robert de Bonnières[1]
T. W.

1 Robert de Bonnières (1850-1905), personnalité en vue aux alentours de 1890, notamment grâce à ses chroniques du *Figaro*, participe au *Parnasse contemporain* de 1876 et publie plusieurs romans dont *Les Monach, roman parisien* (1885) et *Le Baiser de Maïna* (1886). Wyzewa, qui lui restera fidèle, rencontrera dans le salon d'Henriette de Bonnières des écrivains et penseurs comme Taine, Renan ou Leconte de l'Isle, et ceux de la génération montante, entre autres Barrès, Poictevin et Jacques-Émile Blanche.

VALBERT
OU LES RÉCITS D'UN JEUNE HOMME

Cela vous abêtira. – Mais c'est ce que je crains. –
Et pourquoi ?
Qu'avez-vous à y perdre ?
Blaise Pascal, *Pensées*[1]

1 Wyzewa reprend la phrase connue du « Discours de la machine » : « Naturellement même cela vous fera croire et vous abêtira […] », phrase qui a fait l'objet d'une intense discussion, mais en tronque l'élément initial qui renvoie à la foi.

PROLOGUE

Où le chevalier Valbert se présente à l'auteur, qui le présente au public[1]

À Bayreuth, les soirées d'août sont fraîches, et un petit vent parfumé descend tout exprès des collines pour calmer les nerfs. Un soir d'août, en 1888[2], le premier acte des *Maîtres Chanteurs*[3] m'avait amusé et ému plus qu'à l'ordinaire. Après une sandwich mangée[4] au restaurant du théâtre et quelques poignées de mains, « oh ! » « ah ! » « quel chef-d'œuvre ! » confraternellement échangés avec nos plus aimables wagnéristes français, j'étais allé

1 En reprenant le procédé du sommaire, Wyzewa inscrit son roman dans une tradition, celle des mémoires rapportés, et s'éloigne du même coup de l'ambition d'un roman de la vie intérieure qu'il avait appelé de ses vœux quelques années plus tôt et qui aurait pourtant convenu au projet autobiographique de *Valbert*. Dans sa contribution à la *Revue Wagnérienne* de juin 1886, « Notes sur la littérature wagnérienne et les livres de 1885-1886 », p. 169, Wyzewa donnait en effet sa définition d'un roman symboliste capable de restituer : « les notions sensibles et les raisonnement intimes, et la marée des émotions qui, par instants, précipite les sensations et les notions dans un confus tourbillon tumultueux [...] ». On peut voir dans *Les Lauriers sont coupés*, que Dujardin projetait de dédier à Wyzewa, l'exemple le plus abouti de ce roman de la vie intérieure. Le retour à une poétique plus classique, dans *Valbert*, est significatif de la rupture qui s'est produite chez Wyzewa dès l'année 1888 (voir notre introd. à ce sujet, p. 9). Si le projet le plus ambitieux de l'esthétique symboliste est abandonné, *Valbert* reste cependant à bien des égards représentatif d'une écriture de la fin du siècle. Ironie, auto-ironie et tentation de la critique sont toujours à l'œuvre.

2 Tout comme Valbert, le narrateur est une figure qui emprunte ses traits à Wyzewa. Les séjours de celui-ci au festival de Bayreuth étaient réguliers. Wyzewa est en Allemagne en 1886 déjà, puis en 1888 et 1889, année de laquelle date le portrait que Jacques-Émile Blanche fait de lui, précisément à Bayreuth.

3 *Die Meistersinger von Nürnberg* est représenté pour la première fois à Bayreuth en 1888.

4 Le mot est encore employé au féminin dans le *Littré*.

me promener à l'aise dans le jardinet planté de jeunes pins, qui remplace de si charmante façon les foyers et les fumoirs de notre Opéra. Et comme le hasard m'avait accordé un cigare assez bon, comme aussi mes oreilles et mon cœur résonnaient encore des jolis rythmes entendus, je compris que l'appel des trompettes annonçant la fin de l'entr'acte ne s'adressait pas à *moi.* Rentrer au théâtre, écouter le second acte tandis que le premier me laissait encore une si riche matière de rêveries, je ne pus m'y résoudre. Je revins sur la terrasse, mais seulement pour serrer de nouveau *quelques mains*, pour revoir une gracieuse figure de jeune Américaine entrevue au restaurant ; et lorsque j'eus achevé ces plaisants travaux, je franchis lentement la foule des dames et demoiselles de Bayreuth qui, tous les jours de représentation, s'amassent autour du théâtre et y demeurent debout, immobiles, de quatre à neuf heures, occupées à examiner les toilettes des étrangères, afin d'être elles-mêmes vêtues à la dernière mode de Paris ou de Londres, deux ans après, lors des fêtes suivantes.

Lentement je remontais la colline qui mène à la Tour de Victoire, par un joli chemin sinueux et boisé. J'étais à peine arrivé à *la Bürgerreuth*[1], je veux dire au cabaret qui domine le théâtre, avec une si large vue de plaines et de montagnes, lorsque je fus accosté par un personnage inconnu qui, en français, me nomma de mon nom et me demanda du feu. Je fus troublé extrêmement, et mon pauvre cigare s'éteignit du coup ; car, outre que la joie des rêveries espérées me parut compromise, je vis bien qu'il me faudrait, seul avec ce Français pendant plus d'une heure, engager, sur les mérites et les agréments de la musique wagnérienne, un entretien qui dépasserait les « oh ! » « ah ! » « quel chef-d'œuvre ! », où j'avais eu quelque peine déjà à me résigner.

– Monsieur, me dit l'inconnu, votre cigare n'est pas éteint. Il me rappelle mon enthousiasme pour Wagner, que tous les

1 Le *Festspielhaus*, ou palais des festivals, situé à flanc de coteau, est entouré de verdure et la montée de la colline participe des festivités de Bayreuth. Moment de recueillement, elle permet au « pèlerin » de se préparer à entendre l'œuvre du Maître.

hivers semblent amortir, et qui se rallume de lui-même dès que je reviens à Bayreuth[1]. Tirez quelques bouffées, il se rallumera et me dispensera, s'il vous plaît, d'aller prendre une allumette dans la taverne que voici.

Je tirai, tirai, mais mon cigare ne voulut point se rallumer. Ce fut pour moi la première occasion de constater l'un des traits du caractère de mon interlocuteur : une façon obligeante et autorisée de faire des prédictions que l'événement se gardait toujours de réaliser.

Je me sentis en faute. Si mon cigare s'était rallumé, j'aurais offert le feu demandé, et je serais parti. À défaut du feu, je me décidai à sacrifier mon heure de rêverie.

– Monsieur, dis-je, n'est-ce pas que voilà une belle représentation ? Il a plu ce matin, mais je crois que ce soir nous pouvons être tranquilles. Est-ce que vous êtes décemment logé, et ne trouvez-vous pas que Mlle Malten est très supérieure, dans Éva, à Mlle Bettaque[2] ?

Cette abondance de sujets de conversation ne troubla pas mon nouvel ami. Il était vêtu d'un complet gris assez élégant, mais un peu fané. Il portait des bottines vernies, une cravate bleu ciel et un petit chapeau de paille blanche. Avec cela, maigre et long, ni bossu ni boiteux, et pouvant avoir vingt-cinq ans. Sa barbe, taillée en pointe, était blonde, un peu rousse, comme aussi ses cheveux, qu'il gardait très longs ; et il m'aurait semblé laid sans deux yeux d'un gris luisant qui lui donnaient l'air d'un philosophe étranger[3].

---

1 Remarque significative de la situation ambiguë de Wyzewa face à Wagner. Dès 1887, Wyzewa délaisse l'exégèse wagnérienne, lassé d'un mouvement de mode autour du compositeur, qui fait se multiplier livres de critiques et représentations parcellaires de son œuvre : « J'assiste, avec désolation, au lent décroissement de mon wagnérisme, que rebute tout de même ce Wagner ainsi dépecé », « Les Livres », *La Revue Indépendante*, déc. 1887, p. 324-325.

2 Thérèse Malten partageait en 1888 le rôle d'Éva, dans *Les Maîtres Chanteurs*, avec Katharina Senger-Bettaque et Rosa Sucher.

3 En 1888, Wyzewa a 26 ans et répond en partie à la physionomie que l'auteur prête à Valbert. Jane Avril le décrit comme « un grand garçon qui, dès l'abord, me

Il me dit, pendant que nous continuions de monter doucement dans le petit bois :

– Je m'appelle Valbert, ou, si vous excusez une fatuité que je déplore, le chevalier Valbert. Je suis né aux environs de Kief, en Russie, où l'arrière-grand-père de mon père est venu s'établir, je ne sais trop quand, chassé de France pour avoir déplu à je ne sais trop qui[1]. Ma mère est Polonaise ; et moi-même, bien que je vive depuis près de vingt ans en France, je n'en suis pas moins resté un Slave. Il en résulte que j'ai grand'peine à m'accoutumer à la vie, que je suis élégant et peu soigné, et que, sans cesser de garder sur moi-même et sur les autres une clairvoyance pleine de mépris, je suis sentimental, expansif, porté à l'exagération. De métier, un musicien. J'ai composé deux valses, une mélodie sur un sonnet de Verlaine, et je terminerai bientôt un grand drame musical où j'essaie d'exprimer toute l'intime passion des hommes et des choses. Voici d'ailleurs une de mes valses. Vous la verrez quand il vous plaira. C'est une petite ordure que je recommande à votre dédain[2].

---

sembla bizarre avec son air inspiré », *Mes Mémoires*, *op. cit.*, p. 43, tandis qu'Henry Bordeaux parle de ses « longs cheveux de pianiste » et de son « aspect langoureux et néanmoins plein d'artifice », *Histoire d'une* Vie, *Paris aller et retour*, Paris, Plon, 1951, p. 123.

1 Il y eut, il est vrai, une série d'allers-retours entre la France et le pays d'origine dans la famille de Wyzewa, mais les faits sont ici considérablement travestis. C'est son père qui partit une première fois en France à la suite de l'occupation russe de la Pologne en 1836, puis regagna la Pologne en 1859 et revint définitivement s'installer en France en 1867. C'est peu après qu'il y appela sa famille.

2 Transposition du lieu de naissance, des bords du Dniestr à ceux du Dniepr. Hormis l'origine française de Valbert, impossible à vérifier pour la famille Wyżewski, le portrait moral correspond à celui de l'auteur. Wyzewa lui-même s'est toujours revendiqué à la fois de culture slave et d'origine polonaise. Les traits distinctifs du slavisme sont, selon lui, la propension à la passion, l'exaltation et l'optimisme dans la souffrance, traits qu'il relève dans son *Journal* du 15 février 1906, *op. cit.*, à propos de Dostoïevski : « Ah ! voilà un malheureux ! Et toujours, lui aussi, comme moi, il se surprend à exalter la "beauté de la vie". Cet optimisme dans la souffrance, cet optimisme accompagné d'un véritable besoin de souffrance, serait-ce donc un trait de notre race ? Ce serait, alors, ce que cette race malade aurait de plus beau ? ». Henri de Régnier complète ce portrait moral : « Teodor de Wyzewa était doué

Il me débitait tout cela du même ton obligeant et autorisé qui déjà m'avait frappé. Ses phrases, pourtant, s'arrêtaient à mi-chemin, comme s'il se fût repenti de les avoir commencées. Il ne me dit pas un mot de moi-même, et jamais je n'ai pu savoir comment il avait appris mon nom. Et comme, m'étant retourné dans une éclaircie du petit bois, je lui vantais la beauté du spectacle qui se déroulait au-dessous de nous, de ces merveilleuses nuances de vert et de bleu, si fondues, si parfaitement tranquilles et touchantes sous le soir tombant, il m'interrompit :

– Ce premier acte des *Maîtres Chanteurs* était trop beau : je n'ai pas eu la force de rentrer au théâtre avant d'avoir confié à quelqu'un la profonde joie qu'il m'a causée. Combien cet acte et cette pièce tout entière sont différents du reste dans l'œuvre de Wagner ! Je crains qu'il n'y ait eu chez ce maître un conflit entre sa nature primitive, qui était d'un symphoniste brillant et sensuel, et la tendance au symbolisme que lui avaient suggérée son éducation allemande, sa haute intelligence, ses lectures et préoccupations philosophiques. De là, dans la plupart de ses œuvres, dans *Tristan*, dans *L'Anneau du Nibelung*, même dans *Parsifal*, cette espèce d'effort à dépasser son pouvoir réel qui, tout en me frappant de respect, échoue à me causer un entier plaisir. Du moins le plaisir qui me vient de ces œuvres est-il intermittent, soumis à de continuelles variations. Tel jour c'est tel acte de *Tristan* qui me parait superbe, tel autre jour il m'ennuie. Rien de pareil pour les *Maîtres Chanteurs*. Ici Wagner s'est abandonné à sa nature de

---

d'une souplesse qui lui permettait d'adopter des tactiques diverses dans ses rapports avec les uns et les autres. Tantôt il se montrait conseiller discret, tantôt causeur acerbe, mais je crois que le fond de sa nature était le mépris, un mépris plus ou moins dissimulé et nuancé, qu'il étendait peut-être bien jusqu'à soi-même », *De mon temps*, Paris, Mercure de France, 1933, p. 11. Il faut ajouter que dans ses deux romans autobiographiques, *Valbert* et *Le Cahier rouge ou les Deux Conversions d'Étienne Brichet* (1917), l'auteur se présente sous les traits d'un compositeur, ce que Wyzewa a toujours regretté de n'être pas devenu.

musicien. Il a fait une symphonie, la plus sensuelle de toutes, la plus chaude, la plus colorée, la plus[1]... ».

Mais pourquoi vous répéterais-je les raisonnements de Valbert sur Wagner, les *Maîtres Chanteurs*, et vingt autres sujets d'esthétique et de philosophie[2] ? Encore n'est-ce pas de vingt sujets qu'il m'aurait parlé sur ce ton, mais de cent, mais de mille, car le malheureux avait l'air de tout savoir et d'être résolu à tout me dire[3]. Mais je l'interrompis :

– Monsieur, lui dis-je, expliquez-moi plutôt bien au juste ce que c'est que l'amour. C'est un problème dont l'humanité s'occupe depuis des siècles sans être jamais parvenue à le résoudre. D'excellents ouvrages que j'ai lus ces temps derniers ont encore contribué à me le rendre plus obscur[4]. Ce qu'on appelle l'amour,

1 En 1888, au moment où se situent ces événements, Wyzewa se détache du symbolisme idéaliste et pessimisme qui se réclame, selon lui, d'une assimilation trop rapide et lacunaire de la pensée de Schopenhauer. Son article sur « Le Pessimisme de Richard Wagner », dans la *Revue Wagnérienne* du 8 juillet 1885, tend à infléchir la lecture de l'œuvre du compositeur vers la joie et l'unité primordiale retrouvées. Cette interprétation personnelle et quelque peu dogmatique de l'œuvre, que lui reproche la critique contemporaine (voir Cécile Leblanc, *Wagnérisme et création en France, 1883-1889*, Paris, H. Champion, 2005 et Paul Delsemme, *Téodor de Wyzewa...*, *op. cit.*, p. 137-143), est pourtant exemplaire d'une posture symboliste, celle de l'extrême conscience qui, à l'instar de ce que prône Gourmont dans sa « dissociation des idées », choisit de remettre en question toute idée reçue. En 1888, l'idée reçue est celle qui tend à faire de Wagner un interprète du pessimisme schopenhauérien.

2 En interrompant son récit au moment où celui-ci tend à se confondre avec la réflexion critique, le narrateur dénonce certainement les travers d'une littérature symboliste trop cérébrale, qui toujours se doit d'intégrer à l'œuvre son commentaire, ce que soulignait Gustave Kahn dans sa réflexion sur l'esthétique symboliste. Pour Kahn, l'artiste symboliste « se devait et devait aux autres [...] de faire de la critique [car] pour pouvoir écrire l'œuvre d'art pure, il fallait pouvoir l'expliquer dans des travaux latéraux », *Les Origines du symbolisme*, Paris, Messein, 1936, p. 3.

3 Wyzewa, comme Valbert, passe pour un esprit encyclopédique et un élégant causeur ; voir *sup.*, dossier, « portraits de Wyzewa », p. 231.

4 On peut penser à l'ouvrage de Schopenhauer, *Die Welt als Wille und Vorstellung*, que la traduction de Burdeau rend accessible dès 1888, mais que Wyzewa pouvait fort bien avoir lu en langue originale. Si la chose n'est pas attestée, on sait du moins qu'il a pris connaissance de la philosophie de Schopenhauer à travers la présentation de Ribot, *La Philosophie de Schopenhauer* (1874), dont il recommande

est-ce que seulement cela existe ? Et pourquoi ? Et comment ? Vous qui semblez vous entendre à tant de choses, dites-le moi ?

Hélas ! répondit Valbert après avoir paru disposé à me fournir tout d'une traite l'explication demandée. Hélas ! mon cher Monsieur.

Longtemps nous marchâmes en silence, revenant sur nos pas. Je regardais toujours l'admirable théâtre de collines et de bois que, bien avant Wagner, le Créateur avait disposé autour de moi pour m'exciter à la vertu. Valbert regardait aussi, mais d'un regard distrait, embarrassé.

Et c'est seulement lorsque le second acte était fini, et que la foule internationale nous heurtait à nouveau de ses clameurs enthousiastes et affamées, alors seulement mon compagnon me fit une réponse plus claire. Il me déclara que lui-même n'avait jamais pu savoir ce que c'était que l'amour. Jamais pourtant il n'avait cessé d'être amoureux, au plus loin qu'il se souvenait de sa vie.

– Voulez-vous, ajouta-t-il, que je vous raconte les principaux épisodes de mon amour ? En nous mettant à deux pour les revoir, peut-être y trouverons-nous la solution du problème qui nous émeut.

- Certes, lui dis-je, voilà ce que je veux ! Mais j'ai besoin moi-même de me préparer à vous entendre : et vous savez qu'il y a dans le troisième acte des *Maîtres Chanteurs* un quintette, des danses et des marches d'une beauté surnaturelle, sans compter certains chœurs où les voix des femmes se balancent avec des douceurs de caresses au-dessus de la masse des voix[1]. Je demeure

---

la lecture dans son article « Beethoven, par Richard Wagner (analysé et traduit par Teodor de Wyzewa) », *Revue Wagnérienne* du 8 mai 1885, p. 105.

1 Cette fonction propédeutique des *Maîtres-Chanteurs* ne tient pas seulement à la beauté des danses et des chants. Réflexion sur l'art et sur son pouvoir, l'opéra met également en garde contre les risques de sclérose d'un art trop codifié. Le jeune Walther, qui laisse libre cours à ses émotions, renonce à la science des Maître-Chanteurs et invente un chant nouveau, qu'il devra imposer pour obtenir l'amour. On peut y voir une anticipation du parcours de Valbert, renonçant à sa conception

à Bayreuth tout le temps des fêtes, et vous me paraissez homme à en faire autant. Consentez donc à ce que nous nous rencontrions ailleurs qu'ici, chez moi par exemple, et demain dans l'après-midi. Vous me direz un des épisodes que vous avez l'obligeance de proposer à ma curiosité ; une autre fois, je vous demanderai la suite. En attendant, adieu, car voici notre compatriote[1] M. R. qui vient vers moi, et qui se fâcherait à coup sûr si je ne lui disais pas toute mon admiration pour la façon dont on a joué ce second acte. Adieu et à demain

Le chevalier s'éloigna. Lui aussi, sans doute, avait vu venir un ami qui réclamait de lui le même office. Le troisième acte des *Maîtres Chanteurs* m'offrit mille délices nouvelles, qui me firent amèrement regretter de n'avoir pas entendu le second. Et je ne revis plus Valbert avant l'heure fixée pour notre rendez-vous.

En revanche, je lus sa valse. C'était vraiment très médiocre, sans l'ombre de talent. J'en fus soulagé ; il me parut que j'aimais davantage mon nouvel ami. Celui-ci était, je le voyais bien, à peu près aussi intelligent que moi-même : ni trop peu pour en être ennuyeux, ni trop pour en être fâcheux. Il n'avait pas, comme moi, abdiqué toute prétention à l'immortalité ; mais il n'y avait aucun droit, et je compris que son ambition allait me donner une occasion de le plaindre, c'est-à-dire de m'intéresser, de m'attacher à lui. Je ne tardai pas à savoir, d'ailleurs, que ce grand drame qu'il avait parlé d'achever bientôt n'avait jamais seulement été commencé : il m'avoua qu'il en parlait depuis dix ans dans les mêmes termes, et qu'il avait tous les jours, depuis dix ans, la solide intention de s'y mettre le lendemain matin. Décidément il me plut ; et j'eus la plus vive joie à le voir arriver, le jour suivant vers deux heures, dans ma modeste chambre de *pèlerin*.

---

intellectuelle de la vie, et renonçant à en faire une œuvre d'art, pour découvrir un art de vivre.

1 Remarque qui donne à croire que, comme Valbert, le narrateur est lui aussi polonais, ce qui encourage à rapprocher le narrateur de Wyzewa lui-même.

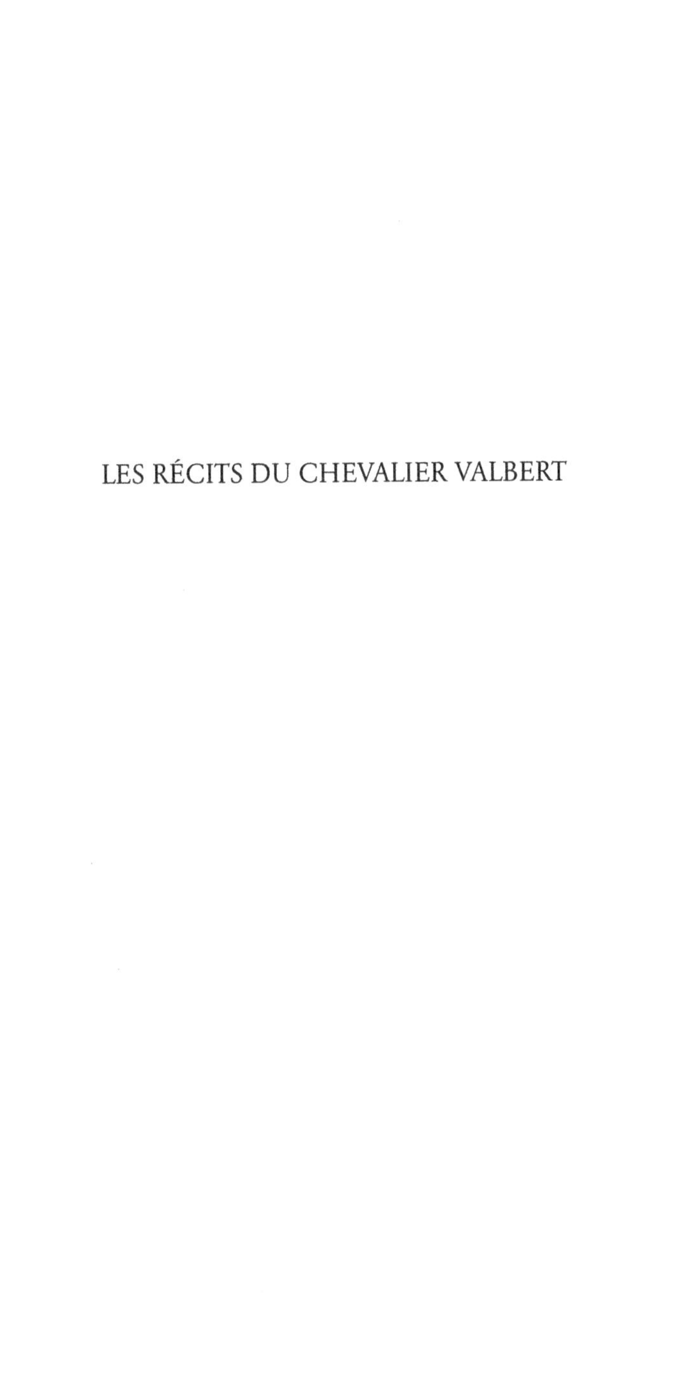

LES RÉCITS DU CHEVALIER VALBERT

PREMIER RÉCIT

Où le chevalier Valbert révèle de précoces dispositions pour toutes sortes de vertus et de vices

Il n'y a plus d'enfants ! Y en a-t-il seulement jamais eu ?
Léon Mauger, *L'Éternel Problème,* t. III, p. 9[1]

Le lendemain du jour où je l'avais rencontré dans les curieuses circonstances que j'ai rapportées, le chevalier Valbert vint me faire visite chez moi. Par un désir naturel de lui être agréable, je m'étais mis à mon piano en l'entendant monter, de sorte qu'il me trouva très occupé à jouer sa valse avec les nuances marquées. Mais il ne parut ni surpris ni touché de mon attention. Il avait l'air pressé de commencer son récit, comme s'il l'eût préparé en chemin et craignît de l'oublier.

Pourtant la vue de ma chambre l'émut et nous passâmes un instant à en admirer les détails.

C'était une énorme chambre au premier étage, donnant sur les champs. En temps ordinaire elle était habitée par Mlle Angelina, la jeune fille de mon hôte ; mais il était d'usage de m'y installer pendant le mois des fêtes wagnériennes. Les murs étaient tendus d'un papier vert pomme où un chasseur entouré d'une trompe, une dame à cheval coiffée d'un énorme chapeau de bergère, des chiens et un lapin, alternaient régulièrement avec des bouquets

---

1 Cette épigraphe, comme la plupart que celles que Wyzewa propose, est fictive. En dehors des références à Pascal et à Wagner, Wyzewa joue avec les noms d'auteurs et les titres.

de roses bleues et d'églantiers mauves. Le plafond était peint à fresque : on y voyait une espèce de galette polychrome, ayant à ses deux côtés deux banderoles. *Gott sei gelobt ! Dieu soit loué !* disait l'une ; et l'autre répondait : *Gott sei gelobt !*

La décoration murale se composait, en temps ordinaire, de trois cartes photographiques représentant les divers états de la bataille de Kissingen[1], et de deux chromolithographies, l'une au-dessus du lit, l'autre en face de la fenêtre.

La chromolithographie qui surmontait le lit était touchante, rien de plus. Un bel ange gardien, vêtu de rose et de bleu, avec ses ailes jaunes déployées, marchait dans un petit sentier, sous une façon de jet de lumière, tenant par la main une fillette en chemise à qui il semblait défendre affectueusement de mettre son doigt dans son nez. Mais l'autre image, celle d'en face la fenêtre, oh ! celle-là était d'un art surnaturel, et Valbert ne se fatiguait pas de la contempler ! Sous un grand arbre dénudé, dans une campagne sauvage, une jeune châtelaine en robe bleue était assise, nonchalante et les yeux rêveurs. Au second plan, à peine perceptible, accourait un chevalier le chapeau à la main. Il courait avec des élans prodigieux : peut-être même criait-il, pour forcer la belle songeuse à se retourner vers lui. C'est elle que je voyais le matin, en m'éveillant ; et comme je la voyais toujours immobile avec la même expression mystérieuse, je faisais mille conjectures sur sa destinée. Au train dont il courait vers elle, le chevalier l'aurait vite atteinte, et je m'inquiétais pour elle. Ne la punirait-il pas de ne s'être point retournée à ses appels, soit qu'il fût un mari, et qu'il la condamnât à ne plus venir s'asseoir dans cette campagne désolée, soit que plutôt il fût un amant, et qu'alors il la contraignît à s'éprendre de lui, avec tous les tourments de cœur et d'esprit que vaut à une jeune femme si rêveuse un amour trop passionné ? Un jour j'ai

1 La ville bavaroise de Kissingen est le décor de la bataille du 10 juillet 1866 qui oppose les Bavarois, que le jeune souverain Louis II a engagés aux côtés de l'Autriche, à l'audacieuse Prusse de Bismarck. Les Bavarois sont défaits et chassés de la ville.

questionné à ce sujet Mlle Angelina, mon hôtesse. Son âme blonde et naïve fit de son mieux pour me rassurer. Elle m'affirma que le chevalier était le fiancé de la jeune dame, qu'il ne criait pas, mais courait pour la surprendre, et que, sitôt mariés, il allait la rendre tout à fait heureuse. Je lui fis observer qu'il était bien petit : c'est, me répondit-elle, pour montrer qu'il est encore assez loin.

Lorsque j'arrivais, vers le quinze juillet, tous les deux ans, dans cette hospitalière maison, Mlle Angelina et ses parents, me sachant un peu critique d'art[1], s'empressaient de suspendre aux murs, pour me charmer, de nouveaux objets. Au-dessus de mon canapé, notamment, le chevalier trouva un curieux portrait du roi Louis II, en chapeau tyrolien, le veston de chasse recouvert d'une foule de décorations, et les yeux levés au ciel, non sans un soupçon de strabisme[2]. On lui avait donné pour pendant un porte-épingle en tapisserie qui était l'œuvre de Mlle Angelina elle-même : une jeune fille y était représentée, avec des perles dans les yeux, qui offrait un morceau de pain à un cygne, tandis qu'un autre cygne, dans l'attente de la même faveur, ou simplement par galanterie, faisait des grâces de l'autre côté. Je montrai bien d'autres choses encore au chevalier Valbert : les petits carrés de tapis épars sur le plancher, une photographie de sous-officier bavarois enchâssée dans le dossier d'une chaise, une botte à musique qui ne savait jouer qu'un seul air.

1 À l'époque où Wyzewa écrit *Valbert*, il a déjà publié, ou du moins écrit, plusieurs ouvrages et articles de critique picturale. Aux *Notes sur la peinture wagnérienne. Le Salon de 1885*, que Wyzewa donne à la *Revue wagnérienne* du 8 mai 1886, p. 100-113, s'ajouteront plus tard *Les Grands Peintres de la France*, Paris, Firmin-Didot, 1890, en coll. avec Xavier Perreau et *Les Grands Peintres de l'Allemagne, de la France (période contemporaine), de l'Espagne et de l'Angleterre, suivis de l'histoire sommaire de la peinture japonaise*, Paris, Firmin-Didot, 1891, en coll. avec Xavier Perreau.

2 Mort en 1886, Louis II de Bavière a sauvé Wagner de la ruine en 1864, puis apporta son aide financière à l'édification du *Festspielhaus* et du festival de Bayreuth. Contraint de rompre officiellement avec le compositeur, que la presse accuse de vouloir exciter l'opinion publique contre l'armée et favoriser les ardeurs révolutionnaires, il reste le mécène et l'admirateur le plus fervent de Wagner.

Lorsque nous eûmes ainsi terminé l'inspection du curieux musée que ma chambre était, et lorsque le chevalier eut dûment essayé la sonorité de mon piano, nous nous installâmes sur le canapé. Nos cigares imprégnaient l'air d'une douce odeur de tabac. Et bientôt Mlle Angelina en personne vint nous faire ses amitiés. Elle nous apporta une théière, deux tasses démesurées, quelques prunes sur un gâteau et le journal de Bayreuth. Elle parut plaire à mon ami, qui longuement dévisagea sa pâle figure boursouflée où luisaient ses dents blanches.

– Et maintenant, dis-je, dès que nous fûmes seuls, racontez-moi ce que vous avez appris de l'amour.

****

*

– Mon premier amour, répondit Valbert, est déjà fort ancien. J'avais six ans lorsque je le ressentis. C'était en Russie, aux environs de Kief, où je suis né. Mon père y possédait un domaine, et j'étais élevé comme un petit seigneur[1]. J'avais pour mon usage spécial un professeur de français, un vieil ivrogne avec qui je passais mon temps à construire des maisons en planches ; et j'avais aussi une maîtresse de piano, qui m'apprenait surtout à mépriser mon professeur de français. Sans parler de ma nourrice, qui m'adorait. Elle me conduisait les soirs d'été au bord du Dnieper en me récitant des contes pleins de sorcières et de bons rois. Je n'en ai oublié aucun, et je crois que vous gagneriez à ce que je vous les redise, au lieu de mes petites aventures sentimentales[2].

1 Les Wyżewski quittent Horynine sous le coup des événements de 1863 pour Zwaniec, située au bord du Dniester, où le père de Teodor jouit d'une avantageuse situation.

2 Sous les traits de la nourrice, c'est de la tante Vincentine qu'il s'agit. C'est elle qui fait découvrir à Teodor les contes et légendes slaves. Devenu adulte, il reconnaît combien cette formation a été déterminante dans l'élaboration de sa philosophie : « Quant à ce que ces contes m'ont appris, toutes les paroles resteraient impuissantes à l'évaluer justement. Ils ont façonné pour toujours mon cœur et mon cerveau, m'imprégnant, à la fois, de sentiments que nulle expérience ultérieure de la réalité

Voulez-vous savoir, par exemple, comment le méchant vieillard a échoué à se débarrasser de sa belle-fille, parce qu'il y avait une tête de cheval qui se balançait sur la porte d'une hutte, tout au fond du bois ?

– Vous préférez l'histoire de mon premier amour ? poursuivit Valbert sans que je lui eusse rien dit. Sachez donc que j'étais à cette époque un aimable petit garçon. J'avais une tête ronde avec un nez pointu dont j'étais fier. Mes yeux brûlaient de malice. Et comme j'étais l'unique enfant de mes parents, comme je bredouillais le français et jouais des mazurkas sur tous les pianos, les familles du voisinage s'amusaient à me faire la cour. Souvent mon père m'emmenait avec lui chez les propriétaires. des villages environnants ; nous arrivions dans l'après-midi ; mon père, en attendant le souper, allumait une longue pipe et entamait une longue partie de whist ; et moi je restais à jouer avec les enfants, mais plus volontiers encore je m'installais sur les genoux d'une dame, à qui je posais, tout de suite, les plus embarrassantes questions.

De mon état d'esprit d'alors, je n'ai pas gardé le moindre souvenir. Les événements ont, depuis, modifié tellement les circonstances de ma vie[1], que cette première enfance a emporté avec elle la petite âme que j'y avais. Je me souviens seulement de ces détails extérieurs ; je me rappelle surtout les dimanches, et comment, notre village étant pourvu d'une église, c'est chez nous que se réunissait, ces jours-là, toute la noblesse de la région. Ah ! comme on me dorlotait ! On ne venait pas sans m'apporter un cadeau : c'était devenu un usage, et je m'entendais parfaite-

---

bourgeoise ne devait plus parvenir à étouffer en moi, et d'une foule de notions, de principes essentiels qui allaient constituer désormais, si je puis dire, le fondement secret de ma philosophie », *Ma Tante Vincentine*, Paris, Perrin, 1913, p. 73.

1 Valbert fait sans doute référence ici à l'exil et à sa seconde éducation en France, qui reléguèrent longtemps le souvenir de cette singulière formation, tout comme chez Wyzewa, qui ne redécouvrira l'âme polonaise qu'à partir de l'année 1908 (Préface à *Immortelle Pologne*, un roman de Gabriel Dauchot) ou à travers ses poètes et romanciers qu'il traduit et encourage désormais.

ment à le faire respecter. À une vieille dame qui avait oublié de me rien offrir, je reprochai sans ombre de scrupule la blancheur exagérée de ses dents. « Elles sont trop blanches, elles sont fausses ! » criais-je ; et, sur ce que tout le monde s'était mis à rire, je m'obstinai dans mon invective, me trouvant sans doute un héros, jusqu'à ce qu'enfin la honte me prit, me jeta tout pleurant dans les jupes de ma mère.

J'étais, vous le voyez, un délicieux enfant. Semblai-je tel à une jeune fille de dix-neuf ans, Mlle Irène, la fille de propriétaires voisins très amis de mes parents ? Et fut-ce les compliments de cette demoiselle qui me conduisirent moi-même à penser que je l'aimais ? Le fait est que je le pensai. Et tout de suite je le dis à mon père, un soir qu'elle venait de nous quitter. J'annonçai officiellement que mon choix était fait pour la vie, et que j'allais la demander en mariage.

Je n'ai point souvenir que mon père ait trouvé la chose bien étrange. On me déclara, le lendemain et les jours suivants, que mon mariage était décidé, qu'on allait même nous donner trois enfants, mais qu'il me fallait d'abord achever au plus vite mes éludes de français et de piano.

Adorables journées d'amour, elles surnagent dans ma mémoire toutes parfumées de bonheur ! Je crois, en vérité, que je ne *ressentais* absolument rien, mais je ne cessais point de *penser* que j'étais amoureux[1]. J'en parlais à tout le monde ; je supputais, avec une inquiétude mélangée d'orgueil, les devoirs d'époux et de père qui allaient s'abattre sur moi.

Le dimanche suivant, lorsque je revis Mlle Irène, je lui révélai tout d'un trait, sur le marchepied de sa voiture, que je l'aimais,

---

1 Le drame de Valbert et de toute la génération arrivant en 1890 à l'âge adulte tient dans la prise de conscience d'une impossibilité de penser et de ressentir en même temps, ce que l'artiste devrait pourtant être capable d'accomplir et de restituer dans l'œuvre d'art. Remy de Gourmont, par l'intermédiaire de son personnage Hubert d'Entragues, résume la situation de l'artiste de 1890 : « Il y a un tout petit espace entre la sensation aperçue et la sensation analysée : c'est là que se loge l'ironique Trop tard », *Sixtine*, *op. cit.*, p. 182.

et que mes parents allaient me marier avec elle. Elle non plus ne parut point surprise. Elle m'embrassa, les yeux éclairés d'un gentil sourire. Et je ne la quittai pas de la journée, sauf pour courir me vanter à tout nouvel arrivant de l'enviable parti que j'avais rencontré.

Et je me rappelle que, à passer ainsi des heures et des heures dans ce contact féminin, j'avais senti vraiment un souffle chaud me traverser les veines. Peut-être est-ce cela, Monsieur, l'amour, ce mystérieux sentiment dont vous semblez si en peine ? Ma chère aimée avait une odeur qui me grisait : quelque méchante eau de Cologne, sans doute, achetée à un juif de passage. Joignez-y qu'à l'exemple de la plupart de mes compatriotes j'étais ivre à l'état naturel, comme si un pré-historique Polonais avait bu assez de champagne, de son vivant, pour exciter encore les cerveaux de ses arrière-descendants. Il n'est pas folie que je n'aie commise. Le soir, au souper, Mlle Irène m'ayant parlé de la nécessité d'un trousseau pour entrer en ménage, je m'échappai de table et revins lui rapporter tous mes vêtements, puis tous ceux de mon père. J'étais dans cette phase de l'amour où l'on se rue, sans penser, à tous les héroïsmes.

J'imagine que ces excès même eurent pour effet de m'ouvrir les yeux sur la puérilité de mon attitude. Le lendemain, je me réveillai tout confus, et je me demandai sérieusement si j'étais aimé autant que j'aimais. Il n'en fallut pas davantage pour me pousser au plus affreux désespoir. J'avouai à mes parents que Mlle Irène ne m'aimait pas. Et quand ils m'eurent répondu que cela tenait à mon peu de progrès en arithmétique, je résolus d'abord de m'appliquer à cette science avec assez d'acharnement pour étonner le monde entier; et puis je résolus, au contraire, d'en négliger l'étude tout à fait, de manière à punir la cruelle jeune fille que mon amour n'avait pas vaincue.

Il me suffit de revoir Mlle Irène, quelques jours après, pour me reprendre à l'espoir. Elle était brune ; elle avait de grands yeux verts, le teint très pâle, avec la troublante odeur que je vous ai dite ; une longue natte de cheveux flottait entre ses épaules. Je l'aimais. Elle m'avait apporté ce jour-là un petit moulin dont une ficelle faisait tourner la roue[1]. Elle me demanda elle-même l'honneur de se promener avec moi dans notre jardin ; et je lui montrai, la tenant doucement par la main, quelques arbres, au fond du verger qui étaient ma propriété personnelle. « Je vous les donne ! » lui répétais-je, les yeux enflammés. Elle dut finir par en accepter l'hommage. Et nous allions, le long des allées, et j'imagine qu'elle-même se sentait émue à me voir si frémissant de tendre émotion. Je lui rapportai, sur une famille de voisins, certains détails qu'on avait dits à table, et que j'avais retenus pour les lui redire. Je lui racontai l'histoire de Jonas dans sa baleine, qu'on venait de m'apprendre, peut-être aussi l'histoire de la tête de cheval protectrice, que vous avez refusé de connaître. J'avais l'impression de la posséder toute à moi. Un mot seulement un peu dur, et je la verrais agenouillée à mes pieds ! Et je m'exaltais dans cette étrange pensée, et, pour éviter à mon amie toute humiliation, je lui serrais la main doucement, tendrement, avec des regards pleins de pitié. Et surtout je goûtais la certitude d'être aimé pour toujours : je savais que cette promenade enchantée ne finirait point.

En cela pourtant je me trompais, car nous revînmes à la maison. Mais ce fut pour que Mlle Irène m'apprit un jeu de cartes délicieux, où je la battais dès la seconde partie. Elle me donna sa main à baiser, lorsqu'elle dut me quitter. Au tournant de la route, elle m'entendit qui courais derrière sa voiture : elle rouvrit la

1 On retrouve l'épisode du moulin dans *Ma Tante Vincentine*, où le narrateur rétablit la vérité en attribuant ce cadeau à sa tante. Comme Valbert, le jeune Todor se « [...] souvien[t] de l'avoir démonté et cassé dès le premier soir, sous prétexte de découvrir ce qu'il y avait dedans », tandis qu'il précise : « Le rôle extraordinaire de ce moulin dans ma vie d'enfant, tient à ce que son arrivée chez moi a coïncidé avec le retour d'une créature qui, à mon insu, commençait depuis lors à m'être indispensable. Ce moulin a été un symbole de mon profond attachement à ma tante, comme aussi de l'influence que celle-ci avait prise sur moi, de la place singulière qu'elle occupait dans mon cœur et dans mon cerveau », *op. cit.*, p. 58.

portière, et je lui baisai la main de nouveau ; je baisai de tout mon cœur sa petite main, si parfumée sous le gant de fourrure !

J'aimais, j'étais aimé ! Je songeais au désespoir de mon adorée, loin de moi pendant ces huit jours. Et j'en pleurais et j'en exultais.

Toute idée de mariage avait disparu : à quoi bon nous marier, avec un amour si profond[1] ? Notre vie durant, il nous suffirait de nous promener la main dans la main, parmi, ces arbres du verger qui désormais lui appartenaient !

Un jour, je cassai le moulin qu'elle m'avait donné, pour voir un peu ce qu'il y avait dedans. La chose faite, je fus désolé. On m'avait habitué à toutes les superstitions[2] : je compris que mon amour ne serait pas éternel. Et voilà que, dans un accès de passion, je me jetai en pleurant au cou de mon amante, et que je l'embrassai longtemps, longtemps, et que je la suppliai de rester chez nous pour toujours. Je lui promis de la servir humblement, étendu à ses pieds comme un chien fidèle. Je lui jurai que tout mon bonheur me venait de ses yeux, que la vie m'était pénible, que je rêvais souvent de mourir.

Ce sont toutes choses que personne ne m'avait apprises. Je les débitais pourtant comme si je les avais senties, et pourtant je ne puis dire, non plus, que je les aie senties. Était-ce pure malice, désir de l'émouvoir à jamais ? Ou bien obéissais-je déjà à ce besoin qui depuis lors m'a fait commettre tant de folies, un étrange besoin de continuer sans répit une scène commencée, jusqu'au moment où tout à coup la honte m'arrêtait ? Une voix me disait : « Pousse, pousse, tu l'étonneras, et ainsi tu achèveras de la conquérir ! » Vous le voyez, Monsieur, j'étais mûr de bonne heure pour les joies de

1 Dans la perspective d'une rapide histoire littéraire du sentiment amoureux que retracent les sept récits de *Valbert*, ce premier épisode évoque la conception naturelle de l'amour développée entre autres chez Rousseau, puis chez Bernardin de Saint-Pierre, et qui s'oppose à l'institution sociale du mariage.

2 Héritage de l'éducation de tante Vincentine, que le père de Teodor entend combattre en partant pour la France, terre de liberté et de raison à ses yeux.

la psychologie[1]. Mlle Irène me supporta, ce terrible soir, avec une indulgence sublime. Celle-là déjà, décidément, j'avais bien su la choisir, comme j'ai toujours bien su, depuis lors, choisir toutes les créatures que j'ai prises pour victimes de ce que j'appelais mon amour. Celle-là était la plus pure de toutes, la plus douce, la plus souriante. Son âme aussi avait un parfum. Légèrement elle m'embrassait, elle me répétait que nous allions nous marier, l'année prochaine, le mois prochain, la semaine prochaine. Elle fit tant que je finis, en effet, par lui demander pardon. Et tout le reste de la soirée je la poursuivis de larmes nouvelles, la suppliant d'oublier mes folies, lui affirmant qu'elle ne pourrait, de sa vie, les oublier, ni cesser de me mépriser.

Et le lendemain ou le jour d'après, mon premier amour était fini. Je ne ressentais plus rien à la pensée de Mlle Irène, rien qu'une honte amère, et quelque chose comme une envolée de souvenirs lointains, où elle m'apparaissait une sainte. Pourtant je m'obstinais à parler de ma passion, je me complaisais à en décrire les phases fictives, et quelquefois il m'arrivait de me laisser prendre moi-même à ces forfanteries. D'autres fois il me semblait que j'avais, par ma faute, creusé un abîme entre la jeune fille et moi, où notre bonheur à tous deux s'était effondré. Et j'affectais une irrémédiable mélancolie, et je m'épuisais en rêves divers pour lui donner aliment.

Cela dura deux ou trois semaines, jusqu'au sombre jour d'automne où nous quittâmes la Russie. Mlle Irène vint avec

1 À plusieurs reprises dans le roman, Valbert déplore ses « maudits instincts de psychologue », qui le poussent à l'auto-examen de soi et paralysent sa volonté d'agir. Wyzewa reprend là une thématique prisée à partir des années 1890 puisque, sous l'influence de l'antirationalisme de Schopenhauer et de ses prolongements chez Théodule Ribot, qui publie en 1882 un essai sur *Les Maladies de la Volonté*, les romanciers multiplient les portraits de jeunes intellectuels ayant perdu le goût et la faculté d'agir à force de penser. À Valbert, on peut ajouter les personnages d'Urien et de Tityre chez Gide, d'Entragues, de Diomède et de Salèze chez Gourmont, d'Henri chez Renard, de Raoul de Vallonges chez Tinan, de Daniel Prince chez Dujardin.

ses parents nous dire adieu, dans notre vieille et chaude maison que je n'ai plus revue. Lorsqu'il fallut nous séparer, je la regardai fixement dans les yeux, et avec tant de tristesse que désormais, je le compris, elle ne cesserait plus d'en souffrir. Et je me rappelle seulement après cela que, dès que nous fûmes dans la lourde berline, je me sentis calme et joyeux délicieusement ; tout à la curiosité des pays que nous allions traverser. Pendant notre séjour à Cracovie, je me rappelle que j'écrivis deux mots de tendresse à Mlle Irène, sur une carte postale dont les claires couleurs m'avaient séduit. Je mis la carte moi-même dans une boîte aux lettres du vieux Marché-aux-Draps. J'y goûtai un moment de parfait amour : j'avais laissé le bonheur aux lieux où était Irène : avec elle ma vie aurait été une joie, et maintenant il ne me restait qu'à souffrir[1].

J'ai revu Mlle Irène à Paris, dix ans après, en 1878. Elle est venue pour l'Exposition[2], avec son mari – un brave gentilhomme du gouvernement de Volhynie – et ses trois enfants. Je l'ai conduite au Trocadéro, tout fier de mon expérience de Parisien[3] : Elle m'a interrogé sur ce que j'apprenais au collège, m'a posé à ce sujet deux ou trois questions de géographie, elle m'a offert une livre de chocolat Potin, et puis elle est repartie, ayant quelqu'un de sa famille qui l'attendait à Carlsbad. Je crois me rappeler qu'elle était une grande et belle femme, très brune, en effet, volontiers

1 Valbert est enfant du romantisme et se complait dans la culture de la souffrance, nécessaire au sentiment du sublime. Ce n'est pas un hasard s'il fait coïncider cette étape de son développement amoureux avec celle de son enfance. Tout le roman montre que le parcours amoureux de Valbert est aussi l'occasion d'esquisser une histoire personnelle du sentiment amoureux à partir du pré-romantisme de Rousseau et jusqu'à répudiation de l'idéalisme schopenhauérien.

2 Troisième exposition universelle après celle de 1855 et de 1867, à l'occasion de laquelle le père de Wyzewa était revenu en France pour s'y installer, définitivement, l'année suivante.

3 Le premier séjour de Teodor à Paris date de 1879 pour ses examens de baccalauréat et non, comme l'indique le récit, de 1876, date à laquelle Valbert vient poursuivre ses études à Paris. Si Wyzewa sera bien boursier au collège Sainte-Barbe, puis suivra des cours à Louis-le-Grand, ce n'est qu'après l'obtention de son baccalauréat, préparé à Beauvais, de 1872 à 1878, puis à Douai, pendant près de deux ans.

pédante, et mise avec une élégance démodée qui la rendait un peu ridicule. Sa visite, d'ailleurs, m'a laissé fort indifférent, sauf pour l'entrée à l'Exposition qu'elle m'a value, et pour le chocolat, dont j'étais alors très friand.

Et c'est plus tard seulement, beaucoup plus tard, que, de la brume où s'était perdue toute cette enfance vécue en Russie, j'ai vu émerger le souvenir lumineux de mon premier amour. Mes parents eux-mêmes l'ont tout à fait oublié. Il n'y a que ma vieille nourrice qui, invariablement, me conseille d'attendre le veuvage de Mlle Irène, toutes les fois que je lui annonce mon intention d'amener une femme, le soir, dans mon appartement.

Valbert se tut : je vis que c'était mon tour de parler.

– Mon cher ami, dis-je, ce n'est point de cette espèce d'amour-là que je voudrais que vous m'entreteniez. Est-ce que vous connaissez quelqu'un qui à six ans n'ait pas voulu se marier, et avec la première femme venue ? Pourquoi seulement n'avez-vous pas mieux profité de l'indulgence, en effet bien extraordinaire, que vous témoignait Mlle Irène ? Vous l'amusiez, c'est clair ! Vous auriez dû la flatter, lui parler en enfant ; elle était riche, elle vous aurait comblé de ses cadeaux. Mais vous, vous n'avez reçu d'elle qu'un petit moulin : encore l'avez-vous cassé ! Comme elle a dû être heureuse de vous voir partir ! Elle vous prenait pour un petit analyste, je le jurerais ; et il n'y a rien qui choque davantage les jeunes filles un peu distinguées...

Et je fis encore à Valbert une foule de remontrances ; mais, pourvu qu'on lui parlât de lui[1], les plus cruelles ne l'auraient point

---

1 Valbert est un « produit typique » de l'idéalisme fin-de-siècle qui, faisant du « moi » la condition du monde extérieur, prédispose les jeunes esprits au narcissisme. Remy de Gourmont développera les conséquences de cet idéalisme en montrant qu'il conduit soit au narcissisme ou « néronisme mental », soit au « fakirisme » ou ascétisme, cette attitude représentant, pour Schopenhauer, l'une des possibilités de s'extraire d'une vie de souffrance. L'autre attitude possible est la contemplation, dont Valbert fait l'expérience à travers Wagner. Voir à ce sujet : « Dernières conséquences de l'idéalisme », *La Culture des Idées* (1900), Paris, Mercure de France, 1910.

fâché. Et je lui donnai rendez-vous pour le lendemain. Si loin de Paris, et ne connaissant personne à Bayreuth, je n'avais guère le droit d'être trop difficile dans le choix de mes distractions.

Nous nous étions mis à la fenêtre ; nous convînmes que le spectacle que nous y avions était d'une beauté parfaite. En face de nous, là-bas, se dressait le théâtre de Wagner, dont les teintes d'un rouge vif s'accentuaient à merveille sur le fond vert du petit bois. À droite, des champs immenses qui lentement s'élevaient, semés de quelques maisons blanches ; et si loin ils s'élevaient qu'ils devenaient une large colline, verte et calme, sous le calme ciel bleu. Et derrière la tache sombre du cimetière tout plein d'arbres, à gauche, c'était Bayreuth : un entassement de hautes maisons de pierre, dominées par la tour ronde de l'église catholique, par les deux tours de l'autre église, avec des éteignoirs en guise de clochetons.

Sur la route, à nos pieds, nous voyions passer de longs chariots, traînés par de maigres bœufs : ou bien des paysans s'avançaient solennellement au pas de leurs bottes, coiffés d'énormes casquettes, une grande pipe de faïence se balançant sur leur poitrine. Des femmes s'en retournaient aux villages, les pieds nus, les cheveux ceints tout à l'entour d'un mince fichu rouge, portant des paniers sur leur dos. Des oies aussi se promenaient, avec des exclamations en cadence : elles cherchaient de leur mieux à divertir des enfants du voisinage, qui restaient cependant graves, silencieux, sereins, les yeux bleus luisant comme des boules sous leurs cheveux d'étoupe.

Tout cela dans un air imprégné de paix et d'oubli, que remuait par instants un léger coup de vent. Les nerfs s'arrêtaient, la pensée prenait des rythmes vagues, les images devenaient plus lointaines et plus douces, un large flot d'émotion envahissait toute l'âme. On sentait que l'univers tout entier, les hommes et les choses, avait droit désormais à une tendre pitié[1].

---

1 Expérience de la contemplation qui, selon Schopenhauer, permet à l'individu d'éprouver de la pitié pour autrui et constitue le seul cadre moral possible, puisque

C'était l'heure où la nature se chargeait elle-même, à défaut de Wagner, de réaliser dans nos cœurs un moment apaisés le grand miracle de *Parsifal*[1].

---

dans la contemplation, l'individu s'oublie au point de reconnaître en lui la Volonté qui le traverse et le relie à l'univers : « Qu'est-ce donc qui peut nous inspirer de faire de bonnes actions, des actes de douceurs ? La connaissance de la souffrance d'autrui : nous la devinons d'après les nôtres, et nous l'égalons à celles-ci », *Le Monde*..., Livre IV, § 67, *op. cit.*, p. 472.

1 Si Parsifal, figure christique sur laquelle la lumière descend, est à l'origine de plusieurs miracles (la Sainte Lance, destinée à détruire Parsifal, s'arrête au-dessus de sa tête ; Parsifal saisissant l'arme, fait un signe de croix avec elle et le château de Klingsor est détruit, puis il guérit Amfortas en le touchant avec la lance), le narrateur fait certainement référence ici au miracle esthétique qu'accomplit la contemplation de la nature tout comme la musique de Wagner, et que Schopenhauer avait longuement développé en parlant de contemplation permettant l'intuition de la Volonté pure.

DEUXIÈME RÉCIT

Où, après une manière de préface de l'auteur, qui aurait été mieux placée en tête du livre, le chevalier Valbert se fait voir en d'assez piteuses conjonctures[1]

Mon âme est basse, dit la baronne, mais je n'y peux rien.
Ad. Valin, *Les Deux Secrets,* p. 27

Le chevalier fut exact à nos rendez-vous, le lendemain et les jours suivants. Il me débitait ses histoires tantôt sur un ton dégagé et plaisant, d'autres fois avec tous les signes d'un irrémédiable chagrin. Et, quand il avait fini, je lui répondais sur les tons les plus divers.

J'ai tout à fait oublié mes réponses : je crois cependant qu'elles n'auraient eu pour le public aucun intérêt. Je me rappelle, en revanche, à peu près exactement, les histoires que m'a dites Valbert. Les voici dans leur suite. La moindre digression achèverait, il me semble, d'en rendre la lecture ennuyeuse.

Les récits de Valbert ne sont, à dire vrai, que des épisodes isolés, sans lien apparent les uns avec les autres. Imaginez qu'un

1 Le procédé du sommaire est détourné et prend une dimension ironique et, même, auto-ironique, puisque l'auteur juge la construction de son récit, confirmant le statut de récit de l'extrême conscience pour *Valbert.* On s'aperçoit aussi que ce premier récit, ou « manière de préface », fonctionne comme une mise en abyme du reste de l'œuvre, avec la condamnation d'un premier amour artificiellement cultivé par le cerveau du petit Valbert et une catharsis que lui offre la contemplation de la nature.

éditeur publie à part, les extrayant des *Mémoires* de Marmontel ou des *Confessions* de Rousseau[1], tous les passages qui se rapportent à des aventures d'amour : c'est quelque chose d'approchant que vont vous paraître, toutes proportions modestement gardées, ces récits de mon ami.

Dans quelle intention bien au juste me les a-t-il contés ? Peut-être était-ce vraiment pour me renseigner sur l'amour ? Peut-être pour m'étonner, car il avait conservé à près de trente ans, cette manie d'enfance. Peut-être était-ce pour tuer son temps et retarder de quelques jours l'entreprise de son fameux grand drame ? Ou bien encore c'était pour se confesser de folies et de fautes qui pesaient à sa conscience. Oui, le motif véritable devait être celui-là. Mon ami était un garçon bizarre ; une incroyable timidité l'entraînait aux fanfaronnades les plus extravagantes : mais j'atteste que le fond de son âme était limpide comme un pur ruisseau caché parmi les ronces et les plantes sauvages. Et toute sa vie n'était qu'un effort à se dégager de ces mauvaises herbes, pour laisser voir ensuite la belle source fraîche et vive qu'il sentait jaillir en lui. J'ai dit que c'était un garçon bizarre ; mais il me semble, en y songeant, que c'était surtout un pauvre garçon[2].

Et si je ne sais pas bien au juste dans quelle intention Valbert m'a conté les récits qu'on va lire, je sais parfaitement, en revanche, dans quelle intention je me suis mis à vous les répéter. Vous y verrez en quelques exemples les abominables suites, je ne dirai

1 La mention à Rousseau reviendra sous la plume de Wyzewa [*V*, 164] pour rapprocher l'« esprit de l'escalier » de Rousseau de l'« amour de l'escalier » de Valbert, qui ne peut aimer que « rétroactivement », dira Émile Faguet : « Valbert [...] ne sent pas : à proprement parler, il rêve le sentiment », c.r. de *Valbert*, *Revue Bleue*, 2 sept. 1893, p. 317.

2 Le portrait moral correspond à celui de Wyzewa durant ses années de jeunesse, tel que nous le présente les souvenirs de certains de ses collègues symbolistes ou, plus tard, son *Journal*. L'excentricité de son caractère le condamne à multiplier les brouilles et les ruptures durant ses années symbolistes, ce qui jouera certainement un rôle dans le silence qui s'est rapidement fait autour de son nom. Voir à ce sujet notre introd., p. 15.

pas de l'*intelligence*, mais d'une conception *intellectuelle* de la vie[1]. Comme il y a des hommes qui naissent sourds ou aveugles, Valbert était né *intellectuel* : aucune infirmité n'est plus terrible que celle-là. De nature, il avait été disposé à ne goûter d'autres plaisirs que ceux de la pensée : tristes plaisirs, qui se résolvent en souffrance pour soi-même et les autres ! Il pensait au lieu de sentir, il pensait au lieu d'agir. Il était plus sourd que les sourds, plus aveugle que les aveugles : car, en dehors de sa pensée, le reste du monde n'existait pas pour lui[2]. Et par le spectacle des misères que lui a values l'amour, le saint amour créé pour nous alimenter de repos et de joie, vous jugerez combien a été infortunée cette vie d'un jeune homme que j'ai trouvé, à vingt-six ans, usé de corps et d'esprit, impuissant, inutile, sans un ami ni une amie.

Ah ! si les récits de Valbert pouvaient maintenir hors des voies maudites de l'intelligence et de la réflexion ne serait-ce qu'une seule âme, parmi celles qui m'entendent[3] ! Jeunes âmes encore

---

1 À partir de 1890 se développe en France un courant anti-intellectualiste qui s'inspire de l'intuitionisme développé par Schopenhauer dans sa métaphysique puis, vers le tournant du siècle, par Nietzsche, à travers le concept de volonté de puissance. Une troisième source est celle du roman russe, que Melchior de Voguë présente au public français dès 1886, en signalant le renouveau mystique de cette littérature. Admirateur de Tolstoï et de Dostoïevski, lecteur de Schopenhauer et commentateur de Nietzsche, Wyzewa était donc prédisposé à devenir le porte-parole de l'anti-intellectualisme fin-de-siècle et entame sa carrière en livrant à la *Revue contemporaine* un article sévère sur la philosophie de Renan, « La philosophie de M. Renan, à propos du Prêtre de Némi », décembre 1885, p. 423-439, repris dans *Nos Maîtres*. Sur l'anti-intellectualisme fin-de-siècle, voir Pierre Citti, *La Mésintelligence, Essai d'histoire de l'intelligence française du symbolisme à 1914*, Saint-Étienne, Les Cahiers intempestifs, 2000.

2 Contraction représentative de la manière dont la pensée de Schopenhauer est assimilée par les artistes de 1890. Dans *Le Monde comme volonté et comme représentation*, les symbolistes ne retiennent en général que l'idée du monde comme représentation, s'ingéniant à illustrer la puissance créatrice de la pensée. Platon, Hegel, pour certains Fichte et Spinoza, à qui Wyzewa ajoute Berkeley, tous hâtivement assimilés, complètent la « pharmacopée idéaliste » de l'artiste fin-de-siècle. Voir à ce sujet : Sandrine Schianno-Bennis, *La Renaissance de l'idéalisme à la fin du XIXe siècle*, Paris, H. Champion, 1999, p. 22.

3 Le Mal fin-de-siècle est bien l'avatar idéaliste du Mal du siècle, ce que souligne la similitude de ton de ce passage avec le premier chapitre de *La Confession d'un*

assez fortes pour diriger votre route, gardez-vous de croire à votre existence, sortez de vous-même pour ne vivre plus qu'en autrui ! Ouvrez vos yeux, vos oreilles, votre cœur ; et fermez votre cerveau où gît un poison meurtrier ! Ne vous abrutissez pas dans la science et dans la pensée ! Les prairies sont si vertes, les oiseaux ont de si douces chansons, il y a tant de délices sur les lèvres des femmes ! Et tant de créatures sont là qui souffrent, autour de vous ! Entendez comme elles vous appellent [1] !

Pendant que Valbert me racontait ses histoires, souvent je lui voyais un air suffisant et moqueur ; mais c'était encore un des mensonges de sa timidité. Sous cet air d'emprunt, le malheureux saignait de remords et de désespoir. Il y avait sous ses plaisanteries comme un sanglot, que je crains bien de ne pouvoir réussir à vous faire entendre. Écoutez pourtant la suite de ses aventures.

Voici ce qu'il m'a raconté, à notre second rendez-vous :

– Sachez, Monsieur, me dit-il, que sitôt arrivés à Paris mes parents eurent des embarras d'argent, et que vers 1876 ils étaient très pauvres. Ils demeuraient aux Batignolles, comme il sied à des gens venus de Pologne ; mais, moi, ils m'avaient mis en pension dans un grand collège de la rive gauche[2], et j'y étais interne. Ma bonne volonté était grande ; je ne cessais pas de m'exciter à

---

enfant du siècle : « Si j'étais seul malade, je n'en dirais rien ; mais comme il y en a beaucoup d'autres que moi qui souffrent du même mal, j'écris pour ceux-là, sans trop savoir s'ils y feront attention ».

1 La pitié, la compassion, sont annoncés d'emblée comme moyens de rompre avec un idéalisme aliénant. Bien que Schopenhauer voie dans la pitié une possibilité pour l'homme de se libérer, puisqu'en renonçant au sentiment de son individualité il se découvre pure Volonté, identique à autrui et capable de compassion, c'est plus au mysticisme chrétien de Tolstoï que se rapportent les paroles du narrateur. Au moment d'écrire *Valbert*, Wyzewa a déjà publié un important article sur « La Religion de Richard Wagner et la religion du comte Léon Tolstoï », *Revue Wagnérienne*, 8 octobre 1885, p. 237-256, dans lequel il montre comment tous deux ont fait de l'art le moyen d'une quête mystique et chrétienne.

2 D'une extrême pauvreté, le ménage Wyzewa n'a suivi Teodor ni à Douai ni plus tard, à Paris, et est resté à Erquery jusqu'à la mort du père. La situation de Wyzewa, mauvais élève et battu par ses pairs comme par ses professeurs, se rapportent aux années

devenir fort dans les diverses matières que l'on m'enseignait ; et malgré cela j'avais dès ce moment un penchant à la réflexion qui me rendait incapable de m'appliquer au travail. J'avais redoublé ma quatrième : en troisième, cette année-là, j'étais parmi les derniers. Je dois ajouter que je n'avais aucune intelligence, dans le sens où les gens de collège entendent ce mot-là ; je n'étais doué ni pour le thème, ni pour la version, ni pour les sciences, pas même pour la gymnastique. Mes professeurs s'étaient depuis longtemps aperçus de mon inaptitude, et mes parents, et moi-même, avec ma clairvoyance accoutumée. Je ne rachetais, non plus, ce défaut essentiel ni par un talent de causerie, ni par d'autres grâces naturelles. Et j'étais, en outre, fort peu soigneux de moi-même, au point que mes camarades me battaient parce que j'avais les cheveux mal peignés. Le dimanche, je sortais après la messe ; mon père me conduisait au Jardin des Plantes ; ou bien je restais seul avec ma mère et ma vieille nourrice, qui m'aidaient à falsifier, avant que mon père ne les vît, mes notes hebdomadaires de leçons, de devoirs, de conduite.

Quant à mon âme de ce temps, je vous aurai tout dit de ce qu'il m'en souvient en vous disant qu'elle était nulle. Je réfléchissais en moi-même, et je rêvassais, voilà tout : et par instants j'éprouvais un gros sentiment de révolte contre mes compagnons de classe, que je voyais riches, beaux, bien placés dans les compositions. Mais l'habitude d'être battu aggravait ma lâcheté native ; avec personne je n'étais ami, mais je souriais à tout le monde. Un malheureux voyageur que des sauvages tiendraient enfermé dans une caverne, avec la menace de manger un de ses membres au premier geste qui leur déplairait ; ainsi je me représente aujourd'hui ce que j'étais au collège. Les sauvages, c'étaient mes camarades, qui me battaient ; mon maître d'étude, qui me privait de sortie ; mes professeurs, qui m'injuriaient et m'humiliaient

---

de collège à Beauvais, plutôt qu'à son séjour à Sainte-Barbe. Wyzewa demeurera aux Batignolles de 1885 à 1894, en compagnie de sa tante Vincentine.

en mille manières, avec l'âpreté basse qui s'épanouit spontanément dans l'âme de ces gens-là au contact des mauvais élèves. Et ainsi je vivais.

La tranquillité un peu monotone de cette vie fut troublée, vers le mois de mars, par une passion imprévue.

Le hasard, vers ce moment, me donna pour voisin d'étude un garçon de quinze ans, René de Sainval[1], que je m'étais habitué depuis quelque temps déjà à considérer comme un personnage tout à fait surnaturel. Il était riche et, lorsqu'on distribuait, le samedi, la pension hebdomadaire où j'avais la honte de toucher cinq sous, il était le seul de l'étude qui reçût dix francs. Mais qu'était sa richesse, Monsieur, et l'heureuse intelligence qui lui assurait sans effort tous les premiers rangs, qu'était-ce auprès de la beauté souveraine de son âme et de sa figure ? Il avait les cheveux noirs, de grands yeux ardents que dessinait sous les paupières un large trait bleu ; sa bouche était dédaigneuse et fine, avec des dents toutes petites. Il y a au British Museum un dessin florentin, le buste d'un pensif jeune homme avec des yeux de feu, qui me charme aujourd'hui encore par le souvenir que j'y retrouve de René de Sainval. Et sa voix m'apportait les doux échos de son âme, qui planait sur les choses.

Dès que je l'eus pour voisin d'étude, ma réflexion et mes rêvasseries prirent un cours nouveau ; et il en devint l'unique objet. Je me sentais comme honoré au-delà de mon mérite : je crus devoir, sur-le-champ, m'appliquer à mon thème latin pour me rendre digne d'un tel voisinage. René me demanda mon nom : nous étions dans la même classe depuis six mois, mais je ne fus pas autrement fâché de ce qu'il eût si longtemps négligé de l'apprendre. Et, dans une peur confuse de lui sembler trop au-dessous de son amitié, je lui racontai à voix basse que mes parents étaient nobles et riches, que j'avais une sœur très belle, et que si

1 La passion du jeune Valbert pour René est le prototype d'une passion romantique, ce que le choix du prénom de René souligne certainement.

j'étais si mal vêtu, c'était seulement par ordre du proviseur, pour me punir de ma paresse. Je vis bien pourtant que j'avais les mains trop rouges et trop sales pour que mon nouveau voisin prît un vif plaisir à les serrer souvent.

Huit jours, j'affectai à son endroit une indifférence absolue. Je me contentais d'épier tous ses gestes et de refuser obstinément les petits services ou cadeaux qu'il m'offrait en bon voisin : j'espérais le frapper par la noblesse de mon désintéressement. Et lorsqu'il se retournait vers moi pour me demander le texte d'une version, je me sentais rougir, rougir de honte, sans doute, comme j'aurais fait sous le regard de l'un de ces princes enchantés dont m'avait parlé ma nourrice.

Tout entière, désormais, ma pensée coulait vers lui. Je ne désirais rien de précis, pas même l'honneur de me promener avec lui dans la cour du collège. Mais j'imaginais mille combinaisons où je pourrais le sauver d'un danger, et puis reprendre mon allure froide, le laissant écrasé de la grandeur de mon âme. Je me jurais de devenir, dès le lendemain, laborieux et intelligent : je lui ferais ses devoirs, qui l'ennuyaient à faire. Je rêvais qu'un coup de chance inespéré avait rendu à mon père sa fortune de jadis[1], et que René, un dimanche, venait déjeuner chez moi. Et alors je me rappelais avec angoisse comment, un des jours passés, les parents de René s'étaient croisés avec les miens, dans le parloir du collège. Il avait bien vu que ce n'était point par ordre du proviseur que mon père portait une redingote tout usée, et ma mère un vieux chapeau avec des fleurs à treize sous. Et je reprenais pied hors de mon rêve, sous ce cruel souvenir, et je sentais que René ne serait jamais mon ami.

Un dimanche, nous étions tous deux privés de sortie, mais lui seulement jusqu'à midi, et pour quelque négligence légère. Nous étions seuls de notre étude à rester au collège ce jour-là : nous

1 Sans être fortuné, Théodore Wyżewsky, le père de Wyzewa, avait connu avec sa famille quelques bonnes années à Zwaniec avant son retour en France. Il y jouissait d'une situation avantageuse et d'égards sociaux dus à sa petite noblesse.

passâmes ensemble l'heure de la récréation. J'avais lu autrefois un roman de Walter Scott, *Peveril du Pic* : je le lui racontai. Je lui offris une tablette de chocolat, que j'achetai à crédit chez notre marchande du préau. Je possédais un crayon qui se fermait et se mettait dans la poche, ma mère me l'avait donné au nouvel an : je courus le chercher dans mon casier, à l'étude, et je lui en fis cadeau. Mais nous nous séparâmes à midi sans que notre situation réciproque se fût en rien modifiée.

Et quand je vis, le lendemain, que René continuait à ne pas vouloir me comprendre, je résolus de ne plus songer à lui. Pourquoi lui avais-je donné ce crayon, que ma mère toute pleurante m'avait fait promettre de garder, en souvenir de son tendre amour et de sa pauvreté ? Je lisais *Notre-Dame-de-Paris*, qu'un camarade m'avait prêté. De temps en temps je relevais la tête ; dans mon cerveau échauffé une phrase sonore se formait, et il me paraissait que j'allais devenir, moi aussi, un grand romancier.

Et puis, un beau soir, au moment où je me félicitais d'avoir tout à fait oublié René, l'idée soudaine me vint de lui écrire. La somnolence habituelle du maître d'étude nous rendait faciles les conversations ; mais les choses que je ressentais, apparemment, devaient être exprimées par écrit. Je priai René d'être mon ami. Je lui dis que j'avais eu dans ma famille des malheurs terribles dont lui seul pouvait me consoler. Rien de plus. J'avais arraché une page d'un cahier ; et, au moment de la plier, j'y fis une tache avec mon porte-plume. Puis je donnai le billet à René ; il le prit d'un air étonné qui acheva ma honte. La chose faite, je me mis à bredouiller une leçon de Tite-Live ; j'avais l'impression comme d'un coup de foudre qui allait éclater sur moi et m'anéantir à jamais. Mon voisin, cependant, ne fit point mine d'être fâché. Se tournant vers moi et sans prendre la peine d'écrire, il me demanda ce que j'avais. Et je lui répondis, en baissant les yeux, que je n'avais rien, que je le suppliais de ne pas faire attention à ma lettre. Et je vis trop clairement qu'il y consentait. Au lieu du coup de foudre attendu, c'était comme si un froid venin se fût lentement répandu dans mes nerfs.

Et tous les soirs, dans le chaud loisir de mon lit, je pensais à René. J'avais la certitude que j'aurais gagné son cœur si j'avais répondu autrement à sa question, le jour du billet. Oh ! le lendemain matin, je travaillerais, et à la distribution des prix je l'étonnerais par le nombre de mes nominations !

Je parlai de lui à ma mère, comme d'un ami très intime : et ma mère me dit qu'il fallait lui être reconnaissant, qu'elle-même, un jour, lui ferait entendre combien elle l'aimait de m'aimer. Mon père me proposa sa bonne conduite en exemple : l'ornant d'emblée de toutes les perfections, il me conseilla d'apprendre de lui la sobriété, l'économie, la franchise, sans lesquelles on n'est rien dans la vie.

Peut-être, en effet, est-ce à l'ignorance de ces précieuses vertus que je dois de n'avoir été rien dans la vie[1] ; et peut-être mon petit camarade René de Sainval avait-il de quoi me les enseigner. Mais je ne me souciais point de les apprendre, et de lui moins que de personne. Je serais fort en peine, par exemple, de vous dire exactement ce que j'attendais de lui, en échange des ruses, projets, espérances, et autres complications psychologiques dont je lui offrais secrètement l'hommage. Je présume que l'idéal suprême de mes rêves aurait été de me promener toute la vie, la main dans la main, avec lui. Jamais en tout cas l'ombre d'une pensée vicieuse, ou simplement sensuelle, ne me traversa l'esprit dans cette occasion. René m'apparaissait comme l'incarnation de la sagesse, de la richesse, de l'élégance : de la beauté aussi, mais d'une beauté si pure ; si dégagée de toute matière, que j'eusse craint de la profaner en y attachant un désir.

---

1 C'est un jeune homme de 26 ans qui parle, ce qui peut rendre la remarque curieuse. Toutefois, ce sentiment n'abandonnera jamais Wyzewa, qui se reprochera toujours sa paresse et son dilettantisme, voyant en eux les principaux obstacles à une œuvre personnelle conséquente.

Vous vous demandez, après cela, Monsieur, ce que vient faire le petit René dans la série de mes aventures d'amour. Ce qu'il y vient faire, je ne le sais pas moi-même ; mais je sens, avec une évidence impérieuse, qu'il y doit avoir sa place, et que je ne pourrais vous rien dire de ma vie qui vous révélât mon âme plus à fond[1].

Lorsqu'elle eut à quitter la Russie pour s'installer dans un misérable petit logement des Batignolles, ma mère, je me rappelle, ne crut devoir emporter que deux choses, parmi toutes celles qui lui appartenaient : une traduction polonaise d'*Atala*[2] et une selle tcherkesse, une grande selle garnie de fourrure, avec des clous dorés sur les bords. Et pareillement il me semble que j'ai rapporté de là-bas un appareil singulier, un appareil exotique et sans emploi ici : quelque chose comme un cerveau polonais, ou, si vous préférez, un cerveau amoureux[3]. Imaginez un homme dont le cœur et les sens seraient paralysés, mais dont le cerveau aurait fonction de les remplacer[4]. De naissance, mon cerveau avait faim d'amour : il aimait n'importe qui et n'importe quoi, les prophètes de l'histoire sainte, le lion d'Androclès, la sœur de ma nourrice, et Dieu sait combien de chimères qui tour à tour lui apparaissaient, l'enfiévraient un moment, s'effaçaient pour ne plus revenir.

Parfois, cependant, le hasard fournissait à mon appareil cérébral des objets d'un contour plus précis, d'une matière plus résistante, et qui l'occupaient plus longtemps. Et je crois que le petit

1 La formule « évidence impérieuse » est proche de l'intuition et signale déjà la distance prise avec une conception intellectuelle de la vie.

2 La première traduction d'*Atala* en polonais date de 1817. À plusieurs reprises, les deux premiers récits de *Valbert* renvoient à *Atala*.

3 Dans *Le Vice suprême* (1884), de Joséphin Péladan, on retrouve à peu près la même formule quand le héros affirme : « j'ai le cœur à la tête, je suis le fiancé des idées », Paris, Librairie des Auteurs modernes, p. 164.

4 L'hyperactivité cérébrale, que l'art aimerait à restituer, est l'un des sujets de prédilection de la littérature symboliste. On trouve déjà, chez Remy de Gourmont, le projet d'un roman racontant la vie cérébrale d'un homme « né avec la complète paralysie de tous les sens, en lequel ne fonctionne que le cerveau et l'appareil nutritif », *Sixtine, op. cit.*, p. 161.

René fut l'un de ces objets. Je l'ai aimé d'un étrange amour sans désirs, que j'aurais pu tout aussi bien ressentir pour un livre ou pour un tableau : mais c'est lui que j'ai aimé, et pendant de longues semaines je n'ai vécu que de sa pensée. Tantôt je me voyais séparé de lui à jamais, après un adieu où je lui avais révélé enfin les royaux trésors de mon âme. Tantôt je me figurais au contraire qu'un miracle nous avait rapprochés, et que nous étions amis pour toujours. Je lui racontais mon histoire : lui seul était admis à consoler mes douleurs. Il m'expliquait les livres que je devais lire, il les lisait avec moi, il m'expliquait le monde. Il acceptait la dédicace d'un poème que je composais pour lui plaire. Il dessinait mon portrait : je le lui arrachais des mains à peine fini, et tout au travers de la vie je le portais sur mon cœur.

Et voici que le miracle dont je rêvais parut vouloir s'accomplir.

Il faut vous dire que René était bon camarade et aimait à obliger. Il fit un jour pour moi une narration sur l'histoire de Stradella[1] avec des brigands. Le professeur me complimenta de ma narration, elle fut lue en public et montrée au proviseur. Et non seulement René me laissa tout le mérite de ce devoir dont il était l'auteur, mais le plus curieux est que, dès ce jour, il se prit d'amitié pour moi. Je crois que la raison en était, au fond, dans la gratitude pleine de repentir que je lui avais alors témoignée. Mon affection pour lui, qu'il sentait confusément et qui d'abord avait paru plutôt l'écarter de moi, à présent il en était baigné, comme d'un flot qui monte sans cesse et où l'on finit par s'abandonner. Nous nous promenions ensemble pendant les récréations. Nous causions pendant les heures d'études. Dix fois par jour, en nous séparant ou nous rejoignant, nous nous serrions la main.

C'est un dimanche de juillet que nous passâmes ensemble toute l'après-midi. Nous étions convenus de nous rencontrer au

---

1 Alessandro Stradella, (1639-1682) est un compositeur italien dont on raconte que la voix « tiraient jadis aux brigands des larmes de compassions [et] charmait autrefois les détrousseurs de grand chemin », F. de Lagenevais, *Revue des Deux Mondes*, juillet 1869, p. 249.

Luxembourg, près du *Roland Furieux*[1], et de ne plus nous séparer jusqu'au soir. Ma matinée avait été radieuse et folle. Je répondais à peine aux questions de mes parents ; je me voyais conduisant René à Suresnes, où j'étais allé une fois l'été précédent ; ou bien je me complaisais à imaginer une longue promenade sur les quais, depuis le Point-du-Jour avec ses cafés-concerts jusqu'au Jardin des Plantes, et là-bas, plus loin ! Je dis à mon père que les parents de mon ami René m'avaient invité à dîner ; et par la même occasion je lui demandai de me remettre dix francs, pour une quête. au profit des Alsaciens-Lorrains[2] qui allait se faire au lycée le lendemain matin. Ma mère m'avait promis de me donner deux francs si j'avais un prix : je lui assurai que les résultats des compositions étaient connus, et que j'avais un des prix les plus jalousés, le prix de récitation. Je fis recoudre un bouton à ma tunique, qui me parut décidément à jamais trop large pour moi. Je partis des Batignolles avec douze francs : un coiffeur m'en prit trois, moyennant quoi il me rasa, me coupa les cheveux, et me reprocha en termes pleins d'aigreur le nombre exagéré de mes pellicules. Et longtemps avant l'heure convenue j'étais au Luxembourg. Je tremblais maintenant que René ne vînt pas. Il vint. Je le vis s'approcher, de son pas élégant et tranquille : et ce fut alors comme si le ciel s'était rouvert devant moi.

Les premières heures de notre rendez-vous furent d'un ennui si terrible, Monsieur, que nous nous serions séparés presque tout de suite si nous avions su où aller. Ce que nous avons fait de cette mortelle après-midi, je ne m'en souviens plus : je crois que nous avons traîné dans des tavernes, à lire les journaux, et que

1 Ce Bronze réalisé 36 ans après la mort du sculpteur Jean Bernard Duseigneur, dit Jehan, et placé au Jardin du Luxembourg de 1869 à 1900, est un modèle de sculpture romantique, notamment par la violence de l'expression. Lieu de rendez-vous symbolique, donc, pour Valbert, qui cultive une passion romantique pour René.

2 Au lendemain de la défaite de 1870, la population des territoires annexés d'Alsace et de Lorraine doit opter pour l'une ou l'autre nationalité. La majorité choisira de rester française. L'optant doit alors rejoindre le territoire national et des comités de soutien, avec récolte de fonds, se forment pour accueillir ces émigrés politiques.

nous avons fini par échouer dans un café-concert qui existait à cette époque dans les environs du bal Bullier[1]. Nous n'avions rien à nous dire, lui du moins, et j'en étais blessé, et moi-même je ne pouvais trouver aucun sujet de conversation.

C'est vers sept heures seulement que nos âmes s'amollirent. J'avais invité mon ami à dîner ; je l'avais conduit au bouillon Duval de la Madeleine[2], qui m'apparaissait un restaurant de grand luxe, réservé aux gourmets et aux grands seigneurs. Je vis bien que René ne jugeait pas les bouillons avec les mêmes égards, mais bientôt la chaleur du gaz, le bruit des tables voisines, le spectacle du boulevard sous nos fenêtres, tout cela nous donna une animation douce, gaie, pleine de sympathie. Nous causâmes de nos professeurs, dont l'un était naturellement tout bon et tout sage, tandis que l'autre était un sot très méchant. Je dis à René comment j'avais rencontré un camarade dans la rue du Havre, en descendant de chez moi. Nous eûmes un regret pour les élèves privés de sortie.

Par degrés, l'entretien devint plus intime. René me fit entendre que sa sœur allait se marier, ce qui me remplit de honte pour la mienne, que je lui avais dépeinte si belle, et qui n'existait pas. J'essayai de réparer ce désastreux mensonge par une foule d'autres du même genre. Je dis à René que bientôt je serais riche : je lui offris de l'emmener alors pour un long voyage en Italie et en Grèce. Et les détails de ce voyage me procurèrent, à les imaginer, une joie infinie.

Ennuyé de m'entendre parler sans cesse, René crut devoir changer de conversation. Il me dit qu'il était amoureux d'une cousine,

1 Ancienne Closerie des Lilas, le Bal Bullier, du nom de son propriétaire, est un des bals publics les plus fréquentés par les étudiants et la jeunesse artistique, dont les symbolistes. On y voit entre autres Barrès, Thaillade, Rachilde, qui y rencontre son époux Alfred Vallette, et Wyzewa.

2 Restaurants économiques lancés dès 1854 par le boucher Pierre-Louis Duval, les « Bouillons Duval » sont destinés à restaurer une clientèle modeste, souvent ouvrière. En 1889, lors de l'Exposition universelle, trois « Bouillons Duval » sont installés à Paris.

rencontrée l'hiver passé dans un bal d'enfants. Elle s'appelait Alice. Ah ! cet aveu fut pour moi comme un coup de poignard ! Je résolus de dire ce soir-là même à René tous les droits que je m'étais acquis sur son cœur. Je lui montrerais mon âme : l'admiration et la pitié l'attacheraient à moi pour toujours. Mais, en attendant, je jugeai à propos de lui répondre que moi aussi j'étais amoureux d'une jeune Polonaise amie de mes parents : elle avait refusé un beau parti, obstinée à me rester fidèle ; même j'avais sa photographie, au collège, dans un livre de messe qu'elle m'avait donné.

Après le dîner, nous entrâmes au Café de la Paix, où je dépensai le reste de mes douze francs. René voulut absolument m'offrir quelque chose à son tour. Je demandai un verre d'absinthe, la boisson préférée des grandes âmes.

À neuf heures, avant de rentrer au collège, nous nous promenâmes dans le petit jardin qui va du Luxembourg à l'Observatoire. C'est là qu'il s'agissait de tout avouer : si j'y manquais, ma vie était perdue. Je préparais des phrases, je les voyais écrites, devant moi, avec les accents et les virgules. Ma sensibilité s'était hallucinée[1], peut-être sous l'effet de l'absinthe. Je tournais la tête, par instants, au milieu d'une causerie banale, et le visage de René m'apparaissait inondé de cette atmosphère mystique qui flotte, à de certains jours, autour des figures du Vinci. Et toujours je retardais mon explication. « Il est temps de rentrer ! » dit René. Un moment encore nous décidâmes de nous promener ; et je compris que c'était seulement à la porte du collège que je devais révéler mon cœur. Encore un moment, et nous revînmes vers le collège.

Alors un vent de folie me traversa la tête, et, sans réfléchir ni préparer mes phrases, je suppliai René « d'être désormais mon ami ».

Il me répondit par un : « Je ne demande pas mieux » un peu surpris, qui, comme autrefois sa réponse à mon malheureux

1 Dans le sens moderne de « avoir des hallucinations », l'adjectif est réintroduit à partir de 1851. En 1893, date de parution de *Valbert*, Verhaeren fait paraître *Les Campagnes hallucinées*.

billet, arrêta net mon exaltation, me plongeant dans un abîme de honte et de désespoir. Et nous montâmes nous coucher, après nous être serré la main.

Et ce fut tout. Le lendemain, sans trop savoir pourquoi, je m'entendis avec un camarade pour changer de place à l'étude. Je ne vis plus René que de loin en loin ; je ne lui dis plus que d'insignifiantes paroles, affectant une indifférence tragique dont peut-être il ne s'aperçut même point. Je continuais à l'aimer, cependant, et à songer à lui, pendant les semaines qui nous séparaient des vacances : mais déjà il m'y fallait un effort, et mille rêves nouveaux se glissaient en moi. Je résolus d'écrire un sonnet, où je mettrais ma douleur : longtemps je mûris le premier et le dernier vers. À la distribution des prix, cette année-là comme les autres, je ne fus point une seule fois nommé ; ma mère me donna encore deux francs, pour me consoler[1]. L'automne suivant, mon père obtint pour moi une bourse entière au collège de Châtellerault[2]. Je n'ai plus revu René de Sainval : on m'a dit qu'il était entré dans la diplomatie, et que l'Académie française l'avait couronné pour un *Éloge* un peu emphatique, mais très solidement composé.

Et maintenant, Monsieur, me dit Valbert quand il eut fini cette histoire, maintenant je vais être plus à l'aise pour vous raconter mes aventures d'amour[3].

1 La question des prix d'excellence semble avoir marqué Wyzewa, qui écrira à ce sujet un petit conte : « Albert ou le vrai surmenage, conte pour les mauvais élèves », *Le Figaro*, 7 août 1892, repris dans *Nos Maîtres*. Mauvais élève, Albert a la possiblité d'entrevoir l'avenir des lauréats de sa classe, tous ployant sous le poids de la science, tandis que lui choisit de quitter l'école pour suivre sa voie qui est le travail de la terre.

2 C'est pour le collège de Douai que le père de Wyzewa obtient une bourse en 1878. Le collège de Châtellerault est néanmoins connu de Wyzewa puisqu'il y enseignera la philosophie une année avant de partir définitivement pour Paris.

3 Ces deux premiers épisodes en restent à une exposition très générale du sentiment amoureux, sans entrer dans les particularités de la conception de Valbert. Celui-ci les juge néanmoins nécessaires, car ils insistent sur le paradoxe que constitue son caractère, à la fois exalté et cérébral, le prédisposant à rêver ses amours plutôt qu'à les vivre.

TROISIÈME RÉCIT

Où l'on voit le chevalier Valbert s'égarer déjà dans des amours illicites[1]

Vous êtes là à me dire que vous l'aimez ! Au fond, qu'en savez-vous ?
Bonnaire, *Les vrais enfants,* acte II, sc. III.

Voici quelle fut la troisième aventure que me raconta Valbert :

– En 1879, me dit-il, j'étais élève de rhétorique au collège de Châtellerault : élève interne, ai-je besoin de vous le dire ? J'avais seize ans, et m'a figure commençait d'être ce que vous la voyez. J'avais grandi démesurément ; ma moustache poussait et manifestait déjà, comme le nez du père Aubry[2], un fort penchant vers la

---

1 Après les orages sublimes d'une romantique et chaste passion, placée sous le parrainage de *René* et d'*Atala*, Valbert continue son exploration du sentiment amoureux en narrant son premier, unique et platonique amour adultère. À nouveau, les allusions aux romans d'apprentissage du réalisme se multiplient. Amoureux d'une femme mariée et mère de famille, ou peu s'en faut, Valbert tient tout à la fois du Julien Sorel de Stendhal, du Léon de *Madame Bovary* ou du Férédéric Moreau de *L'Éducation sentimentale*.

2 Les plaisanteries sur le « nez auguste » du père Aubry, l'ermite d'*Atala*, foisonnent. Cousin d'Avallon, dans *Chateaubriantiana*, t. I, Paris, 1820, p. 130-131, racontant un pèlerinage dans l'ancienne propriété de la Vallée-aux-Loups, signale : « Nous avons remarqué dans un coin une grande figure d'hermite, avec une longue barbe et un nez aquilin. On lisait à côté de cette inscription : mon nez incline vers la tombe ».

tombe ; mais tout de même, sans devenir beau, je cessai un peu d'avoir l'air gêné et provisoire que j'avais si longtemps gardé à Paris. Peut-être même y avait-il dans mon aspect d'alors quelque chose de piquant : car j'imagine qu'on y pouvait lire le reflet d'un étrange phénomène psychologique qui se produisait en moi.

Comment ce phénomène s'est produit, et pourquoi il a choisi pour se produire ce moment et cet endroit, je ne saurais vous l'expliquer. Toujours est-il que de la créature médiocre et insignifiante que j'avais été se dégageait, par degrés, un personnage tout autre. Non seulement les choses qui naguère m'avaient échappé me devenaient accessibles, à l'arithmétique près où je suis resté tout le temps étranger : mais encore j'acquérais une faculté de pénétration, une finesse de raisonnement, une habileté d'expression qui me remplissaient de stupeur, et qui d'ailleurs n'ont point tardé à s'en aller de moi comme elles m'étaient venues. Je puis le dire sans trop de vanité : j'ai été, pendant ces deux ans passés à Châtellerault, le garçon le plus intelligent que possédât cette paisible petite ville. Je me sentais toujours incapable de prendre plaisir au travail : c'est un défaut dont je n'ai pu en aucun temps me débarrasser ; je continuais à ne pas faire de devoirs, à ne pas apprendre de leçons, à rêver d'autre chose. Mais ma rêverie s'était clarifiée ; elle avait pris désormais un corps et une direction. Je lisais énormément : je me passionnais pour les œuvres d'art, sans encore y rien entendre de bien positif ; je sondais les abîmes de la métaphysique. Dans les compositions j'étais souvent le premier, et cela seul aurait suffi à me valoir un bien-être matériel tout différent de mes misères de Paris. Les professeurs s'intéressaient à moi, les maîtres d'études me traitaient avec mille égards, les élèves ne songeaient plus à me battre. Et ma qualité de Parisien achevait de me conquérir le respect de ces inintelligences locales.

Tous les quinze jours il y avait sortie. Les élèves avaient le droit, ces jours-là, d'aller passer l'après-midi chez des personnes de la ville recommandées par leurs familles et connues du principal. Moi seul, la première année, je ne sortis jamais, faute d'avoir à

Châtellerault ce qu'on appelait un correspondant. En 1879, au contraire, j'eus la joie de découvrir une famille qui consentit à me recevoir les jours de sortie.

C'était un médecin, M. Derville[1], et sa femme : ils étaient un peu amis d'une amie de ma mère. Ils demeuraient au rez-de-chaussée d'une vieille maison, sur cette grande esplanade qui est l'orgueil de Châtellerault et qu'on nomme *le Plan*. Mon correspondant était un excellent homme d'une trentaine d'années, fort en peine de gagner sa vie. Sa femme, une Toulousaine[2] plus jeune que lui de cinq ans, venait de perdre un enfant et se trouvait enceinte de nouveau quand je la vis pour la première fois.

À dire vrai, ces sorties du dimanche n'étaient pas pour moi une distraction bien vive. Je les attendais avec impatience et comptais beaucoup sur elles ; mais, lorsqu'elles arrivaient, je ne savais comment en user. Je sortais à une heure ; et jusqu'à six heures je flânais dans des cafés, où je lisais la *Revue des Deux Mondes*, les journaux de Paris, les journaux de l'endroit. Ou bien je m'en allais errer aux bords de la Vienne, tout occupé à la lecture de quelque livre que j'avais pris en cachette dans la bibliothèque du médecin. À six heures, je rentrais chez les Derville ; nous dînions, et puis l'on me ramenait au collège.

Ces sorties avaient même pour moi un côté très déplaisant : c'était leur lendemain, et la conversation entre élèves où il me

---

1 Le correspondant de Teodor était en réalité pharmacien, se nommait Boutet et ne put recevoir le jeune collégien que deux fois, *Ma Tante Vincentine*, *op. cit.*, p. 191-192. Comme pour confirmer la nature livresque et intertextuelle de cet épisode amoureux, fruit d'un jeune cerveau saturé de littérature et qui tend à remplacer l'expérience réelle par l'expérience littéraire, le nom choisi renvoie à plusieurs œuvres fondant la littérature réaliste. Dans *L'Hermite de la Chaussée d'Antin*, de Jouy, Mme Derville « possède à un très haut degré ce secret des âmes délicates », Paris, Pillet Aîné, 1824 (huitième édition), p. 172. Chez Stendhal, Mme Derville est l'amie de Mme de Rênal, présente au jardin lors de la scène de la prise de possession de la main, et lors du procès final, tandis que chez Balzac, Maître Derville est l'avoué du *Colonel Chabert*, qui réapparaît dans plusieurs autres romans de *La Comédie Humaine*.

2 « M. Boutet venait de se marier, avec une jeune Parisienne [...] », *Ma Tante Vincentine*, *op. cit.*, p. 192.

fallait prendre part. Mes camarades étaient, en général plus jeunes que moi, mais ils étaient solides, sanguins, et depuis longtemps ils avaient appris tous les secrets de l'amour. Leur plus grande joie était, le dimanche, de fréquenter certains lieux de plaisir ; et, le lendemain, de se raconter les prouesses qu'ils y avaient accomplies. Et tout en leur tenant tête avec mon autorité d'*homme qui avait connu mieux que ça à Paris*, je me désolais intérieurement de ne pas connaître cet amour dont j'affectais d'être blasé. J'avais, pour m'en écarter, un vague dégoût, ou plutôt comme une certitude instinctive que le plaisir obtenu ne m'indemniserait pas de la fatigue dépensée[1]. Mais, surtout, j'étais empêché par une honte affreuse : il y avait dans les arts de l'amour tout un côté pratique dont j'ignorais les détails ; et je tremblais à l'idée qu'on pourrait découvrir mon inexpérience sous mes vantardises.

Un lundi de novembre, mes camarades témoignaient un contentement d'eux-mêmes tout à fait agaçant. Ils avaient passé l'après-midi de la veille en compagnie de quelques jeunes ouvrières, et ils ne tarissaient pas sur l'agrément qu'ils en avaient rapporté. C'est alors que le désir me vint de me montrer décidément leur égal. Je dis à l'un, puis à l'autre, que j'étais amoureux de ma correspondante [2].

---

1 L'attitude de Valbert est représentative du pessimisme fin-de-siècle, qui fait renoncer à toute joie avant son éclosion, de peur de la flétrissure qui pourrait résulter de la possession. Dans *La Course à la mort* (1885), d'Édouard Rod, le narrateur fait remonter ce pessimisme philosophique à Augustin, insistant sur le fait qu'il est devenu la marque de l'esprit fin-de-siècle : «Je trouve dans saint Augustin cette pensée : " S'il m'arrivait quelque chose d'heureux, je n'aurais pas le courage de le saisir, sachant d'avance qu'il s'envolerait avant que je m'en fusse emparé ". [...] Mais cet homme était une exception, presque une anomalie. Et aujourd'hui, qui ne redoute le bonheur pour son cortège de déceptions ? Qui n'a manqué une occasion d'être heureux par crainte du dégoût d'après ? Qui même n'a souvent éprouvé le dégoût par anticipation, avant la jouissance ? », Vevey, L'Aire bleue, 2007, p. 65.

2 Travail d'imagination chez Valbert, la passion pour la jeune Mme Boutet est bien réelle chez Teodor, qui affirme dans *Ma Tante Vincentine* à propos de sa correspondante : « [...] je n'ai pas besoin d'ajouter que j'en étais devenu follement amoureux, dès cette première et unique rencontre », *op. cit.*, p. 192.

Je dis cela au hasard d'une inspiration et sans y trop songer. Mais ma déclaration me valut trois jours de parfait bonheur. Je comprenais qu'en effet j'avais là une occasion de m'élever à mes propres yeux. Seulement un peu de prudence, et je m'assurerais une conquête d'un prix infini ! Je passai mes heures à me voir en pensée seul avec Mme Derville dans le jardin de sa maison, et lui baisant la main, tandis que je l'éblouissais de l'éclat de mon esprit. Mais le malheur était que, dans ces imaginations, une autre femme prenait la place de la véritable Mme Derville. Je voyais devant moi une figure aperçue jadis à Paris, ou bien encore toute fictive. Quand je voulais fixer ma pensée sur Mme Derville, mon rêve s'arrêtait, et je me sentais vaincu.

Et comme la prochaine sortie était encore loin, je cessai d'y songer. Tout au plus me disais-je par moments que ce jour-là allait inaugurer dans ma vie une époque nouvelle, décisive.

Arriva la sortie. Je trouvai Mme Derville dans sa cuisine, vêtue d'un méchant peignoir bleu et les cheveux en désordre. À peine si je l'avais vue jusque-là. Je la considérai soigneusement. Elle était blonde avec des yeux noirs, petite ; et sa taille commençait à être déformée par cette grossesse qu'elle ne cherchait pas à cacher. Je la jugeai si laide que je ne fis pas un effort pour me rapprocher de son cœur. Elle me demanda des nouvelles du collège : c'était, avec le temps de la veille et du lendemain, sa santé, et certaines questions de cuisine, notre seul sujet de conversation.

Le lendemain, je dis à mes camarades que j'avais passé la sortie en tête-à-tête avec ma bien-aimée ; mais je dis cela sans y attacher d'importance, et mon âme eut une dizaine de jours tout à fait paisibles. À mesure qu'approchait la sortie suivante, pourtant, l'image de Mme Derville s'effaçait de mon esprit, et avec elle l'idée de sa laideur. Et je recommençais à me voir en pensée, me promenant dans le vaste jardin avec une femme qui était elle sans toutefois être elle.

Cette série d'alternatives dura jusqu'aux vacances de la nouvelle année. Mes parents se trouvaient alors si embarrassés qu'ils ne purent m'envoyer l'argent d'un voyage à Paris. Pendant cinq jours, je sortais du collège tous les matins vers neuf heures, et jusqu'à neuf heures du soir je restais confié aux soins de mon correspondant.

Comme le temps était pluvieux et froid, j'employai ces journées à lire dans un coin, à taper sur le piano, ou bien, quand le médecin sortait, à causer avec sa femme, qui m'interrogeait sur Paris et l'Exposition. C'est dans ces longues heures d'indifférente causerie, que j'aperçus certaines particularités assez surprenantes. Je découvris, par exemple, que les yeux de Mme Derville, au lieu d'être simplement noirs, étaient encore très profonds, pleins d'un feu sensuel qui attisait les miens. Je découvris aussi qu'elle avait une peau si fraîche et si blanche que c'était une fête de la regarder. Et parfois, lorsqu'elle consentait à sourire de mes anecdotes, c'était comme si les deux petites rangées de ses petites dents eussent mordu mon cœur. À part cela, une excellente femme, très douce, indulgente à toutes mes folies, ni coquette ni prude. Je négligeai, les derniers jours, d'aller lire les journaux au café, et dès qu'elle était seule au coin du feu, je courais la rejoindre.

Le dimanche d'après nous eûmes sortie de nouveau, et deux heures passées avec Mme Derville suffirent à me remettre sous le charme. Cette fois, tous ses mouvements me donnaient un léger frisson nerveux ; je ne détachais pas mes yeux de sa figure ; je jugeais son mari heureux de la posséder, et je me sentais rempli d'affection pour lui.

Et quand je rentrai au collège, le soir, je découvris que j'étais amoureux. Je le découvris mieux encore le lendemain, lorsque mes camarades m'interrogèrent sur l'emploi de ma sortie : car, au lieu de me vanter à mon ordinaire, je rougis, et ne pus rien dire. Oui, cette fois c'était bien la vraie Mme Derville qui s'asseyait à côté de moi dans le grand jardin, qui marchait le long de la haie, doucement appuyée à mon bras ! Je ne cessais point de penser à elle. Par instants, j'imaginais que son mari était mort, et que nous le pleurions ensemble. D'autres fois, je me voyais si bien accueilli, et j'apercevais tant de flamme dans ses yeux, que sans aucun apprentissage tous les secrets de l'amour m'étaient révélés, et que les plus étonnantes délices nous baignaient l'un et l'autre.

Ces rêveries étaient coupées de cruels retours au sentiment de la réalité ; mais elles ne tardaient pas à me rejoindre, au coin d'un discours latin ou d'un roman que je lisais. Comme tous ceux qui ont la certitude d'être aimés, j'étais bon, sensible, ouvert à toutes les pitiés. Je soupçonnais mon professeur d'être amoureux : je le plaignis d'être trompé. Et j'employai toute la soirée qui précéda la sortie à préparer pour le lendemain mille artifices de séduction. Je résolus d'interroger Mme Derville sur son enfance ; je profiterais de son attendrissement pour lui raconter la mienne ; nous nous aimerions en souvenir d'un passé commun[1].

Je n'ai pas besoin de vous dire que ces subtiles combinaisons se trouvèrent, le lendemain, impraticables, et n'eurent d'autre effet que de me rendre gauche, emprunté, tout pénétré du néant de mes espérances. J'eus cependant ce jour-là une aventure que je ne puis me rappeler sans un petit frémissement mêlé de honte et de plaisir. Ah ! ce fut vraiment une des journées les plus effectives de ma vie !

Empêché lui-même par des visites, mon correspondant me demanda de conduire sa femme à Cenon, petit village sur la Vienne, où l'on allait en bateau, et où il y avait un jardin à tonnelles avec toute sorte d'amusements forains. En un moment Mme Derville fut prête à sortir ; elle me permit de porter son ombrelle et un gros fichu dont elle voulait se couvrir les épaules à la tombée du soir.

C'était un jour de février. Le temps était froid, mais clair, et un petit soleil tremblotant versait doucement sur les âmes son mélancolique sourire. Ma reconnaissance pour ce bon M. Derville, qui n'avait évidemment eu d'autre intention que de m'être agréable, ma joie de tout l'univers d'amour et de confidences qui

---

1 Julien Sorel, dans sa première rencontre avec Mme de Rênal, fait le récit de son enfance pour l'attendrir, mais c'est Félix de Vandenesse et Blanche de Mortsauf, dans *Le Lys dans la Vallée*, qui s'émeuvent au souvenir d'un passé commun.

s'ouvrait devant moi, ma certitude d'événements décisifs qui ne manqueraient pas de m'arriver, autant d'idées qui se battaient fiévreusement en moi, tandis que je conduisais ma bien-aimée à travers les petites rues de la vieille ville vers le port où nous allions prendre le bateau. Je m'ingéniais à découvrir de quelle façon je pourrais montrer à Mme Derville le trésor de compassion que j'avais dans le cœur : oublieux de son état, qui la forçait à marcher lentement, je courais, tout au désir de lui rendre quelque service extraordinaire, jusqu'à ce qu'enfin elle me pria d'aller moins vite, et même de la laisser s'asseoir, pour reprendre haleine un moment.

Sur le bateau, je ne cessai pas de la regarder d'un regard plein de fervente tendresse : la force d'amour que n'avaient pu dire mes paroles, je la mettrais dans l'expression de mes yeux[1]. Je répondais à peine, comme par des soupirs, aux réflexions de ma compagne sur la beauté du délicat paysage qui nous entourait. Aujourd'hui, ces bords de la Vienne m'apparaissent en effet comme le plus élégant, le plus discret et le plus intime des lieux d'enchantement : je ne puis me les rappeler sans avoir l'impression d'une douce et tranquille féerie, avec leurs petits arbres, les gentilles vagues de la rivière, les amples prairies d'alentour. Mais alors, je n'avais d'yeux que pour les misérables comédies de mon âme.

Et je fus heureux de débarquer à Cenon, d'installer Mme Derville dans une tonnelle du jardin, de lui offrir, sur les cinq francs empruntés la veille à un camarade, des crêpes dont elle me dit qu'elle avait envie. Elle se sentait tout égayée, elle riait, elle me traitait avec une familiarité charmante. Nous projetions des prénoms pour l'enfant qu'elle attendait ; elle souhaitait un

---

1 La promenade en bateau est un *topos* de la littérature amoureuse depuis *Julie ou la Nouvelle Héloïse*. Le malaise de Mme Derville rappelle celui de Julie, « saisie du mal du cœur, faible et défaillante au bord du bateau », *Julie ou la Nouvelle Héloïse*, 4e partie, lettre XVII. On peut penser aussi à celle de Léon et d'Emma, allusion évidente à *Julie ou la Nouvelle Héloïse* (voir à ce sujet Max Aprile, « Flaubert moraliste ambigu. Le thème du naufrage dans Madame Bovary », in *Bulletin Flaubert*, n° 45, 16 septembre 2003. Le thème est repris en ouverture de *L'Éducation sentimentale*, puisque Frédéric s'éprend de Mme Arnoux lors d'une traversée en bateau.

garçon, à cause de l'embarras que l'on a, plus tard, pour marier les filles. Et moi je lui jurais que ce garçon serait mon élève, mon ami ; tous les ans, je viendrais le voir, de Paris, avec des cadeaux pour ses parents et pour lui[1].

Je partais de là pour lui raconter mes espoirs d'avenir, que je sentais tout à coup en moi se préciser, s'enfler, monter d'un élan certain aux destinées les plus hautes. J'allais entrer à l'École normale[2], et puis je quitterais dédaigneusement l'Université pour écrire dans les journaux, pour faire représenter des opéras, des drames immortels. Les crêpes furent servies ; Mme Derville, qui les avait tant désirées, refusa d'en manger ; et je sus contenir la petite colère que j'en éprouvais. Je commençai à lui parler de Paris. N'est-ce pas qu'elle y viendrait, avec son mari, aux vacances de Pâques ? Je parlais et je voyais, avec une sorte d'extase, ses beaux yeux noirs se fixer sur moi, toujours plus ardents. À un moment où je disais que mes camarades de Paris m'avaient rendu très malheureux, je m'aperçus qu'elle allait pleurer. Je me sentis aimé.

Elle, cependant, soudain m'interrompit, me saisit le bras. Elle m'avoua qu'elle se trouvait mal. Le bateau sifflait, prêt à repartir. Je l'y fis monter, et tout le long du chemin je la tins appuyée contre moi, sanglotante des douleurs qui la déchiraient. Je ne songeais plus à mes illusions si brusquement déçues. J'éprouvais un immense besoin de la servir, de la consoler, de mêler mon souvenir à celui de ses souffrances[3]. Sans cesse, je lui demandais comment elle se sentait ; à mon tour je pleurais, mais avec aussitôt quelques plaisanteries pour montrer que j'étais un homme.

---

1 Valbert s'imagine en précepteur et ami du fils de celle qu'il aime, comme Julien Sorel ou Werther, qui se lie d'amitié avec les huit frères et sœurs de Charlotte.

2 Ce que, ni Valbert ni Wyzewa ne parviendront à faire. D'après les notes inédites d'Adolphe Boschot, Paul Delsemme conclut que Wyzwea, « admissible à l'École Normale Supérieure » en 1880, « fut refusé à l'oral pour insuffisance en grec », *Teodor de Wyzewa…*, *op. cit.*, p. 16.

3 La compassion est encore ici le résultat d'une conception littéraire de l'amour, plus précisément romantique, qui explique l'empressement de Valbert à faire de sa bien-aimée l'héroïne d'une nouvelle.

Je la ramenai chez elle, un peu remise de son accès. Moi-même j'étais tout tremblant. Je comprenais qu'être garde-malade, c'était le seul rôle où je pusse prétendre auprès d'elle, et que cette fois je l'avais bien rempli.

Le soir, Mme Derville fut pour moi d'une amitié douce et active. Elle me recommanda de soigner un rhume que j'avais trop laissé durer. Elle me fit ordonner par son mari une tisane, qu'elle tint à me préparer elle-même. Elle ne gardait plus de son voyage à Cenon qu'un souvenir lointain, comme imprégné de tendresse. Lorsque je la quittai vers neuf heures, elle me dit qu'elle était bien fâchée de ne pouvoir m'accompagner jusqu'à la porte du collège.

Je passai la quinzaine qui suivit à contempler une photographie dérobée dans son album, une photographie où elle était de cinq ans plus jeune, en robe blanche, avec des fleurs dans les cheveux. Je méditai le plan d'une nouvelle, dont l'héroïne s'appellerait Marthe, du prénom qu'elle portait. Au surplus, j'étais fort tranquille ; et c'était même comme si, malgré la photographie, son souvenir se fût de nouveau embrumé, pour laisser la place à des figures imaginaires. Parfois seulement je me rappelais ses petits cris d'angoisse, sur le bateau. Je rougissais en songeant combien elle avait dû me trouver ridicule. Sans doute elle riait de moi, avec son mari !

La veille de la sortie suivante, je reçus une lettre de mon correspondant, me disant que sa femme était très malade, sans d'ailleurs qu'il y eût de danger, et qu'il me priait de rester au collège, ce dimanche-là. Le lundi matin, un externe m'apprit que Mme Derville avait fait une fausse couche ; on avait dû appeler un second médecin pour la délivrer.

Je supportai cette nouvelle assez aisément, et je m'occupai de toute sorte de sujets étrangers à mon amour, jusqu'au jour de certain congé que nous eûmes, et où je sortis pour la moitié d'une semaine. Peut-être était-ce les vacances du Mardi Gras, ou encore la fête de notre principal[1].

Je trouvai Mme Derville, ce jour-là, étendue sur un canapé, maigre, pâle, les épaules couvertes de son lourd fichu. À peine si elle me tendit la main, en m'apercevant : elle écarta mes questions, qui parurent lui déplaire, m'affirma qu'elle était guérie et se portait comme d'habitude. Des visites survinrent, qui m'empêchèrent toute l'après-midi de causer seul avec elle. Je la jugeai une sotte provinciale, impossible à aimer, décidément[2]. Et je passai la soirée dans un café, à lire les journaux.

Le lendemain elle fut plus tendre. Elle me sourit ; je dus entendre ses doléances sur les tracas et la fatigue que sa maladie avait valus à son mari. Elle restait étendue sur le canapé ; et moi, assis auprès d'elle, je lui lisais un roman nouveau de M. Daudet[3]. Ce jour-là encore, pourtant, je la quittai avec l'impression de l'avoir ennuyée et de m'être ennuyé.

Mais le soir, après que je fus rentré au collège, elle eut une crise d'évanouissement ; et je la trouvai si misérable, le lendemain matin, si pâle, si fiévreuse, que la passion afflua dans mon âme, d'un jet soudain et terrible, comme si durant des semaines un obstacle l'eût contenue, et qu'enfin elle l'eût franchi. Je vis ma bien-aimée belle éperdument, je compris qu'elle allait mourir, je compris qu'il me fallait mourir avec elle. Et je me jetai à genoux devant elle, et

1 Il n'est pas fortuit que Wyzewa replace cet épisode tragique au moment du Carnaval ou de la fête du Principal, car les deux événements sont de triste mémoire pour lui. Il écrit, dans son *Journal* du 24 février 1903 avoir eu « toute [sa] vie, la haine du Carnaval », cité dans Paul Delsemme, *Teodor de Wyzewa…*, *op. cit.*, p. 28, tandis que *Ma Tante Vincentine* raconte comment, un soir où l'on fêtait le Principal, le jeune Teodor fut oublié au cachot où il achevait une peine de trois jours, *op. cit.*, p. 195-196.

2 Impossible à aimer, dès lors qu'elle quitte l'attitude sublime des héroïnes romantiques.

3 Valbert rencontre les Derville au début de l'année scolaire 1879-1880 et la mort de Mme Derville se situe certainement fin février, au plus tard début mars. Il pourrait donc s'agir du roman *Les Rois en exil*, paru chez Dentu à la fin 1879, mais plus probablement, du *Nabab*, dont la publication remonte à 1877.

je saisis sa main toute glacée : « Est-ce que vous êtes très malade ? lui demandai-je. Pourquoi ne pas vous confier à moi ? Ne savez-vous pas comme mon cœur vous est tendrement dévoué ? » Et je pleurai, je pleurai sincèrement, avec tout au plus un orgueil de ces larmes qui me venaient si chaudes[1]. Elle ne me dit rien. À un moment je lui baisai la main : je vis qu'elle pleurait aussi.

Je continuai à lui lire le roman de M. Daudet : mais sans cesse je m'arrêtais pour la regarder, et elle ne s'arrêtait pas de me regarder avec un triste sourire.

Son mari revint. Le dîner fut silencieux et morne. Je sentais bien que moi seul aurais désormais le pouvoir d'arracher à la mort cette âme charmante, qui m'adorait.

Les jours suivants se passèrent pour moi en des méditations si singulières, Monsieur, que je n'ose pas vous les révéler. Car tantôt je me désespérais, songeant à la fin prochaine de mon bonheur, aux souffrances aussi qui tourmentaient l'agonie de mon amante ; et tantôt je me prenais à être impatient de sa mort. Vivante, je l'eusse oubliée, et Dieu sait-même si elle se fût résignée à me livrer son cœur ! Morte, elle me laissait un souvenir radieux : elle vivait à jamais triomphante et belle dans ma mémoire ! J'assistais en pensée à ses derniers moments. Je la voyais s'enquérir de moi peut-être, ou bien au fond de son cœur me plaindre, pour cet immense chagrin qu'elle me causait. Ainsi je m'exaltais dans un orgueil fastueux ; et il s'y mêlait une angoisse, un désir de la revoir, de mourir à ses pieds.

Un matin, le principal m'apprit que Mme Derville était très malade et avait avec insistance demandé à me voir. Ma joie fut profonde : j'étais aimé, j'étais aimé[2] !

---

1 L'aggravation subite de l'état de Mme Derville peut paraître étrange, alors même que M. Derville l'avait déclarée hors de danger. On peut supposer que, comme la Virginie de Bernardin de Saint-Pierre ou l'Amélie de Chateaubriand, Mme Derville est aussi victime d'un sentiment qu'elle aimerait combattre. C'est du moins ce que pense Valbert, pensée dont il s'ennorgueillit, se sentant le seul à pouvoir l'arracher à son mal.

2 L'attitude du jeune homme face à la mort de celle qu'il croit aimer est représentative

C'est dans son lit que j'ai revu Mme Derville, à ces dernières heures de notre amour d'hiver. Elle était encore plus maigre et plus pâle : elle sommeillait, lorsque j'entrai dans sa chambre ; un moment après elle ouvrit les yeux, elle me sourit, me fit signe de m'asseoir près d'elle. Elle s'informa des détails de ma vie de collège. Est-ce que nous jouions aux barres, dans la cour ? Elle y jouait avec ses amies, à la pension : toujours c'était elle qui courait le plus vite. Ainsi elle me parlait, me traitant comme un enfant, avec ce triste sourire qu'elle insinuait dans mon cœur. Mais moi je la regardais, et si humblement, si pieusement, qu'elle se mit à pleurer. Elle me dit qu'elle allait mourir. N'est-ce pas qu'elle allait mourir, et que c'était tout à fait la fin ?

Je voulus la consoler, mais un besoin plus fort m'emporta. Je m'agenouillai tout contre son lit, j'arrosai de mes larmes sa pauvre main blanche et frêle. Je me rappelai une prière que m'avait apprise ma vieille nourrice, une prière en polonais qu'il était bon de dire dans les grands dangers. Et longtemps nous restâmes sans nous parler, souriant et pleurant.

Mme Derville me remit une médaille qu'elle portait à son cou[1]. Je dus lui jurer que je ne la quitterais jamais, ne la donnerais à personne. Elle me fit jurer, aussi, d'aimer toujours son mari, d'être pour lui comme un frère plus jeune. Elle me donna ses deux mains à baiser, et puis elle prit les miennes, elle les baisa à son tour. Voilà ce que lui dicta sa misérable faiblesse, comme si elle eût voulu se rattacher à plus d'êtres dans la vie, ou y laisser plus de regrets !

De nouvelles larmes furent suivies d'un nouveau sommeil. Réveillée, elle reprit l'espoir : moi aussi j'étais plein d'espérance,

---

à la fois de la propension de Valbert à vivre à travers la littérature et de l'état d'esprit fin-de-siècle, qui le pousse à développer un romantisme analytique et utilitaire. En effet, Valbert anticipe la mort de Mme Derville et s'imagine endosser le rôle de l'inconsolé.

1 Atala, au seuil de la mort, remet à Chactas le petit crucifix qu'elle porte au cou, tandis que Paul fait don à Virginie de son portrait de Saint-Paul.

elle m'aimait trop pour mourir. Je me voyais, en pensée, me promenant avec elle dans le grand jardin, lui racontant ma vie, lui lisant les livres que j'écrirais pour lui plaire. Nous nous donnâmes rendez-vous pour le dimanche de l'autre semaine. Je détachai mes lèvres de ses petites mains, je les y collai de nouveau. Elle put comprendre, en me quittant, que j'allais encore pleurer.

Elle mourut le surlendemain, comme pour couper court à la série de mes évolutions sentimentales. Je passai le jour qui suivit sa mort dans un désespoir muet, avec la vision constante de l'abîme où s'était engouffrée ma vie. Je pris une joie farouche à paraître insouciant et gai devant mes camarades. La nuit je pleurais dans mon lit, je récitais des prières, je me relevais pour aller boire à la fontaine du lavabo, je saisissais la médaille que Marthe m'avait donnée, et je la couvrais de baisers.

Et lorsque j'eus assisté à la messe d'enterrement, où mon âme fut remplie d'une piété mystique, je résolus de m'étourdir désormais par tous les moyens pour ne pas succomber à un chagrin si profond. Et grande fut ma colère contre moi-même, le lendemain, en découvrant que mon mal s'était adouci, que ma rêverie, contrainte à ce sujet funèbre, en dépit de moi s'échappait vers des ambitions, des projets d'avenir[1].

Pourtant c'était trop vrai, et je n'y pouvais rien ! J'oubliais, j'oubliais, avec une rapidité terrible ! Seule survivait en moi la partie égoïste et vaniteuse de ma folle passion : sorti de ma vantardise, mon amour y retournait tout entier. Un professeur m'ayant abordé dans la cour du collège, je lui avouai que j'avais été plongé, par la mort d'une femme adorée, dans une désolation éternelle. J'écrivis à mes parents que tout espoir de mariage

1 L'inauthenticité du sentiment, invention destinée à se rendre intéressant aux yeux de ses camarades de classe, ne permet pas le culte d'une vraie douleur, qui anime le héros romantique à l'instar de René : «Je trouvai même une sorte de satisfaction inattendue dans la plénitude de mon chagrin, et je m'aperçus, avec un secret mouvement de joie, que la douleur n'est pas une affection qu'on épuise comme le plaisir», Chateaubriand, *René, in Atala, René, le dernier Abencérage*, Paris, Gallimard, «Folio», 1971, p. 175.

m'était désormais impossible : je devais ma vie au souvenir d'une créature angélique, qui était morte en m'aimant.

Mon correspondant quitta Châtellerault vers le mois d'avril. Moi-même je revins décidément à Paris à la fin de cette année. Je fus admis, sans grand éclat, à la première partie du baccalauréat ; et j'obtins de préparer la seconde au lycée Fontane[1], où je ne me souviens pas qu'il me soit rien arrivé que de m'ennuyer.

Et voilà, Monsieur, me dit le Chevalier en terminant son récit, voilà quelle a été mon unique rencontre avec l'adultère.

1 C'est au Lycée Sainte-Barbe que Wyzewa poursuit ses études après les épreuves du baccalauréat.

QUATRIÈME RÉCIT

Qui serait à donner des doutes sur le bon sens du chevalier

Malheureux ! Mais ta tête va enfler, si tu y fourres tant de livres !
Dumontier, *Le Fin mot,* p. 16

Pour peu qu'il vous plaise, Monsieur, me dit Valbert la fois suivante, mon histoire va maintenant se passer à Douai, où j'étais étudiant en droit pendant l'hiver et le printemps de 1880[1]. Mon père, enfin nommé professeur, dans un lycée, me donnait une pension mensuelle de cent francs ; et puis, tout de suite en arrivant à Douai, j'eus moi-même de nombreux élèves que je préparais au baccalauréat, si bien que je disposais tous les mois d'une moyenne de trois cents francs pour faire le garçon.

Aussi fis-je vraiment le garçon pendant cette belle année, c'est-à-dire que je ne fis rien du tout, sinon de fumer, de lire, de lire toujours, et d'alimenter sans relâche la haute opinion que je m'étais formée de moi-même. Depuis mon départ de Russie je n'avais connu partout que la contrainte et la gêne : j'aspirais

1 Après quelques distorsions, le récit rejoint les événements biographiques. En 1880, Wyzewa obtient une bourse pour la faculté de Douai, jouit de quelque argent de poche, puisque son père est nommé Directeur d'un asile à Villers-sous-Erquery, et fait la connaissance d'une actrice. À propos de cet épisode, Wyzewa écrira dans son *Journal* qu'il est, avec celui narrant la vie commune avec Sarah (Récit V), le seul « qui soit vraiment autobiographique », racontant une « folle aventure avec une actrice de Douai, qui s'appelait Jagetti, et dont on m'a raconté depuis qu'elle vivait maintenant à Paris, vieille, grosse, et mariée avec un médecin », *op. cit.*, notation du 4 juin 1903.

enfin voluptueusement la douce sensation d'être libre et d'avoir de l'argent. Je n'avais pu encore, toutefois, assouplir mon indolence native aux mille petits sacrifices que réclame une tenue correcte. Ma mise procédait par de fâcheux sursauts. Tantôt je me commandais un vêtement à la mode, je me faisais raser, et j'étonnais la population douaisienne par le raffinement de mes élégances ; et tantôt mes vêtements, vite déchirés ou salis, recommençaient à me donner la mine d'un bohème fumeur de pipes dans les estaminets, sans compter une longue chevelure dépeignée, et la barbe la plus broussailleuse que vous puissiez concevoir. Mais j'imagine que vous avez vu plus d'un slave dans votre vie ; et je ne veux pas m'expliquer davantage sur ce point, dont le souvenir m'est pénible. Rasé et propre, j'avais une figure assez banale, en somme point déplaisante ; mais il suffisait ale m'avoir vu sale et hirsute pour garder de moi une impression pitoyable et, je le crains bien, décisive.

Et dès ce montent déjà rien au monde n'avait plus de véritable intérêt pour moi, sauf les femmes et l'amour. Encore me trouvais-je, sous ce rapport, dans les dispositions les plus singulières. Ma race, mon tempérament, l'afflux de tout mon être vers mon cerveau, tout cela ne me permettait pas d'être bien sensible aux plaisirs matériels de l'amour. Je continuais à ne point même vouloir connaître ces plaisirs, toujours esclave d'une niaise vanité : je m'obstinais dans mon ignorance par honte de la laisser voir. Mais à présent je m'y obstinais sans impatience ni regret ; j'éprouvais plutôt un dégoût à la pensée qu'un jour où l'autre il me faudrait apprendre des détails si grossiers, et pratiquer un art où excellaient tant de brutes. Souvent je passais des heures en tête-à-tête avec une fille, sans ressentir une seule fois le désir de lui avouer mon incompétence. Je préférais la tenir toute surprise de mon détachement, comme si de trop nombreuses expériences m'eussent à jamais blasé. Et ce n'était point faiblesse physique, mais vraiment j'étais blasé sur les plaisirs matériels de l'amour. J'en avais eu la notion trop tôt jadis, au collège, dans ma fièvre de tout connaître. Et ce que j'avais appris alors, je l'avais appris si vite, dans un tel désordre, que le dégoût m'en était venu en même temps que la notion. Je peux dire qu'à dix-huit ans, et sans avoir quasi jamais éprouvé de sensations agréables ou rares, il n'y avait plus une sensation possible dont je fusse curieux ; je n'aurais pas allongé la main pour cueillir le fruit le plus savoureux, ni dressé l'oreille pour entendre la plus douce voix.

Mais plus mon corps était au repos, voyez-vous, plus mon cerveau s'affolait en tendres espoirs et en rêves amoureux. Les romans que j'avais lus étaient maintenant en train de me brûler le crâne[1]. Et jour et nuit j'appelais mon amante, celle qui enfin descendrait du ciel pour se traîner à mes pieds, fascinée par la tragique grandeur de ma mélancolie. Je l'appelais, je l'attendais, par instants il me semblait la voir. Et c'était alors de lascives images, où devant celle qui s'humiliait devant moi je m'humiliais à mon tour, baisant avec des sanglots de passion ses belles mains immaculées, qui versaient l'oubli dans mon cœur. Et puis je me redressais, amèrement je révélais à celle qui m'aimait que je ne l'aimais pas, car j'avais lu Heine et les *Fleurs du mal*[2]. Et puis je me prosternais de nouveau, avec un flot de larmes, comme avait fait

1 On trouve dans le *Journal* de Gide l'aveu d'un état d'esprit similaire, qui confirme l'idée d'une sensualité cérébralisée pour les jeunes idéalistes : « J'ai vécu jusqu'à vingt-trois ans complètement vierge et dépravé, affolé tellement qu'enfin je cherchais partout quelque morceau de chair où pouvoir appliquer mes lèvres », *Journal 1887-1925*, mars 1893, Paris, Gallimard, « Pléiade », 1996, p. 159.

2 Dans ses *Essais de psychologie contemporaine,* (1883-1886), Bourget relève les caractéristiques de la conception de l'amour de Baudelaire, qui est « tout à la fois, [...] mystique, libertin et surtout analyseur », art. « Baudelaire », I, « l'esprit d'analyse dans l'amour », Paris, Gallimard, « Tel », 1993, p. 4. Quant à Heine, en plus d'une propension marquée pour l'auto-ironie, Maurice Paléologue relève dans son étude sur « L'amour chez Henri Heine », *Revue de Paris*, année 1, t. 1, 15 février 1894, p. 148-183, qu'il « possédait éminemment ce singulier et précieux privilège ; il avait à certaines heures la faculté de s'halluciner à son gré, de croire aux créations les plus irréelles de son cerveau, aux visions les plus fantastiques de ses songes », *op. cit.*, p. 172, faculté dans laquelle Valbert excelle au point de lui faire confondre l'art et la vie.

Julien Sorel mais plus noblement[1]. Et quant aux femmes que je rencontrais dans la vie réelle, elles me faisaient l'effet de ces notes en prose que déposent les pédants au bas d'une page de vers[2].

Il y avait à Douai un théâtre où l'on jouait, quatre fois par semaine, l'opéra, le drame, le vaudeville et l'opérette. Je n'y allais jamais, pendant les premiers temps de mon séjour, me persuadant à moi-même que j'avais entendu à Paris toutes les pièces que l'on y donnait. Un soir, pourtant, je me laissai entraîner et je vins m'asseoir au premier rang des fauteuils d'orchestre. On jouait un drame. Lequel ? Je ne sais plus ; mais je me rappelle que les premiers actes me causèrent un ennui profond.

Puis ce fut un tableau, vers le milieu de la pièce, où je vis une jeune femme vêtue de blanc avec un voile de mousseline blanche sur la tête. Assise dans une chambre d'aspect lamentable, elle paraissait attendre quelqu'un ; et en attendant elle se plaignait de son infortune ; et elle avait pour s'en plaindre une petite voix élégante et pure, dont je fus remué.

---

1 Entre l'action et la pensée s'interpose chez Valbert la littérature, le rendant incapable d'un mouvement spontané. Julien fond en larmes à plusieurs reprises en se prosternant aux pieds de Mme de Rênal, notamment avant sa première nuit avec elle : « il ne répondit à ses reproches qu'en se jetant à ses pieds, en embrassant ses genoux. Comme elle lui parlait avec une extreme dureté, il fondit en larmes », (*Le Rouge et le Noir*, Première partie ; chap. 15) ou, plus tard, au plus fort de la maladie de Stanislas de Rênal : « Julien fondait en larmes. – Je t'obéirai, dit-il, en tombant à ses pieds, je t'obéirai, quoi que tu m'ordonnes » (Première partie ; chap. 19).

2 Wyzewa n'a pas toujours considéré la critique de manière aussi cavalière et a même, le premier, proposé une interprétation des sonnets de Mallarmé qui lui valut quelques remarques acerbes. Voir *Mallarmé. Notes*, Paris, Vanier, 1886. En 1886, il décrit le rôle de la critique, qui doit permettre de connaître l'époque, l'œuvre et l'artiste, dans un article de la *Revue Indépendante*, « Une Critique », nov. 1886, p. 50-78. Cependant, entre 1886 et 1894, sa conception évolue et il déplore la prolifération du genre critique : « Et ce ne sont plus des poèmes d'amour, mais des Essais sur Ibsen qui chantent aujourd'hui dans le cœur des adolescents », « Du rôle de la critique dans la littérature de ce temps », *Revue Bleue*, 28 avril 1894, repris dans *Nos Maîtres*, *op. cit.*, p. 244. Valbert dira plus loin de la critique qu'elle est un « vain et stérile jeu de pédants », [*V*, 171]

Je considérai de toutes mes forces cette infortunée jeune femme. Je découvris qu'elle était brune, assez grande, et si frêle et si noble, avec sa taille fine, ses longues mains gantées, son mince visage pâle cloué de deux yeux noirs, que j'eus l'idée d'une princesse véritable, montée sur cette scène à la seule fin de me voir et de m'aimer. Elle était plus attirante cent fois que tout ce que vous avez pu connaître ou rêver. Tout en elle n'était que grâce légère, enchantement discret et subtil, comme des jeunes fées dans les contes ; et par moment sa lèvre supérieure se retroussait en forme de sourire ; et sous l'éclair de ses dents blanches son gracieux visage s'illuminait d'une tiède lumière : et alors tout n'était plus en elle que malice naïve, naïve et perverse, un soleil d'avril flottant sur de noirs abîmes.

Dès lors je ne vis plus qu'elle. Si bien qu'elle-même fut frappée, bientôt, de mon obstination à la regarder ; et comme je me trouvais par hasard proprement vêtu ce soir-là, elle eut quelques sourires que je pus prendre pour moi. Elle se montra d'ailleurs fort peu dans le reste du drame. Elle était fille d'un grand seigneur, et on l'avait enfermée dans cette triste chambre pour des motifs qui ne l'en ont fait sortir qu'à l'avant-dernier tableau.

Sur l'affiche, elle s'appelait Mme Floriane. Je m'en retournai chez moi, cette constatation faite ; et tout le long du chemin et la nuit suivante et le jour suivant, à intervalles tantôt courts, tantôt plus éloignés, Mme Floriane se présenta devant moi, souriante, toute blanche dans son vêtement blanc ; et j'avais comme l'impression d'un fruit très doux, très parfumé, qui fondait dans mon cœur.

Je revis Mme Floriane dans les rôles les plus divers ; car elle était seconde chanteuse d'opérette, ingénue de drame, et soubrette de vaudeville. Sa beauté continuait à me produire une jouissance étrange, toute sensuelle, toute esthétique[1] plutôt, car

1 En associant plaisir sensuel et émotion esthétique, Valbert se situe dans la lignée de Baudelaire et confirme la catégorie du célibataire fin-de-siècle, jeune esthète qui a résolument remplacé l'amour de la vie par l'amour de l'art.

aucun désir de possession ne venait s'y mêler. Il me semblait seulement que j'avais rêvé d'elle depuis que j'étais né ; et je goûtais le bonheur de la trouver enfin réelle devant moi. Et bientôt je commençai à être impatient de sa vue. Les soirs où le théâtre était fermé, quelque chose d'essentiel me manquait, j'avais de la peine à vivre.

Cela dura plusieurs semaines. Je m'étais abonné à un fauteuil du premier rang. Je m'y installais dès le début de la représentation, avec un livre ou un journal que j'affectais de lire lorsque Mme Floriane n'était pas en scène ; peut-être avais-je confusément l'idée qu'elle me regardait de la coulisse. Et dès qu'elle paraissait je la regardais, me forçant à l'oubli de toutes choses pour m'enivrer de sa vue. Sa légère parole ajoutait au charme de ses yeux et de son sourire : douce, divine musique, je ne pouvais m'en rassasier. Je m'interrompais bien par instants dans mon extase, une envie soudaine me venait de me manifester à cette jeune femme par quelque grande action, qui conquerrait son cœur ; mais c'était un rêve rapide, et je me reprenais à la contempler[1].

Un matin que je sortais du cours, mal vêtu et la barbe à moitié poussée, je croisai dans la rue une dame dont les traits me frappèrent, et je reconnus, après un moment de réflexion, que c'était l'actrice adorée. Je courus l'attendre au tournant de la rue, je la dévisageai soigneusement. Imaginez une petite dame plutôt vieille, couverte d'une rotonde noire élimée, avec une méchante toque noire sur la tête. C'était bien elle, en effet, mais combien peu la même qu'au théâtre ! Son visage était usé, creusé, maquillé ; rien n'y restait de l'idéale beauté qu'elle revêtait pour paraître en scène. Je me sentis honteux, malheureux, devant une désillusion aussi imprévue : mais, je ne sais comment, j'y pris la résolution

---

1 Le plaisir esthétique vient de la contemplation et permet à Valbert d'atteindre une forme d'extase. C'est ce procédé que décrit Schopenhauer dans *Le Monde...*, Livre I, § 50 à 52, *op. cit.*, faisant de l'art, ou de la contemplation artistique, le moyen d'échapper de manière provisoire au Vouloir-vivre et à la souffrance née du désir qu'il induit.

formelle d'aimer cette femme, de lui révéler mon cœur, de la vaincre. Peut-être avais-je lu dans les livres qu'un royal amour rendait la vie aux agonisants : à celle-là mon amour allait rendre la jeunesse, la beauté, le pouvoir d'aimer.

Je combinai des plans. Et d'abord je résolus de me rapprocher d'elle. Une chambre était à louer, au second étage, dans la maison où elle demeurait ; je m'y installai aussitôt. Il me parut qu'elle ne résisterait pas à ce premier sacrifice. Le soir, j'allai la manger des yeux au théâtre ; et à la sortie je restai devant la porte de ma nouvelle maison jusqu'à ce qu'enfin je la vis revenir. J'étais prêt à lui faire un beau compliment sur son talent de comédienne : ou du moins il m'avait semblé toute la journée que j'y serais prêt, car maintenant je tremblais de frayeur. Elle rentra. Elle fut un peu surprise de voir un homme qui, sans même la saluer, entrait derrière elle, montait le même escalier. Mais je la suivis sans même la saluer, ayant compris soudain qu'il s'agissait de me montrer digne, peut-être bizarre, aussi. Et elle dut être plus surprise encore, elle dut être ennuyée et vexée, lorsque, ayant allumé une bougie sur le palier de son appartement, elle reconnut en moi l'étrange personnage qui mettait tant d'insistance à la dévisager au théâtre.

Je remontai chez moi, je me couchai, et toute la nuit je combinai des plans. Puisqu'elle rentrait seule, le lendemain je l'attendrais de nouveau ; et cette fois j'aurais le courage d'engager la conversation. Mais le lendemain elle ne rentra plus seule : un jeune homme l'accompagnait, que souvent j'avais vu au théâtre, dans une loge d'avant-scène, occupé à lui sourire.

Ainsi s'écroula mon bonheur. Je n'avais pas songé un instant que Mme Floriane pût avoir un amant ; à présent j'en étais certain. Je les imaginais se moquant de ma passion muette. Je me jurai d'oublier cette créature sans cœur, de ne plus aller au théâtre.

Mais le soir de la représentation suivante le charme de la jeune femme me ressaisit tout entier.

Et de même que Mme Floriane avait pour moi une double figure, étant sur le théâtre jeune et belle, et étant à la ville une petite bourgeoise fanée et banale, de même j'eus à son égard désormais une double attitude : car, tout en essayant sans cesse de la rencontrer, j'affectais de plus en plus une froide indifférence lorsque je la croisais dans la rue ; et sitôt qu'elle arrivait en scène, elle me voyait perdu d'extase, la pénétrant de mes yeux si pleins d'amour.

Ingénieux et gracieux manège, n'est-ce pas ? Longtemps, des semaines et des mois, je le pratiquai, avec la certitude qu'il ne pouvait manquer d'aboutir aux plus heureux résultats. Mais en vérité il n'aboutit à rien, de sorte que je finis par comprendre la nécessité d'agir. Soit donc, j'agirais !

J'écrivis à Mme Floriane. Je lui dis que j'étais compositeur, que je préparais une opérette avec un grand rôle pour elle ; je lui annonçai que je viendrais la voir, à ce sujet, le surlendemain vers deux heures. J'eus des mots spirituels. Je signai de mon titre de chevalier. Et je cachetai l'enveloppe et je l'envoyai.

Un camarade à qui je montrai le brouillon de ma lettre, le lendemain matin, me déclara que j'avais absolument le devoir d'aller à ce rendez-vous, que moi-même j'avais fixé. Je ne ressentais pourtant aucune envie d'y aller : Mme Floriane était trop laide, et je savais trop qu'elle me méprisait. À quelle ridicule démarche m'avait encore poussé là ma folie d'agir [1] !

---

1 L'idée d'une action dénaturée dès lors qu'elle est le fruit d'une pensée consciente est l'une des idées maîtresses de l'anti-intellectualisme fin-de-siècle, qui tend à réhabiliter l'action spontanée et instinctive, « automatique » dira Théodule Ribot, alors qu'avant lui Schopenhauer avait déjà développé une théorie de « l'intellect irrationnel », *Le Monde*..., suppl. au Livre Premier, seconde partie, chap. V, *op. cit.*, p. 733-737. Disciple de Ribot, Pierre Janet soutiendra une thèse en 1889 sur *L'Automatisme phychologique*, tandis que Nietzsche puisera dans les articles de la *Revue philosophique*, dont Ribot assure la direction, les éléments de sa conception du caractère des instincts. Voir à ce sujet, Ignace Haaz, *Les Conceptions du corps chez Ribot et Nietzsche*, Paris, L'Harmattan, 2002. Remy de Gourmont, dans son roman *Les Chevaux de Diomède* (1897), fait faire à son personnage le procès d'un idéalisme séparé de la vie, soulignant l'incompatibilité de nature entre intelligence et action : « Toute idée

Je m'embellis de mon mieux, à tout hasard. J'achetai des bottines vernies, une cravate avec une épingle d'argent. Puis, dûment réconforté par plusieurs tasses de café, je vins sonner à la porte de l'actrice. Une vieille sorcière, sans doute la bonne, m'ouvrit ; elle me demanda ma carte, la porta dans une chambre où j'entendis des bruits de voix ; et Dieu sait l'extravagant mélange de joie, d'angoisse, d'orgueil et de désespoir que j'éprouvai en ces quelques minutes d'attente sur le palier. Enfin la vieille reparut : elle me dit que sa maîtresse ne pouvait me recevoir ce jour-là. Évidemment elle ne pouvait me recevoir, ni ce jour-là ni jamais ! Je me répétai cela en descendant l'escalier, sans me rendre compte bien au juste si j'en éprouvais du plaisir ou de l'angoisse. J'imagine que je me serais jeté volontiers à l'eau, pour peu que j'eusse trouvé une rivière sur mon chemin : mais en même temps je songeais à l'épouvante qu'aurait été pour moi cette visite, si l'on m'avait reçu. Qu'aurais-je dit ? Parmi tant d'attitudes possibles que j'avais préméditées, comment aurais-je eu la force de me décider à en choisir une ?[1]

Et voilà que, deux jours plus tard, la vieille sorcière, m'accostant au passage, m'informa que Mme Floriane serait chez elle le lendemain, et que je pourrais venir. En quelles paroles vous peindrai-je l'immensité de ma joie, ma certitude triomphante d'être enfin compris et aimé ! Oh ! les bonnes heures que j'ai passées ! Je m'intéressais à tout, je projetais des articles de journaux, des sonates, des discours de réception à l'Académie. Je donnai vingt

---

qui se réalise, se réalise laide ou nulle. Il faut séparer les deux domaines » et « Sois maudite, Pensée, créatrice de tout, mais créatrice meurtrière [...] », Paris, Mercure de France, 1912, p. 247 et 249.

1 Ce qui pose problème à Valbert et à la génération qu'il représente n'est pas l'imagination mais la volonté. Théodule Ribot publie en 1883 *Les Maladies de la Volonté*, ouvrage dont les romans symbolistes de l'extrême conscience se font l'écho à travers leurs personnages. Dans *Sixtine*, Oury illustre cet intellectuel lépreux dont la volonté s'est atrophiée : « Plus je vais, plus me manque la force initiale. Je puis tout continuer, je ne puis rien commencer. Entre la volonté et l'acte, un fossé se creuse où je tomberais en essayant de le franchir : c'est une impression physique », *op. cit.*, p. 191.

francs à une enfant qui portait des roses dans un panier. Je ne dormis point de la nuit, combinant des plans, imaginant des entrées, des mots, d'expressifs silences. Et, dès que je fus levé, je recommençai à m'embellir, et je vécus dans un radieux enthousiasme jusqu'à midi, où une petite pluie me mouilla les pieds.

Je m'accordai encore le temps de fumer deux cigares ; après quoi j'irais. Installé au café tout contre un bon poêle, je réfléchis ; et il m'apparut peu à peu que mes illusions vaniteuses me déshonoraient. Mme Floriane, en vérité, s'inquiétait bien de me comprendre ! Je lui avais proposé un rôle dans une opérette, elle voulait s'informer de ce qui en était. Rien de plus. J'étais insensé de tant m'émouvoir, de préméditer tant d'entrées ! J'irais, je lui développerais mon idée : et ce qui viendrait ensuite, je le verrais à mesure.

Mais je m'aperçus alors que, parmi des projets si divers, j'avais malheureusement tout à fait oublié de me munir d'un projet d'opérette. Et maintenant, du diable si j'avais le loisir d'y songer ! Puisque Mme Floriane ne m'aimait pas, pourquoi l'aimerais-je ? Et comment me présenter devant elle avec cette cravate que je venais de tacher ? Et si l'officier, son amant, était là, s'ils allaient tous les deux se regarder avec un sourire quand on leur annoncerait ma visite !

Toutes ces pensées s'agitaient en moi ; mais la vérité est que, de moment en moment, je voyais s'effacer devant moi la Mme Floriane du théâtre pour céder la place à l'autre Mme Floriane, celle de la rue, la petite dame ratatinée, ridée, si tristement prosaïque[1]. C'était celle-là que j'allais trouver, je le pressentais. Et à celle-là, que lui dirais-je ? Et à supposer qu'elle me demandât de l'aimer, de l'épouser, toute ma vie serait perdue !

---

1 L'opposition entre prose et poésie revient plus d'une fois sous la plume de Wyzewa et rappelle la notion de double état de la parole que Mallarmé explicitera dans « Crise de vers » (1897). Mallarmé souligne la différence entre le langage « brut ou immédiat ici, là essentiel ». Cette différence institue la poésie symboliste dans son ambition de vérité.

Aussi décidai-je bientôt, pour en finir avec mes scrupules, que j'avais le devoir de ne pas me rendre ce jour-là chez Mme Floriane ; Il s'agissait de lui montrer que je ne tenais pas à elle. Un autre jour j'irais, avec une opérette tout achevée que je lui jouerais au piano. J'y mettrais des mélodies si lascives et si dolentes qu'elle se pencherait sur moi, transfigurée de bonheur sous le chaud parfum de mon amour. Et en attendant je m'en fus boire des chopes dans un estaminet du faubourg d'Esquerchin, avec un étudiant en philosophie qui m'énuméra indéfiniment les incomparables mérites de ses professeurs[1].

Comment je passai ensuite les jours et les nuits à me désoler d'avoir manqué ce rendez-vous, comment j'écrivis, déchirai, récrivis vingt projets de lettres sur les tons les plus variés, comment je me crus autorisé à prendre devant le monde un air de morne désespoir : ce sont des choses que je ne vous dirai pas, vous me reprocheriez d'être par trop monotone dans le récit de mes subtilités intérieures. Je ne puis pas non plus, pourtant, vous dire d'autres choses, car c'est la vérité même que je veux que vous sachiez. Au théâtre, j'avais des reproches dans mes yeux, souvent des larmes. En ville, je continuais de rencontrer sans cesse Mme Floriane et de passer près d'elle sans la regarder. Qu'espérais-je ? Quelle chimère nouvelle m'étais-je mise dans la tête ? Je ne sais plus. Mais je me rappelle que je vivais dans une angoisse tragique, c'est-à-dire que tous les jours je trouvais un quart d'heure ou deux pour me lamenter sur ma sottise, mon amour, l'amertume sans nom de ma destinée. J'avais laissé échapper une occasion miraculeuse : jamais plus je n'arriverais à la ressaisir !

Un soir il y eut bal masqué au théâtre, et j'y allai, aimant, comme Baudelaire, à retremper ma mélancolie dans la joie des

---

1 Si l'on en croit Paul Delsemme, cet étudiant pourrait être Paul Adam, qui suivait, comme Teodor, les cours de Gabriel Séailles à Douai : « Les étudiants formaient des cercles animés, enfiévrés par les problèmes de l'heure : l'expansion germanique, la nécessité d'une entente entre les Latins et les Slaves. [...] Paul Adam et Teodor [...] passaient de longs après-midi à ébaucher des réformes sociales, à discuter d'art et de littérature ou à déchiffrer Fichte et Hégel », *Teodor de Wyzewa...*, *op. cit.*, p. 16.

foules[1]. À peine entré, j'aperçus Mme Floriane assise dans une loge, entourée d'un groupe d'officiers. Et voici qu'un moment après je la vis descendra dans le bal, seule, souriante. Elle venait vers moi. Oui, elle s'approcha du lieu où j'étais, elle resta assez longtemps debout, me frôlant de sa robe blanche, comme si elle m'attendait. Je tremblais, je la regardais à la dérobée, et jamais elle n'avait été d'une beauté plus magique. À mon tour, enfin, je m'approchai d'elle, je la regardai bien en face, elle me sourit, nous échangeâmes un salut. Et puis un vertige me saisit, et je m'éloignai. Quand je revins, quelques minutes après, elle était remontée dans sa loge.

Le lendemain ou le surlendemain, elle quitta Douai, avec le reste de sa troupe. Je ne l'ai plus revue.

Croiriez-vous, Monsieur, que souvent je m'abîme l'esprit à méditer sur cette aventure ? Elle m'est arrivée à une époque où d'étranges fleurs de démence s'épanouissaient dans mon cœur. Je n'éprouvais aucun besoin physique, je me trouvais riche et libre, au sortir d'années de prison ; j'étais plein de chimères, la vie m'apparaissait comme un rôle à jouer vis-à-vis de moi-même. Et puis les livres que j'avais lus avaient déposé en moi le germe de trop de rêves et de réflexions[2].

---

1 Après Chateaubriand dans le second récit, puis Stendhal, Balzac et Flaubert dans le troisième, ce chapitre est dominé par la figure de Baudelaire. Éloge du maquillage et de l'artifice, du bain de foule par un esprit supérieur (« Les Foules », *Le Spleen de Paris*, XII, 1869), dandysme de Valbert qui aime à railler ses élans de cœur, tout y est baudelairien. Le thème de la solitude dans la foule renvoie aussi à Chateaubriand, ou encore à Rousseau, renforçant la filiation qui s'établit de l'un à l'autre. Dans *Les Mémoires* (I, 63), Chateaubriand écrit : « Quand la nuit approchait, j'allais à quelque spectacle : le désert de la foule me plaisait, quoiqu'il m'en coutât toujours un peu… de me mêler aux hommes », tandis que dans *La Nouvelle Héloïse* (deuxième partie, lettre 14), « J'entre avec une secrète horreur dans ce vaste désert du monde. Ce chaos ne m'offre qu'une solitude affreuse… je ne suis seul que dans la foule ».

2 Héros de l'extrême conscience, Valbert est victime lucide de ses lectures, qui lui dictent sa conduite. Il illustre la définition que donnait Jules Lemaître du décadent, comme « celui qui garde la pose, qui "s'applique à être décadent" », *Les Contemporains*, Paris, Lecène et Oudin, 1886-1918, première série, p. 333.

Ai-je aimé Mme Floriane, ai-je vraiment désiré l'approcher ? Il me semble que c'était des romans et des poèmes que j'aimais en elle. Mon seul désir réel était de l'étonner, de m'étonner moi-même. C'est du moins ce que je crois, à de certains moments. Mais à d'autres moments, je crois que je l'ai vraiment, passionnément aimée. Vous ne pouvez pas vous figurer combien elle était séduisante et jolie, l'extraordinaire jouissance que m'apportait sa vue. Elle avait un nez mince et droit, des yeux noirs pleins de malice, et cet adorable sourire qui la transfigurait.

Elle manqua à mes yeux, elle leur manque encore. Je ne puis entrer dans un théâtre sans avoir l'idée que je la découvrirai, parmi les figurantes, ou cachée sous un autre nom. Et dès l'instant où j'ai cessé de la voir, elle a pris sa place dans mon souvenir, plus légère, plus séduisante, plus parfaite qu'elle n'avait pu être dans aucun de ses rôles. Quand je veux concevoir mon idéal de la beauté féminine, c'est elle qui m'apparaît. Elle ? oui, ou tout au moins le résumé de lectures et d'imaginations qu'a été pour moi sa vue sur le théâtre, pendant cette fièvre de mes dix-huit ans.

CINQUIÈME RÉCIT

Où le chevalier Valbert achève enfin son éducation

Ah ! dix ans, vingt ans de ma vie, pour être seulement pendant huit jours un homme comme tout le monde !
Mme Amélie de la Chaumière, *Le Bossu de naissance*, p. 397

Un autre jour, voici ce que me dit Valbert :

– Lorsque m'est arrivée l'aventure que je vais vous raconter, Monsieur, j'atteignais à mes vingt ans, et je me proposais de conquérir Paris[1]. Dans la petite chambre de la rue des Écoles où je logeais, au Luxembourg et sur le boulevard Saint Michel, où je ne cessais presque pas de me promener, un jour ne se passait guère sans que j'eusse imaginé quelque nouveau sujet de roman ou le plan d'un nouveau drame lyrique. Je voyais l'idée se former dans mon esprit, grandir, s'orner déjà de détails ingénieux ; rien ne me semblait plus agréable, ni plus facile, que de m'employer à un chef-d'œuvre qui se créait ainsi de lui-même. Je savourais la jouissance d'une dernière après-midi de paresse, résolu à me mettre au travail tout de suite après dîner. Et c'est seulement après dîner, sans doute sous l'influence du mauvais vin des gargotes, que j'apercevais soudain les difficultés de l'œuvre projetée, la

1 C'est en 1883, soit à près de vingt-deux ans, que Wyzewa s'installe définitivement à Paris. Perdant rapidement son travail de précepteur, il s'engage dans une vie de bohème et cohabite parfois avec des compagnons de lettres. À Barrès, fin 1885 ou début 1886, Wyzewa écrit : [...] J'ai quitté l'appartement de la rue de Douai ; je campe à la Revue Wagnérienne ; peut être, si vous y consentez, irais-je habiter l'autre rivage », BNF, *Fonds Barrès*, lettre de Wyzewa à Barrès, n 6. La formule de Valbert est un clin d'œil au Rastignac de la fin du *Père Goriot*.

banalité du sujet, et combien tout de même il serait imprudent de débuter dans l'art par une aussi chétive création.

J'avais alors coutume d'aller chercher un peu de consolation dans les brasseries du Quartier-Latin. Peut-être éprouvais-je dès ce moment le funeste besoin d'être dans la compagnie des femmes : car je ne trouve de repos qu'auprès des femmes, Monsieur, et d'autre part je ne réussis pas à prendre goût à rien de ce qu'elles peuvent m'offrir. Le fait est du moins que j'allais tous les soirs dans des brasseries, où d'ailleurs c'est à peine si je causais avec les pauvres jeunes femmes chargées de me servir. Je m'asseyais à une table dans un coin sombre, je buvais un bock, et je me lamentais de l'impossibilité d'attirer sur moi l'attention du monde.

Je dois ajouter que mon père me donnait, comme autrefois à Douai, cent francs par mois : c'était tout l'argent que j'avais ; et ma pauvreté m'affligeait si profondément que je n'avais pas le courage de tenter le moindre effort pour la faire cesser. Mes beaux vêtements de Douai n'avaient pas embelli, avec l'âge ; j'avais plutôt l'air d'un nihiliste russe[1] que d'un jeune psychologue affolé, comme on dit, de fémininité[2].

Un soir, dans je ne sais quelle misérable brasserie de la rue Saint Séverin, je vis venir à moi, pour me servir, une petite femme

---

1 La figure du nihiliste dans la littérature française est liée au succès de Tourgeneff, dont le roman *Père et fils*, publié en 1862, reprend le terme pour désigner Bazarov, personnage qui refuse toute autorité et incarne un nihilisme philosophique. Vingt ans plus tard, la notion s'est considérablement politisée et, à travers le détour des attentats contre le Tsar Alexandre II, notamment l'attentat mortel de 1881, le nihilisme a partie liée avec l'anarchisme. On retrouve la figure du nihiliste russe dans plusieurs romans fin-de-siècle, notamment ceux de Marie Krysinska, *Juliette Cordelin*, (1895), d'Alphonse Daudet, *Tartarin sur les Alpes*, (1885), de Remy de Gourmont, *Le Déssarroi*, (1893-1899) roman inédit édité en 2006 ou Édouard Rod, *La Course à la mort* (1885). Voir à ce sujet, Charlotte Krauß, *La Russie et les Russes dans la fiction française du XIXe siècle (1812-1917)*, Amsterdam, Rodopi, 2007, p. 289-445.

2 Bien que les différences entre les chapelles littéraires soient ténues, on se plaît à railler, chez les symbolistes et les décadents, ceux que l'on nomme les « psychologues », écrivains à succès dont le lectorat est essentiellement féminin. Voir entre autres, Remy de Gourmont, *Sixtine*, *op. cit.*, p. 73 ; *Le Désarroi*, *op. cit.*, p. 51 ; Voir aussi Marie Krysinska, *La Force du Désir*, Paris, Mercure de France, 1905, p 22.

brune avec d'assez agréables yeux noirs, point jolie cependant, et enlaidie encore par un bandeau qu'elle portait autour du visage. L'infortunée créature avait mal aux dents ; et comme il n'y avait personne que moi à qui elle pût se plaindre, c'est à moi qu'elle se plaignit. Elle s'assit tout près de moi, m'avoua pêle-mêle qu'elle était Alsacienne, que les drogues du pharmacien n'avaient pu seulement la faire dormir la nuit passée, et que son amant, un étudiant en droit, venait de l'abandonner après des années de bonheur. Peut-être fut-elle touchée de la commisération qu'elle lisait dans mes regards et dans le ton de ma voix ; peut-être m'étais-je fait couper les cheveux ce jour-là, et mes manières lui donnèrent-elles l'illusion que j'étais riche, ou encore que je l'aimais ! Elle ne relevait pas de mes yeux ses grands yeux brûlés de fièvre, et tout son cœur elle l'épancha dans ses confidences plaintives.

Il n'y avait pas un mot qui fût vrai, d'ailleurs, dans ces confidences ; je ne tardai pas à le savoir. Ma jeune amie était menteuse, menteuse à un degré que jamais depuis je n'ai retrouvé chez une femme ; elle était absolument incapable de ne pas mentir. Mais elle mentait sans le vouloir, peut-être sans le savoir ; et pour ne rien offrir de bien relevé, son âme m'a toujours étonné par une honnêteté naïve, simple, sens prétention.

J'eus, en effet, tout le loisir d'analyser son âme, car, trois jours après notre rencontre dans cette brasserie, Sarah venait demeurer avec moi rue des Écoles, et nous avons vécu l'un près de l'autre pendant plus de six mois[1].

---

1 À l'occasion de la Sainte Emma, du vrai nom de Sarah, Teodor de Wyzewa relève dans son *Journal* : « Emma ! J'ai un vague souvenir de la créature qui, sous ce nom, a rempli de son mieux une année de ma vie. Elle était menteuse, stupide, plutôt laide, et, pour comble ! elle était Juive ! Et bien qu'elle ait été ma maîtresse pendant un an (avec de longs intervalles, où elle me délaissait pour le premier venu), jamais je n'ai pu deviner le motif qui m'a fait l'associer à m[on] existence d'étudiant famélique de la Rue des Écoles. J'ai d'ailleurs, comme je te l'ai dit souvent, très exactement raconté dans *Valbert* toute l'histoire de mes relations avec elle. C'est, de tout mon pauvre roman, le seul chapitre qui soit vraiment autobiographique, avec celui où je raconte une folle aventure avec une actrice de Douai [...]. Quant à cette Emma, je l'ai rencontrée un soir, il y a trois ou quatre ans, (pardonne-moi

Quand je cherche à deviner les motifs qui ont pu lui donner l'idée de lier ainsi sa vie à la mienne, les hypothèses les plus diverses m'accourent à l'esprit. Tantôt j'imagine qu'elle a simplement voulu s'épargner les frais d'une chambre à payer, pauvre comme elle était et absolument dénuée de tout sens pratique. Demeurant chez moi, elle n'en continuait pas moins d'aller à sa brasserie ; mais l'argent qu'elle y gagnait lui servait à acheter des gants, des mouchoirs, toute sorte de menus objets de toilette qu'elle gâchait ou égarait à mesure. D'autres fois, il me semble qu'elle m'a cru, malgré tout, follement amoureux d'elle ; elle serait venue, dans ce cas, par charité pour moi. Ou bien encore était-ce le mal de dents et les nuits sans sommeil qui l'avaient fatiguée, de sorte qu'elle accueillit ma proposition comme elle en eût accueilli toute autre de n'importe qui. Mais je puis vous attester qu'au moment où elle est devenue ma compagne, elle n'avait pour moi ni amour, ni sympathie, ni désir aucun ; et quelques jours après qu'elle se fut installée chez moi, je vis bien qu'elle en était à la fois stupéfaite et navrée.

Stupéfait et navré, je le fus moi-même cent fois davantage, et cela dès le premier instant de notre vie commune. Je ne devine pas quel est au juste le motif qui a décidé Sarah à accepter mon hospitalité ; mais il me parait impossible que j'aie eu, moi, un seul motif pour la lui offrir. Ma détresse s'aggravait, les restaurateurs commençaient à me refuser le crédit, et souvent déjà il m'avait fallu me passer de dîner : mauvaise situation pour m'imposer, de plein gré, un surcroît de dépenses. La femme que je recueillais, en outre, m'était complètement indifférente, plutôt même désagréable, avec la vulgarité de sa figure et le feu trop sensuel de ses yeux. Je comprenais à l'avance que rien d'elle ne pourrait m'intéresser, ni son âme, ni son corps. Souvent j'avais rencontré, dans des conditions pareilles, des jeunes filles qui

---

de ne pas te l'avoir dit !) dans la rue […] ». Wyzewa décrit ensuite la ruine humaine qu'est devenue son ancienne compagne, *op.cit.*, notation du 4 juin 1903.

m'avaient plu ; mais il suffisait qu'une femme me plût pour que je me crusse tenu à paraître la dédaigner ; et celle-là, qui ne me touchait guère, j'avais trouvé le courage de lui offrir tout de suite ma chambre, tout l'argent que je possédais, peut-être aussi les dehors de l'amour le plus passionné. Je lui aurais offert mon nom en légitime mariage, pour peu qu'elle me l'eût demandé. Et pas davantage que je n'avais besoin de cette femme-là en particulier, je n'avais alors besoin d'aucune femme chez moi. Je ne m'étais toujours pas essayé à l'amour ; mais je continuais, sans le connaître, à en être rassasié. L'idée seule d'un divertissement amoureux avait fini par me faire horreur, comme elle doit faire horreur, je suppose, aux prêtres qui ont vaincu très longtemps leurs premiers désirs[1]. Pourquoi donc, me direz-vous, pourquoi cette offre de vie en commun ? Simplement, je pense, parce que c'est la loi de mon destin de ne rechercher et de ne prendre jamais que les choses dont je ne veux point : ce qui fait croire aux autres, et parfois à moi-même, que je n'ai pas de désirs, tandis que j'en ai au contraire de si violents que leur violence m'empêche de rien tenter pour les réaliser.

Et dès le premier soir où j'eus Sarah dans ma chambre, je lui déclarai que je n'attenterais pas à son sommeil, étant à jamais las de plaisirs jadis trop goûtés. Je fis cette déclaration avec toute sorte de périphrases, d'anecdotes, et de soupirs ; j'en attendais, à peine si j'ose vous l'avouer, les effets les plus heureux. Je persistais à m'imaginer que l'amour pouvait naître de l'admiration, et que l'admiration se confondait avec l'étonnement. Il me semblait que Sarah serait bouleversée de me voir à la fois si épris et si froid, qu'elle y reconnaîtrait aussitôt la marque d'une âme

---

1 Attitude représentative de l'idéaliste fin de siècle, qui épuise la sensation en la conceptualisant avant de l'éprouver. Voir à ce sujet les réflexions bien connues de Maupassant, sur « L'Homme de lettres », *Le Gaulois*, 6 novembre 1882, « qui vit condamné à être toujours, en toute occasion, un reflet de lui-même et un reflet des autres, condamné à se regarder sentir, agir, aimer, penser, souffrir, et à ne jamais souffrir, penser, aimer, sentir comme tout le monde, bonnement, franchement, simplement, sans s'analyser soi-même après chaque joie et après chaque sanglot ».

supérieure, et qu'elle ne s'empêcherait pas de tomber à mon cou, me fournissant ainsi l'occasion de résistances magnifiques. J'ajouterai que nous étions en hiver, que ma chambre était sans feu, et que la peur d'un rhume achevait de me tenir au repos. Je baisai tendrement la main de Sarah, je fis mine de vouloir dormir ; cinq minutes après elle dormait, et j'eus beaucoup à faire pour la réveiller, le lendemain vers les midi.

Ce manège extravagant dura bien huit jours. Mais la surprise provoquée par mon attitude ne dura guère plus de vingt-quatre heures, malgré que je prisse soin toutes les nuits de répéter et de varier mes explications. Et ce ne fut point, comme je l'avais espéré, l'admiration ni l'amour qui succédèrent à la surprise. Ma compagne n'avait pas un goût très vif pour les problèmes de la psychologie. Elle s'accoutuma vite à ne tenir aucun compte de mes discours, à peu près comme elle eût fait des déclamations en chambre d'un acteur ou d'un professeur. Elle me laissa libre de lui débiter tout ce que je voudrais, à la condition que je ne l'empêche pas de s'endormir au sommeil venant. Et pour le fond, elle me montra qu'elle n'était pas de celles à qui on en conte ; je la vis bientôt qui se félicitait, somme toute, du repos que vaudrait à ses nuits sa cohabitation avec un jeune impuissant[1].

Tous les jours à midi et demie elle allait déjeuner à sa brasserie. Je l'y rejoignais vers trois heures, et j'y revenais encore le soir vers onze heures, souvent avec un ami à qui je présentais *ma maîtresse*. Je dus pourtant renoncer à ce dernier plaisir ; car il me parut que pour certains de mes amis – et sans que je pusse à l'avance deviner lesquels – Sarah avait des rires bien nerveux et des coups d'œil d'une inquiétante chaleur. Bientôt aussi je perdis l'habitude d'attendre la fermeture de la brasserie pour la ramener chez moi. Je la quittais avant minuit ; et à deux heures

1 Si le comportement de Valbert rappelle la psychologie tortueuse d'Octave de Malivert, qui évite à force de ruses et de stratagèmes la révélation de son secret, Sarah n'est pas Armance et son attitude renforce le ridicule du jeune idéaliste.

et demie du matin elle revenait seule de la rue Saint-Séverin à la rue des Écoles.

Une nuit elle ne revint pas. Ce fut en vérité une nuit épouvantable. Je l'employai toute à guetter les bruits de pas dans la rue, à me reprocher ma folie, à imaginer mille hypothèses rassurantes, pour ensuite les démonter pièce à pièce. Présente, Sarah m'ennuyait, m'énervait, me gênait ; mais son absence me désespérait[1].

Je me jurai le lendemain de ne pas aller à la brasserie ; j'y allai pourtant dès quatre heures. Sarah se mit à peine en frais d'explications. Elle me laissa être tour à tour froid, amer, dolent, suppliant. Évidemment elle était résolue à se délivrer d'un compagnon trop exclusivement outillé pour la psychologie. Je lui défendis de venir chez moi la nuit suivante ; je fus certain qu'elle viendrait ; je méditai des paroles cruelles pour la congédier ; je l'attendis avec une impatience douteuse ; et quand je compris, au petit jour, qu'elle ne viendrait pas, je pensai bien avoir atteint les dernières limites de ce qu'il est permis de souffrir à un homme.

Elle, cependant, lorsque je la revis, me déclara qu'elle avait craint de me désobéir ; et du ton le plus calme elle me demanda si je consentirais, la nuit suivante, à la recevoir chez moi. Et la nuit suivante elle vint, comme je le lui avais permis. Mais je l'attendais debout au milieu de la chambre, et sitôt entrée je lui dis que je la chassais. Elle aurait à dormir seule dans le lit cette nuit-là, puis à faire sa malle et à me quitter pour toujours. Trois heures durant, j'assénai à la malheureuse de méchants sarcasmes où mon orgueil s'affolait, et dont le seul souvenir suffit aujourd'hui pour me remplir de honte. J'étais résolu, je me le rappelle, à ne point la laisser partir ; mais je comptais sur ma cruauté pour me

1 L'absence de Sarah met définitivement en échec la conception romanesque que Valbert se fait encore de l'amour, en cherchant à conquérir la femme en lui inspirant de l'admiration. Valbert est contraint de changer de modèle amoureux et de pénétrer dans ce qu'il nomme la « nature ». De fait, le récit de sa relation avec Sarah prend le ton de ce que l'on commençait à nommer, à l'époque, une « tranche de vie ».

l'asservir tout entière. Elle implorait mon pardon, elle me jurait de m'être soumise et fidèle, elle pleurait : et je n'étais que plus ardent à la torturer.

Elle s'était couchée, pour sangloter plus à l'aise. L'excès de sa douleur amena enfin une détente chez moi. Je m'interrompis au milieu d'une phrase vengeresse, je marchai vers le lit, je m'agenouillai et, prenant la main de Sarah, je la couvris de tendres baisers. Longtemps nous demeurâmes ainsi, sans nous parler. J'avais l'impression d'avoir accompli quelque chose de rare et de grandiose ; maintenant je me forçais à goûter les délices de la défaillance soudaine qui suit les crises trop violentes. Vous voyez qu'il m'était resté beaucoup du fruit de mes lectures, malgré tout ce que j'en avais dépensé pour Mme Floriane[1]. Et comme Sarah ne cessait pas de sangloter, refusant d'accorder d'autre réponse à mes demandes de pardon, je me couchai près d'elle, je l'embrassai fiévreusement. Je la conjurai de dormir. Et elle s'endormit sans m'avoir dit un mot.

Mais bientôt, comme j'allais moi-même m'endormir, je vis Sarah se lever, se rhabiller, empaqueter ses robes et tout ce qu'il y avait chez moi qui lui appartenait. Je n'osais lui parler, à la fois honteux, vexé, terrifié, à l'idée qu'elle allait partir. Enfin je l'appelai : elle vint s'asseoir sur le lit, et quand je lui eus demandé ce qu'elle voulait faire, ce fut à son tour de me torturer. Elle me dit qu'elle allait me quitter, qu'elle m'aimait pourtant, et que mon intérêt plus que le sien la contraignait à ce départ. Elle pleura sur mes mains, elle me supplia de ne pas pleurer. Elle ne mit dans ses paroles aucun ton de reproche, mais une douleur et un fatalisme qui achevèrent de me désoler. Puis elle se releva, revint à ses paquets, toujours pleurante et me défendant de pleurer. Elle tira d'un album sa photographie : cela du moins, je lui permettrais de

1 La fureur de Valbert, suivie de tendres réconciliations, rappelle la conduite d'Octave dans *Armance* ou du narrateur de *La Confession d'un enfant du siècle*, à la différence près qu'elle entre ici dans une stratégie consciente, conditionnée par la conception littéraire de l'amour que se fait le jeune homme.

me le laisser en souvenir d'elle ? Je voudrais bien aussi lui écrire quelquefois, n'est-ce pas ? Mais peut-être valait-il mieux, pour elle comme pour moi, de ne plus nous connaître ?

Voilà comment un subtil psychologue, et qui portait dans sa tête plus de romans qu'on n'en a écrit, voilà comment il fut vaincu et bafoué, dès la première rencontre, par une simple fille incapable de penser ! J'eus le sentiment d'une irréparable défaite, profonde, que rien désormais ne me ferait descendre plus bas. Et ce fut alors qu'une inspiration subite, imprévue, m'illumina l'esprit. Me dressant à demi sur le lit, je pris Sarah dans mes bras, je lui avouai toute mon âme. Elle sut enfin comment mon prétendu dégoût de l'amour était pure comédie, par où je voulais déguiser mon ignorance de l'amour. Elle connut mes tristes ruses, je mis à les lui révéler un emportement qui brûla tous mes sens. Il me semblait que ce que n'avait pu faire l'admiration, la pitié le ferait, devant une misère si noblement confessée. Et joignant à mes explications toutes les marques d'un fol amour, je la suppliai de se remettre au lit, de rester un moment encore près de moi. Elle céda, toute souriante sous ses larmes. Et voilà quelle fut, Monsieur, ma première nuit d'amour.

Nous jurâmes de ne plus nous quitter. Sarah, maintenant très gaie, avait pour me consoler des caresses si tendres que longtemps je m'abandonnai au plaisir de pleurer. Elle me traitait comme un enfant surpris en faute, et aussitôt pardonné. Elle me déclara qu'elle était prête à m'aimer, si seulement je voulais renoncer à ma manie de dire et de faire des excentricités. Et tel était mon désir d'abaissement que je lui sus gré, encore, de ces humiliantes paroles.

Mais à peine l'eus-je laissée, ce matin-là, sur la porte de sa brasserie, que le sentiment me revint de la fâcheuse défaite que j'avais subie. Comme toujours en pareil cas, les projets ambitieux se pressèrent en foule dans mon cerveau. Je résolus de me venger en écrivant des chefs-d'œuvre. J'y songeai toute la journée : je me promis de rompre sans plus tarder mes relations avec Sarah, qui seules, en m'occupant l'esprit, m'avaient empêché de rien faire. Aussi la rejoignis-je de très bonne heure à la brasserie, pour entreprendre plus à loisir l'explication décisive ; et je me rappelle que, sitôt assis auprès d'elle, je lui accordai les regards les plus tendres et les plus soumis, après quoi nous rentrâmes rue des Écoles, et employâmes notre nuit de la plus bourgeoise façon.

Et de la même façon nous employâmes les nuits suivantes, pendant cinq ou six mois ; peut-être davantage. Ce n'est pas que j'y aie pris jamais un plaisir bien vif : mais j'avais la conscience d'accomplir un devoir, et je m'y appliquais tout comme un autre.

Ces nuits de fièvre me valurent d'ailleurs quelques bonnes journées. J'allais de long en large sur le boulevard Saint-Michel, je regardais les passants : et je me disais que moi aussi j'étais un homme, un homme marié, peut-être même – qui sait ?– un père de famille bientôt. Je sentais qu'une responsabilité nouvelle m'était échue : je m'engageais à la porter dignement. Je la portais, en effet, d'un trottoir à l'autre, parfois jusqu'à l'Odéon, parfois dans les cafés. Je me créais des amis pour pouvoir leur parler de ma femme : car c'est ainsi que j'appelais Sarah, avec un accent de gravité un peu triste qui me résonne encore à l'oreille.

Et notre vie commune se poursuivait, monotone et lente. De temps à autre je comprenais tout à coup la nécessité d'entrer plus à fond dans la nature[1] : je suppliais Sarah de quitter sa brasserie pour passer le reste de sa vie en tête-à-tête avec moi. Elle

---

1 Deux discours opposés sur l'amour, l'un tributaire de la morale bourgeoise, l'autre de la philosophie de Schopenhauer, travaillent ici de concert pour amener l'idée d'une nécessité à agir de la sorte. La morne fierté de Valbert souligne à la fois sa fascination pour la notion bourgeoise de couple et la certitude de se savoir dupé, puisque le couple n'est que l'expression d'une Volonté de l'espèce, ou de la nature, utilisant l'homme à ses fins. Cette conception démystifiante de l'amour contribue à faire du « problème de la femme » l'un des sujets brûlants d'une littérature que l'on appelle parfois célibataire, et qui évoque les errances de la vie de garçon ou, écrit Tinan, les « dangers du collage », *Penses-tu réussir !*, repris dans *Romans fin-de-siècle 1890-1900*, Paris, Laffont « Bouquins », 1999, p. 1112.

consentait volontiers, ayant toujours à se plaindre de quelque chose ou de quelqu'un dans les maisons où elle travaillait ; nous décidions de faire nous-mêmes notre cuisine ; le lendemain nous découvrions qu'il était plus pratique de manger au restaurant ; et comme nous n'avions rien à nous dire, et qu'ainsi le temps nous semblait bien long, Sarah m'avouait, le troisième jour, qu'elle irait l'après-midi remplacer une amie malade, dans une brasserie voisine, cette fois tout à fait idéale. Et la même scène recommençait la semaine suivante ou le mois suivant.

Mais ce n'est pas les faits de ma vie, ce sont mes sentiments que j'ai promis de vous raconter ; et je suis forcé de vous avouer que je n'ai éprouvé pendant cette période aucun sentiment d'aucune sorte. Je ne me souviens pas que Sarah ait jamais cessé de m'être indifférente. Elle m'apparaissait comme *une femme*, voilà tout. Encore n'avais-je besoin d'une femme, absolument, que pour me donner la conscience de vivre comme tout le monde. Pas une fois, je n'ai rien trouvé d'intéressant à lui dire : et pour ce qu'elle me disait, elle avait beau mentir, sa sottise m'écœurait. Pas une fois je ne me suis demandé si elle était jolie ou laide. Les mois que j'ai passés avec elle ont été le seul temps de ma vie où les préoccupations amoureuses n'aient tenu aucune place. À de certains jours seulement, lorsque la maîtresse d'un ami m'avait écouté parler avec un sourire bienveillant, je me croyais aimé : il me semblait alors que toutes les femmes devaient m'aimer comme celle-là, toutes excepté Sarah : et je le maudissais dans mon cœur d'être un obstacle à tant de plaisirs !

Je vivrais encore avec elle, sans doute, à l'heure qu'il est, si elle-même n'avait pas enfin trouvé le courage de me quitter. Une nuit, elle ne revint pas : le lendemain, elle envoya un commissionnaire pour prendre chez moi ses robes et son linge, qu'elle avait d'avance soigneusement empaquetés. Elle m'écrivit qu'elle allait travailler dans une brasserie de la rive droite, et que je ne la reverrais plus, à cause de la grande distance. La distance entre nous était trop grande, en effet : elle grandissait à mesure que nous nous connaissions davantage[1].

La même inertie qui m'avait si longtemps empêché de me séparer de Sarah m'empêcha de rien tenter pour me rapprocher d'elle. Après les premières nuits, où la nécessité d'un changement d'habitudes faillit me troubler la raison, il ne me resta plus qu'à m'abandonner aux cruelles voluptés du veuvage[2]. Tantôt je me disais que j'avais, par ma froideur, brisé le cœur de ma femme, et je m'affligeais en conséquence, tantôt je me disais que ma femme m'avait trompé, et mon chagrin prenait l'allure qui convenait à cette hypothèse. Dans les deux cas, d'ailleurs, j'étais surtout sensible à l'idée d'être un homme comme les autres, ayant sa pleine part du lot commun. Et aujourd'hui encore ces six mois passés avec Sarah m'apparaissent comme une courte incursion qu'il m'a été donné de faire dans la nature : courte, mais pourtant trop longue, quand je songe à l'impression de vide et d'ennui que j'en ai rapportée. Je crains bien, décidément, que ni dans la nature, ni en dehors d'elle, mon pauvre cœur désaccordé ne trouve jamais ce qu'il cherche. C'est peut-être qu'au début il a cherché trop de choses, et qu'il ne lui reste plus la force, maintenant, de rien chercher du tout.

1 L'idée de distance recouvre ici plusieurs significations. Si pour Sarah, elle signifie bien « distance géographique », si pour Valbert elle prend la valeur d'un écart de sensibilité et d'une distance intellectuelle impossibles à combler, on peut imaginer que pour Wyzewa, dont le *Valbert* a valeur de document d'époque, la distance entre rive droite et rive gauche est une manière de rappeler que les mondes parisiens se côtoyaient sans se fréquenter. Rive gauche : les étudiants, les ouvrières et les modestes cafés ; rive droite : l'aristocratie avec son cortèges de demi-mondaines luxueusement entretenues.

2 Après la passion romantique, Valbert s'essaie à une parodie d'amour bourgeois, avec comme point de mire l'idée d'un devoir à accomplir dans la procréation. Seule la formule de cruelle volupté du veuvage rappelle les accents passionnés de son caractère, ses « excentricités » selon le mot de Sarah.

SIXIÈME RÉCIT

Où l'on jugera peut-être que le chevalier s'excite hors de propos

Lucio venait à peine de mourir
qu'il se prit d'amour pour elle
Louis Devenne, *Les Mésaventures d'un faux bonhomme*, p. 8

Lorsque le chevalier vint chez moi la fois suivante, je vis qu'il paraissait triste, et qu'une fièvre brûlait dans ses yeux.

– « Qu'avez-vous, lui dis-je, mon ami ? » car je commençais à l'aimer tendrement. Mais il rougit, se troubla ; et ce qu'il avait au juste, jamais je ne l'ai su. Voici du moins l'histoire qu'il me raconta :

– Par quel hasard suis-je entré, ce soir-là, au bal Bullier, où je n'entrais jamais ? C'était un dimanche d'octobre, mais si chaud qu'on avait laissé ouvert le grand jardin d'été. Je me dirigeai vers ce jardin, sitôt entré ; et tandis que l'orchestre, dans la salle, menait son tapage ordinaire, j'errai seul et morne, sous les lamentables lampions polychromes[1], regrettant l'argent que j'avais donné à la porte et ma soirée perdue. J'ai eu beau faire toute ma vie, la vue des gens qui s'amusent m'a toujours désolé. Jovial et bon enfant comme vous me connaissez, il me suffit d'aller dans un théâtre, un bal, une soirée, dans un lieu quelconque où il y a plusieurs

1 Ce sont les lampions polychromes du bal Bullier, dissimulés dans les bosquets et s'inspirant de l'Alhambra, qui contribuent à donner au lieu un air oriental, particularité fort appréciée. L'état d'esprit de Valbert transforme sa perception du décor.

personnes et qui paraissent gaies, pour me sentir tout de suite plein de haine contre moi et contre les hommes. Et ce n'est point raffinement psychologique ni perversité nerveuse. Enfant et plus ardent à jouer que je ne puis vous dire, je me rappelle que la vue d'enfants occupés à jouer me désespérait.

Et la première figure que j'aperçus à Bullier, ce soir-là, fut un étudiant qui avait été mon camarade de collège, et qui m'avait à ce titre prêté cinquante francs le printemps d'avant. Il étudiait la philosophie : c'était cela, j'imagine, qui avait maintenu en lui cette bestialité dont il est d'usage qu'on se débarrasse dès la sortie du collège ; car, malgré qu'il me sût pauvre et sans emploi, il se jeta sur moi, me contraignit à prendre un bock en sa compagnie et me déclara qu'il se plaindrait à mon père si je ne le payais pas dans le courant du mois.

Je dus, en outre, m'informer de sa santé et du progrès de ses études. Et comme j'avais vingt francs dans ma poche, je résolus, puisqu'il en était ainsi, de les dépenser le soir même. J'étais décidément trop malheureux, mes amis me trahissaient, seul, l'amour d'une femme pourrait me sauver.

Mais en vain je considérai l'une après l'autre les jeunes femmes qui passaient près de moi. Je lisais dans leurs yeux un dédain si insolent, ou une sollicitation si banale, que je ne me sentais pas le courage de confier ma destinée à de si fâcheuses créatures. Je ne la trouverais donc jamais celle qui aurait besoin des trésors de mon cœur, et à qui je pourrais les offrir, avec même un louis par-dessus le marché ? Non, il me faudrait toujours errer seul dans la vie ! Sarah aurait pu m'aimer, et je l'avais éloignée de moi ! Où était-elle à présent ? Je méditai de lui écrire. Je me regardai dans une glace : j'étais laid, mal vêtu, avec un nez trop long. Jamais aucune femme n'aurait besoin des trésors intérieurs d'un personnage aussi déplaisant. L'orchestre continuait son tapage : il me rythmait l'angoisse comme aux autres la joie. Je compris que Sarah elle-même ne m'avait pas aimé.

Je m'étais assis sur un banc du jardin. J'aperçus devant moi une créature extravagante qui, seule au milieu du sentier, dansait, ou plutôt tournait, tournait, seule, extravagante, enroulant autour d'elle, puis déroulant au vent une écharpe rouge[1]. À peine l'avais-je aperçue que je me sentis trembler. Et longtemps je la contemplai sans distinguer ses traits, ni rien d'elle que ce tournoiement continu de sa forme sombre et de l'écharpe rouge.

Le tournoiement s'arrêta. Je découvris alors que cette étrange danseuse était une fillette d'une quinzaine d'années, misérablement vêtue, avec un chapeau de vieille femme qui lui cachait le visage. L'écharpe rouge se trouva être une façon de châle ou de cache-nez, dont elle s'enveloppa les épaules sitôt la danse finie. Après quoi elle me vit qui la regardais : elle me sourit, s'approcha de moi, me demanda de lui offrir un bock.

Voilà donc pourquoi j'avais tremblé en l'apercevant ! Elle m'aimait, son sourire me l'avait prouvé ! Et j'avais pressenti que celle-là m'aimerait ! Et quelle âme surnaturelle était son âme, pour la faire ainsi tournoyer, seule, dans ce triste jardin ! Et comme j'étais beau, avec mes longs cheveux mélancoliques, avec tout mon génie dans mes yeux[2] ! Et comme elle était belle !

Belle, non certainement elle ne l'était pas ; je dus le reconnaître une fois pour toutes dès l'instant d'après. Elle avait le visage et le corps d'une enfant, mais d'une pauvre enfant anémique, nourrie au hasard, trop tôt jetée dans la vie. Même elle aurait été laide sans le charme bizarre de ses deux petits yeux verts, relevés sur les tempes à la japonaise, et qui contrastaient par leur naïve gaîté avec le sourire vieillot de ses lèvres. Elle n'était pas intelligente, non plus, ni adroite à son métier : car elle ne me dit rien pendant qu'elle restait assise près de moi ; et les menus compliments que

1 « Un soir que, mélancolique, je tournoyais seule à l'écart en me chantant de jolies choses dans les jardins de Bullier, je vis s'avancer vers moi un grand garçon qui, dès l'abord, me sembla bizarre avec son air inspiré. Il se mit à me dire des vers de Baudelaire, me comparant au "serpent qui danse" [...]. C'était Teodor de Wyzewa », Jane Avril, *Mes Mémoires*, *op. cit.*, p. 43.

2 En comparaison à : « Je me regardai dans une glace : j'étais laid, mal vêtu, avec un nez trop long » [*V*, 148]. Ces deux avis, presque simultanés et contradictoires, soulignent combien le regard de Valbert sur lui-même est dépendant de son état psychique.

je lui adressai, elle ne parut point les comprendre. Elle avala d'un trait le bock que je lui avais fait servir, se tint un moment encore immobile, puis se leva de sa chaise et voulut me quitter.

Ce prompt dénouement de notre liaison ne me fâchait guère : aussi bien, j'en étais à me demander comment je me délivrerais d'une compagnie qui m'ennuyait, et je me réjouis de pouvoir garder mon louis pour une occasion plus sortable. Je donnai pourtant mon louis à la jeune fille, quand je la vis se lever. Avec un tel chapeau et ce manteau gris, sans doute elle était si pauvre que ce royal cadeau, pensais-je, allait lui révéler la grandeur de mon âme. Et le fait est que l'enfant parut, non seulement heureuse, mais un peu surprise. « C'est pour moi ? » me dit-elle en resserrant ses petits yeux. Elle eut un instant l'idée de se rasseoir près de moi ; mais l'orchestre redoublait son tapage, et peut-être la singularité de mes compliments l'avait-elle effrayée. Du moins avant de s'enfuir elle me tendit sa maigre joue tout empâtée de carmin : « Embrassez-moi ! » Je l'embrassai, et bientôt je la vis tourner, tourner, avec son écharpe autour d'elle ; et je la vis ensuite assise à une autre table, buvant le bock que lui avait offert un autre amoureux.

Mais à l'instant où j'allais sortir du bal l'enfant m'aperçut, elle me sourit de ses petits yeux verts relevés à la japonaise. « Embrassez-moi ! » me dit-elle en me tendant la joue. Je l'embrassai.

Quand j'eus la pensée de lui demander son nom et de lui avouer mon amour, j'étais déjà sur le boulevard Saint-Michel, séparé d'elle par les deux francs d'entrée du bal Bullier. Mais longtemps je marchai devant moi sans souci de mon chemin, et je ne dormis point de la nuit : j'étais tout au bonheur d'avoir gagné l'amour d'une aussi délicieuse maîtresse. Était-ce une ouvrière, comme beaucoup des jeunes filles qui viennent, le dimanche, danser à Bullier ? Elle allait pendant huit jours parler de moi à ses compagnes d'atelier. Ou bien était-ce une simple fille du boulevard, qui offrait son lit au premier venu moyennant quelques francs ? Je savais du moins qu'à moi c'était tout son cœur qu'elle avait offert, et j'en étais ravi, tandis que j'aurais été fort embarrassé de me trouver dans son lit. Elle était si petite, si malingre, elle ressemblait si peu à une femme ! Je ne pouvais croire qu'elle fût une femme, ni destinée à devenir jamais rien de pareil. Elle m'apparaissait comme une fleur de féerie, une délicate fleur enchantée : pour moi seul elle avait poussé, et je devinais qu'elle s'était épanouie au chaud éclat de mes yeux.

Oui, Monsieur, elle m'apparaissait comme une fleur enchantée ! Et c'était vraiment une fleur enchantée, cette petite Marie dont j'ai pour la première fois, ce soir-là, respiré le surnaturel parfum. Chacun des morceaux de ma vie que j'évoque ainsi devant vous me trouble et m'émeut plus que n'ont fait, en leur temps, les aventures que je vous raconte[1] ; et chacune des figures dont je vous parle, je la revois tour à tour qui me sourit tristement. J'aurais dû vous aimer et maintenant je vous aime, vous toutes, chères et pures images que j'ai profanées ! Mais pas une de vous n'a laissé dans mon cœur la mortelle détresse qu'y a laissée cette petite danseuse de Bullier ; Marie, fleur enchantée d'une trop cruelle féerie !...

Excusez-moi, Monsieur, je vais reprendre mon histoire. Mais comment aurai-je la force de vous raconter par le détail une histoire si affreuse ? Sans cesse je m'efforce de l'oublier, et sans cesse elle me revient à l'esprit ; plus présente et plus accablante !

Sachez seulement que la petite Marie était une fille publique : sachez que je la revis le dimanche suivant, que sans hésiter elle consentit à venir demeurer chez moi, que je vécus huit jours en

1 Valbert, qui n'a pas encore découvert l'amour au moment où il fait ses récits, est encore sous l'emprise de l'idée symboliste d'un art plus vrai que la vie et, en ce sens, supérieur à elle. Dans la même perspective, Gide aspire à un roman qui « soit plus vrai, plus réel que les choses de la soi-disant réalité, comme le triangle mathématique est plus réel et plus vrai que les triangles imparfaits des arpenteurs », André Gide, *Journal 1887-1925*, 19 octobre 1894, *op. cit.*, p. 188, tandis qu'Entragues, le personnage de Gourmont, pense : « L'existence de Marie-Antoinette est problématique ; celle d'Antigone est certaine. La reine morte sur l'échafaud est à la merci des déductions et des négations ; Antigone est éternelle comme le familial Amour qu'elle symbolise », *Sixtine*, *op. cit.*, p. 58.

tête-à-tête avec elle, et qu'au bout de ces huit jours je l'ai chassée comme on chasse un chien !

Je l'ai chassée parce qu'elle ne m'aimait pas ; ou plutôt parce qu'elle se refusait à faire semblant de m'aimer[1]. Elle m'obéissait en toute chose, elle était heureuse de vivre avec moi, elle prenait en souriant sa part de ma misère. Elle s'étonnait à peine de mes excentricités, résignée à cela comme au reste. Seulement, elle se refusait à faire semblant de m'aimer. Quand je l'embrassais, elle ne paraissait trouver d'autre plaisir que celui de me causer du plaisir. Je lui fournissais mille occasions de me témoigner une tendresse passionnée, et elle ne m'en témoignait point : Elle me rappelait régulièrement mes droits sur elle, mais sans affecter d'avoir besoin que j'en use. Je vous ai dit qu'elle avait quinze ans. Elle ne savait rien de la vie, elle ne savait rien de moi, sinon que j'étais un jeune homme, et qui l'avais reçue dans mon lit. Tandis qu'elle aurait dû se fâcher de ma barbe mal rasée qui déchirait ses pauvres joues, et de mes déclarations apprêtées qu'elle ne comprenait pas, et des grossiers reproches que souvent j'y mêlais, elle me traitait comme elle eût traité n'importe quel autre homme, le plus beau, le plus riche, le meilleur homme qui l'aurait recueillie. Et voilà pourquoi je l'ai chassée !

Mais non, ce n'est pas vrai ! Je connais trop le secret motif de ma conduite envers elle ! Je l'ai chassée parce qu'elle était une créature surnaturelle[2] ; parce que sa supériorité m'humiliait, parce

1 « Quel dommage que je n'aie pu l'aimer d'amour, n'ayant jamais pu lui offrir qu'une affection reconnaissante et admirative ! », Jane Avril, *Mes Mémoires*, *op. cit.*, p. 76.

2 Cet adjectif reviendra souvent dans le récit de Valbert pour désigner Marie, et contraste avec celui employé pour parler de la relation à Sarah, qualifiée de « courte incursion qu'il m'a été donné de faire dans la *nature* » [*V*, 146]. Alors que Sarah est plus proche des personnages de Zola ou des Goncourt, Marie incarne un type nouveau de la littérature fin-de-siècle, celui de la petite prostituée qui, ayant conservé une âme d'enfant, est dépositaire d'un secret de bonté et de beauté. Prenant la succession de Nelly, de Sonia ou de la jeune Anne, qui secourt Thomas de Quincey puis disparaît dans la nuit, Monelle et ses sœurs chez Schwob, Ludine chez Poictevin, la Mauve des *Chevaux de Diomède*, Blanche-Marcelle chez Tinan ou la petite Jeanne pâle, qui avec la Bérénice de Barrès évoquent toutes deux la

que j'aurais dû m'agenouiller devant elle, et qu'un stupide orgueil me défendait de m'agenouiller devant personne !

... Je vois que ce souvenir m'affole. Il faut tout de même que j'essaye de reprendre la suite des faits, pour vous expliquer l'horrible impression qui m'en est restée.

Je demeurais alors dans la rue Lepic, à Montmartre. J'avais loué tout meublé un petit appartement de deux pièces, avec une cuisine. Et c'est là que j'ai conduit ma nouvelle maîtresse, le soir de ce dimanche où je l'ai revue. Elle était ravie de mes deux chambres, ravie de ma cuisine, où elle me promit de me faire la popote[1], ravie de mon piano : j'allais lui apprendre la musique, elle me pria de lui donner tout de suite la première leçon.

Le matin elle dormait, enfouie sous les draps. Sans me soucier d'elle autrement, je me levais, je jouais des fugues de Bach et des sonates de Beethoven[2]. Tout à coup j'entendais de la chambre à coucher sa petite voix enrouée qui me criait : « Joue encore ce morceau ! » C'étaient les finales des sonates qui lui plaisaient, avec leurs rythmes vifs ; mais elle me déclarait que le reste était très ennuyeux, les fugues en particulier. Et je ne manquais pas de jouer des fugues, pour la punir de son mauvais goût.

Et puis elle se levait, et je la laissais seule jusqu'au déjeuner, après lui avoir donné quelques sous pour *faire son marché*[3]. Elle aimait les épices, les salades, la viande de charcuterie. J'ai mangé aussi mal que possible pendant ces huit jours de notre vie en

---

Jane de Bullier [Jane Avril], se présentent comme des apparitions, qui assument leur tâche d'initiatrice auprès du jeune homme puis s'effacent.

1 Dans le langage familier, popote est attesté dès 1868 au sens de « cuisine », « nourriture ». Dans *La Force du Désir*, Marie Krysinska, reprend le mot, employé cette fois comme adjectif, pour signifier « bourgeois » : « Et Luce rêvait d'une vie popote, avec son petit homme [...] », *op. cit.*, p. 251.

2 « Musicien admirable, Wyzewa me jouait au piano les chefs-d'œuvre de Beethoven, de Mozart, de Wagner même [...] », Paul Adam, « Entre Fichte et Shakespeare », *L'Information*, 21 mai 1917, cité dans Paul Delsemme, *Teodor de Wyzewa...*, *op. cit.*, p. 16.

3 L'expression est relativement nouvelle, puisqu'elle n'est attestée, selon le *DHLF*, qu'à partir du XIXe siècle, ce qui explique la typographie spéciale.

commun. Mais ce n'est pas de cela que je la haïssais. Je la haïssais notamment de vouloir toujours, dans l'après-midi, se promener avec moi, et de s'arrêter si longtemps aux devantures des boutiques, et de me demander à propos de chaque robe à l'étalage si cette robe lui irait bien, et de me proposer, lorsque je la menais au Luxembourg, de courir chacun d'un côté pour voir qui courrait le plus vite[1].

Elle me pria un jour de lui montrer la foire de Saint-Cloud[2]. Nous louâmes un bateau ; cinq minutes je ris avec elle de ses enfantillages ; mais, comme nous étions débarqués dans une île, qu'elle y avait cueilli des poires sur un arbre, et que le propriétaire de ces poires était venu nous réprimander, je me sentis plein de haine pour la petite folle qui m'avait entraîné dans une aussi sotte équipée[3]. Je lui refusai la permission de ramer à ma place, pour le retour : je me fatiguais à ramer, je la maudissais de me valoir cette fatigue, je prenais un air abattu, elle riait, et son rire m'exaspérait. Nous montâmes sur les chevaux de bois. C'était moi qui, le matin, avais dit à Marie que j'adorais les chevaux

---

1 Valbert reproche exactement à Marie ce qui lui fait défaut : son âme d'enfant, qui s'exprime dans la spontanéité et la liberté de ses jugments, notamment esthétiques, qu'elle formule dans une totale ignorance des théories de l'art ; voir [*V* 158].

2 La commune de Saint-Cloud, qui jouxte Paris à l'ouest, fut une des premières villes française desservie par le train (1840). Dès lors, elle devient un lieu de villégiature pour les citadins. Se tenant à l'écart du mouvement d'industrialisation, elle préserve l'environnement tant apprécié par les visiteurs dominicaux. La foire de Saint-Cloud est une des plus anciennes fêtes foraines de France. René Maizeroy la décrit dans sa nouvelle, *La Fête*, publiée dans *Gil Blas* (1893) : « Cependant un soir il l'avait accompagnée à la foire de Saint-Cloud. Ils s'arrêtèrent dans trois baraques, assourdis par le tumulte des orgues de Barbarie, les sifflements des machines, le sourd murmure de la foule qui allait et venait le long des boutiquettes éclairées de quinquets ».

3 Jane Avril et Teodor de Wyzewa étaient accompagnés de Maurice Barrès pour cette équipée à Saint-Cloud : « Une autre fois, nous nous rendîmes tous trois à la fête de Saint-Cloud, rieurs comme des enfants, y dégustant des frites et moules traditionnelles, suivies de poires que nous avions « chipées » au mur d'un jardin dans la campagne », Jane Avril, *Mes Mémoires*, *op. cit.*, p. 43. Wyzewa donne à cet épisode un tour plus tragique, en faisant de lui le prétexte d'un examen de conscience, allusion possible à Saint-Augustin dans ses *Confessions*.

de bois. C'était moi aussi qui avais proposé de louer le bateau, et qui avais eu l'idée de voler les poires. N'importe : je sentais que tout cela je l'avais fait à cause d'elle. Et quand nous allâmes manger des pommes de terre frites dans une gargote voisine de l'église, Marie eut beau me demander ce que j'avais pour rester si maussade. Je lui répondis que je n'avais rien, et la nécessité de ce mensonge acheva de me la faire haïr[1].

Dès la première nuit, elle m'avait raconté son histoire. C'était une enfant si simple et d'une nature si droite, que toujours il lui a été impossible, non seulement de mentir, mais de déguiser ses sentiments, de feindre un goût ou un plaisir qu'elle n'éprouvait pas. Et c'est de tout cela que je la haïssais. Lorsqu'elle me trouvait risible, elle ne pouvait s'empêcher de rire ; lorsque, dans la rue, un passant lui plaisait, elle ne pouvait s'empêcher de me le signaler. Et jamais elle ne voulait m'avouer que, moi, elle m'adorait ! Elle mettait sans cesse son petit cœur à nu devant moi ; j'aurais dû y voir les plus gracieuses roses qui aient poussé, en aucun temps, dans le cœur d'une femme ; mais je cherchais uniquement à m'y voir moi-même, et j'étais furieux de ne pas m'y trouver[2].

Voici donc son histoire[3]. Sa mère était une fille publique, une affreuse créature qui avait quitté son village pour venir s'amuser à Paris. Du plus loin qu'elle se souvenait, la petite Marie avait vu sa mère courtisée, possédée par des amants de rencontre. À cinq ans, elle-même avait été livrée à un vieillard qui l'avait jugée

---

1 Raisonnement digne d'un jeune psychologue. Comme dans ses relations à René, Floriane ou Sarah, Valbert élabore une argumentation à double détente pour accuser Marie d'être d'une part le principe inconscient d'actions et de sentiments qu'il réprouve, d'autre part de le contraindre à la mauvaise foi, le poussant à manifester à son égard une humeur féroce qu'il sait ne devoir qu'à lui-même.

2 La posture narcissique est cultivée par toute la génération fin-de-siècle et encouragée par l'idéalisme philosophique, en particulier celui de Schopenhauer, dont la somme philosophique commence par la formule : « Le monde est ma représentation », *Le Monde*..., Livre Premier, § 1, *op. cit.*, p. 25. Sur le narcissisme fin-de-siècle, voir Pierre Jourde, *L'Alcool du silence*, Paris, Champion, 1994, p. 139-154.

3 L'histoire de Marie est, dans les grandes lignes, tout à fait conforme à celle que Jane Avril confesse dans ses *Mémoires*, *op. cit.*, p. 19-24.

plus à son goût que sa mère. Et pendant les dix années qui suivirent, elle avait été contrainte à se promener dans les quartiers riches avec des allures d'enfant vicieuse, pour exciter les flâneurs. Sa mère la battait lorsqu'elle rentrait sans rapporter de l'argent ; elle la battait lorsqu'elle rentrait avec de l'argent, car elle comprenait alors que sa fille se conduisait mal et qu'il fallait l'en punir. Un jour enfin la petite, dans ses allées et venues sur le boulevard Saint Michel, fit la rencontre d'une brave fille qui eut pitié d'elle. Sur ses conseils, Marie s'enfuit de chez sa mère, se logea dans un hôtel du Quartier-Latin. Elle allait à Bullier les soirs de bal ; les autres soirs, elle se promenait au long des rues avec son amie ; elle gagnait son pain du mieux qu'elle pouvait.

Mais ni la vie qu'elle menait, ni l'exemple de sa mère, ni le sang de sa mère, rien n'avait empêché la petite Marie de rester une enfant, avec toute la pureté et toute l'ingénuité et toute la fraîcheur d'une âme d'enfant. Elle n'aimait que jouer, courir, sauter, grimper aux arbres, habiller des poupées ou nourrir des oiseaux. Dès le lendemain de son arrivée chez moi, elle acheta des serins, et posa la cage au milieu de la table, dans la salle à manger, pour jouir de ma joie quand je reviendrais. Elle s'amusait des moindres choses. Les plus misérables boutiques avaient pour elle un attrait mystérieux. Elle me forçait à quitter mon piano pour venir voir, de la fenêtre, la toilette comique d'une dame, ou la gentille allure d'un bébé. Elle causait aux chiens et aux chats, qui, d'ailleurs, l'adoraient d'instinct, tout de suite accouraient vers elle[1]. Un jour que nous traversions les Tuileries, je dus assister, coup sur coup, à quatre séances de Guignol : elle aurait pleuré si je lui avais refusé ce plaisir.

Ou plutôt non, elle n'aurait pas pleuré ! Elle m'aurait détesté, mais elle n'aurait pas pleuré. Elle était trop fière pour pleurer. Car Marie n'était pas seulement une enfant, voyez-vous, c'était

---

1 Le portrait psychologique de Marie emprunte certainement beaucoup aux souvenirs de la tante Vincentine, que Wyzewa décrira dans le livre qu'il lui consacre comme une âme d'enfant, adorée des animaux.

encore une petite princesse. Ni son métier ni le sang de sa mère ne l'avaient empêchée d'être une petite princesse.

Sa mère avait été jadis la maîtresse d'un vieux prince styrien, et c'est de lui qu'elle avait eu cette enfant. Marie aimait à se rappeler les visites de son père, les tendres baisers qu'elle en avait reçus. C'était un homme grand et maigre ; il portait une perruque noire que la petite s'amusait à retourner sens dessus dessous. Puis, un jour, le vieillard était parti, et jusqu'à sa mort il n'avait plus donné de ses nouvelles. Quelque mauvais mensonge de sa maîtresse, probablement, la lui avait rendue odieuse ; peut-être avait-il douté qu'il fût le père de l'enfant. Mais il l'était, Monsieur, il l'était à coup sûr ; vous l'auriez juré tout de suite en voyant Marie.

Vous savez l'histoire de la fille de roi, toute en haillons et chaussée de sabots, qui gardait sous ce déguisement les formes délicates d'une jeune reine. On la fit coucher sur un lit très haut, vingt matelas superposés ; mais la fille de roi ne put dormir de la nuit, gênée par un grain de pois qu'on avait caché au fond du lit. Et de même, sous la chétive enveloppe de son corps tant de fois battu, Marie gardait l'âme d'une princesse : non point à la façon des princesses que vous pouvez avoir connues, mais comme on voit dans les contes de fées[1].

Impossible d'imaginer une âme plus noble, plus désintéressée, plus dédaigneuse du monde. Je vous ai déjà dit sa véracité : ce n'est pas qu'elle crût le mensonge immoral, ni qu'elle aimât la vérité ; mais la tromperie lui paraissait indigne d'elle, comme aussi l'extrême passion, l'attachement aux choses, et toutes les

1 Le recours au conte, mis en abyme dans la fiction, est un procédé du roman symboliste et décadent. Les répertoires d'Andersen, de Perrault, de Mme d'Aulnoy ou encore de Mme de Beaumont sont repris et intégrés dans une poétique réflexive. Modèle herméneutique, le conte est aussi le grand modèle stylistique d'un roman qui, selon l'idéal de Des Esseintes, se voudrait « roman condensé » ou « suc concret » de l'art, *À rebours*, Paris, Gallimard, « Folio », 1997, p. 320. Voir également à ce sujet les analyse de Jean de Palació dans *Le Silence du texte. Poétique de la décadence*, Louvain, Peeters, 2003, p. 111-129.

formes du vice. Jamais elle n'enviait rien aux femmes qu'elle rencontrait. Je ne crois pas qu'elle ait jamais eu conscience des misérables hardes qu'elle portait. Mais elle considérait les robes les plus élégantes comme encore au-dessous d'elle ; elle en jugeait avec un goût sûr et léger, dont la native finesse ne manquait pas de m'humilier.

Un jour, je la conduisis au Musée du Louvre : là, du moins, je lui montrerais mon goût à moi. Mais non, c'est elle qui me montra son goût, comme toujours. Car elle était souvent allée au Louvre, lorsque sa mère l'envoyait pour la chasse que vous savez. Elle avait choisi quelques tableaux, qu'elle fut enchantée de revoir. Elle ne s'inquiétait, en vérité, ni du nom des peintres, ni de leur pays ; mais elle se rappelait que dans tel tableau il y avait une belle robe de satin ; dans tel autre, un paysage calme et triste, suivant son cœur ; ailleurs encore un visage de femme si doux, qu'elle en avait pleuré. En musique aussi, elle jugeait de suite ce qui était fait pour lui plaire. Elle préférait les œuvres anciennes à celles d'à présent, sans même se douter qu'elles étaient anciennes. Elle avait appris à lire, mais la lecture l'ennuyait. Ainsi elle était à l'aise dans les œuvres d'art, comme si elle eût été élevée à les apprécier. Meubles, bijoux, toilettes, elle y reconnaissait aussitôt ce qui pouvait convenir à la fille d'un roi. Et vous l'auriez fait coucher sur cent matelas superposés, que le grain de pois au fond du lit l'aurait empêchée de dormir.

Elle était fière ; elle ne savait ni pleurer, ni supplier, ni demander pardon. Toujours elle riait, mais il y avait sous son rire un flot profond de mélancolie ; et peut être n'était-elle si gaie que pour éviter de l'entendre couler. Elle ne se faisait aucune idée de la valeur de l'argent. Elle ne désirait rien ; mais elle ne pouvait avoir vingt sous sans les dépenser aussitôt de la façon la plus folle. Car elle était aussi d'une bonté de princesse. Elle possédait un flair singulier pour découvrir partout les misères secrètes. À peine installée chez moi, elle connaissait déjà toute la vie de nos voisins. Elle avait notamment remarqué, dans la cour de la maison, une pauvre femme avec cinq enfants ; et elle donnait à ces cinq enfants l'argent que je lui avais remis pour s'acheter un chapeau. Ou bien elle apercevait dans une boutique un objet dont elle n'avait nul besoin, mais dont la couleur lui plaisait ; et tout de suite elle entrait l'acheter, elle me le montrait, s'ingéniait à m'expliquer le profit qu'elle allait en tirer ; et le soir elle m'avouait en riant qu'elle avait donné son emplette à une amie de Bullier, qui précisément en mourait d'envie.

Toutes ces qualités dont je vous parle avec admiration, Monsieur, ce n'est pas d'aujourd'hui que je les admire. Je commençais déjà, lorsque j'ai rencontré la petite Marie, à me dégoûter de mon ancienne conception trop intellectuelle de la vie, et déjà je me figurais qu'il n'y avait pour me toucher que les sentiments simples, les naïvetés enfantines[1]. Je me rappelle que, la première nuit que je passai avec Marie, je me fis un devoir de lui expliquer le détail de mes idées et habitudes morales. Je lui dis que j'étais noble de naissance et d'âme, que je ne croyais pas à la réalité du monde, que je haïssais les besoins violents, et toutes les soi-disant joies qui viennent de l'esprit. Je n'aimais que les plaisirs ingénus, de courir, de sauter, de grimper aux arbres[2]. Je n'admettais pas l'argent, je dédaignais le luxe le plus magnifique comme encore indigne de moi. Je déclarai à Marie que, si elle voulait rester auprès de moi, elle aurait à être bonne, charitable, pleine de sollicitude pour toutes les souffrances. Elle aurait aussi, je le lui déclarai, à ne jamais me témoigner d'autre sentiment qu'une résignation amicale : car je savais qu'il lui serait

1 L'anti-intellectualisme fin-de-siècle se traduit par l'émergence de nouvelles figures littéraires qui s'opposent à l'intelligence. Pierre Citti les a répertoriées. Aux figures de l'inconscient, de l'instinct et de la foule, il faut ajouter celle du primitif, que Marie, la femme-enfant, illustre. Être d'intuition, Marie oppose à la civilisation son savoir inné, la justesse de ses goûts. Voir à ce sujet, Pierre Citti, *La Mésintelligence*..., *op. cit.*, p. 127-181.

2 Le discours de Valbert à Marie reflète l'ambiguité des pensées du jeune homme, encore attaché à une conception idéaliste du monde tout en refusant les joies de l'esprit pour leur préférer celles des sensations.

impossible d'éprouver d'autre sentiment, et toute fausseté me faisait horreur. Je lui énumérai enfin, comme étant les seules vertus que j'appréciais, toutes les vertus qu'elle avait. On l'aurait prise pour la soudaine réalisation de l'idéal moral qu'en cette première nuit je lui avais exposé. Mais je lui avais exposé mon idéal avec un sérieux si tragique, et peut-être un si manifeste effort d'exaltation intérieure, qu'elle se mit à rire au plus beau de mon discours ; et ce fut dès ce moment que je la détestai.

Car toutes ces vertus que je lui vantais, je les aimais par affectation[1] ; tous ces goûts n'existaient que dans mon cerveau, où ils étaient venus pour réagir contre mes goûts d'autrefois. Et ces goûts et ces vertus étaient sa nature, à elle. Je lui expliquais la supériorité de Guignol sur les pièces de théâtre ; mais à mes explications elle préférait Guignol, et j'enrageais de la trouver si enfant. Je lui manifestais mon mépris de l'argent ; mais elle m'interrompait pour me demander dix sous qu'elle donnait à un pauvre ; et son mépris de l'argent me paraissait monstrueux.

Lorsque je la vis à Bullier, la seconde fois, je lui avouai que c'était son amour de la danse, surtout, qui m'avait attiré vers elle. J'avais été si touché de rencontrer une femme qui aimait la danse pour la danse, pour la sensuelle ivresse et l'oubli de tout qu'elle procure ! Moi aussi, j'aimais la danse ; et je promis à l'enfant de danser avec elle bientôt, un autre soir où je serais moins ému. Mais il faut croire que cela encore n'était chez moi que pure comédie : car c'est surtout par son amour de la danse que la petite Marie m'a exaspéré. Elle éprouvait un besoin instinctif, irrésistible, de s'étourdir en dansant. Elle qui tenait si peu au reste des choses, par ce seul point elle était du monde. Tous les soirs après dîner elle me demandait de la conduire à Bullier, et toujours je refusais, prétextant un mal de tête ou quelque besogne ;

---

1 Mot-clé du comportement de Valbert qui souligne la différence entre Marie et lui. Alors qu'elle incarne spontanément ces vertus, Valbert les érige en princie, en fait la théorie et interpose ainsi, entre la volonté et l'acte, le filtre déformant de la conscience.

et si vous aviez vu avec quelle douce moue résignée elle s'accommodait de mes refus ! Mais je l'apercevais qui, dans ma chambre, tout à coup se levait, retroussait ses jupes, et tournait, tournait, se chantonnant à elle-même un rythme de valse ou de galop. C'est au sortir de ces crises qu'elle était le plus tendre pour moi. Toute rouge et le souffle haletant, elle accourait sur mes genoux. « Embrasse-moi ! » me disait-elle. Mais dans cette tendresse même je soupçonnais un remords ; et je la haïssais, tandis que j'aurais dû m'agenouiller devant elle.

Un soir, un triste soir de dimanche, je lui permis enfin d'aller à Bullier. Un ami m'avait invité à passer la soirée avec lui ; cette fois au moins je serais libre et pourrais me plaindre à quelqu'un qui me comprendrait. Lorsque je rentrai chez moi, à deux heures du matin, Marie n'était pas rentrée : elle ne rentra qu'à neuf heures. Elle me dit qu'elle avait manqué le dernier omnibus, et qu'une amie lui avait offert son lit jusqu'au matin. Elle ne mentait pas, je n'ai pas eu un moment l'idée qu'elle mentait. Je lui avais donné la veille vingt sous pour l'omnibus. Bullier est loin de Montmartre, et la pluie et le vent, depuis le soir, n'avaient pas cessé. Mais tout de même il me parut que je venais de recevoir un impardonnable affront. Si Marie m'avait aimé, par la pluie et le vent elle aurait traversé le monde pour me rejoindre. Et si elle ne m'aimait pas, de quel droit restait-elle avec moi ? J'aurais dû me demander de quel droit elle subissait la dure vie que je lui infligeais, mes continuelles bouderies, mon regard méchant qui arrêtait les naïves expansions de son cœur. Mais j'avais assez d'elle : je le lui dis, et lui ordonnai de s'en retourner à l'endroit d'où elle sortait.

Elle était résignée et fière. Jamais je ne l'ai vue pleurer ni implorer une grâce. Elle ne me répondit rien, ce jour-là ; elle prit dans un coin de la chambre sa misérable valise, et s'apprêta à y ranger ses effets. Et ce fut moi qui cédai. Pour la première fois depuis que je la connaissais, je devinai tout à coup l'être surnaturel qu'elle était. Une petite princesse, voilà ce que le hasard avait mis sur ma route, voilà ce que j'allais en chasser pour toujours, sans autres motifs que mon égoïsme et ma vanité ! Du moins, je me jurai de réparer ma faute. Je rachèterais huit jours d'humiliation que m'avait valus cette créature en me montrant son égal.

– Marie, lui dis-je, je t'en prie, oublie ce qui s'est passé, et reste avec moi !

Elle ne fit point comme autrefois Sarah, qui avait feint de vouloir partir pour me contraindre à lui demander pardon. Elle s'interrompit dans ses empaquetages, repoussa du pied la valise, et resta. Mais partir ou rester lui était dès lors indifférent : je le lus dans ses clairs petits yeux, et je recommençai à la détester.

C'est l'après-midi de ce même jour, Monsieur, que je l'ai décidément chassée. Je sentais depuis le matin que j'allais la chasser, et je sentais que la chasser serait m'avilir tout à fait, et je la détestais d'être la cause de mon avilissement. Je me souviens que ce fut une journée sinistre, où je vécus avec l'impression d'une fatalité qui planait sur moi. Il pleuvait, les rues étaient empêtrées de boue, et des cent francs que j'avais empruntés le dimanche précédent il me restait vingt sous. Nous allâmes déjeuner à crédit dans une crémerie de la rue des Abbesses. Puis je conduisis l'enfant à Passy, où j'espérais trouver encore à emprunter quelques francs. Nous fîmes à pied ce long trajet de Montmartre à Passy. Plusieurs fois je voulus déclarer à Marie que je l'aimais, que je la suppliais de me pardonner ; mais au lieu de lui parler je me contentais de lui prendre la main en marchant, et je m'indignais de ne pas la voir répondre d'une façon plus tendre à cette marque de tendresse. Je vous ai dit qu'il pleuvait, et que nous pataugions dans une boue terrible.

Sur la place du Trocadéro, je remis à Marie mes vingt sous. Pendant que je ferais ma visite, elle allait rentrer à Montmartre, et préparer le dîner. Et quand je revins sur la place du Trocadéro, une heure après, avec, cinq francs dans ma poche, j'aperçus la folle enfant qui m'attendait toute souriante au même endroit où je l'avais laissée. Elle m'avoua qu'elle avait rencontré un mendiant aveugle avec une petite fille jolie comme une chatte, et qu'elle leur avait donné les vingt sous, puisque aussi bien je lui avais promis de me procurer de l'argent. Voilà ce qu'elle me dit. Pourquoi me le dit-elle d'un ton si joyeux et si calme, au lieu de rougir de honte pour m'apitoyer ? Je la fis monter dans l'omnibus sans lui adresser une parole. Et sitôt dans ma chambre, je lui déclarai que cette fois tout était fini entre nous.

Je suis persuadé que si elle ne m'avait pas désobéi, et fût rentrée de suite à Montmartre avec les vingt sous, je l'aurais tout de même chassée à mon retour. Je ne l'ai point chassée parce qu'elle a donné les vingt sous à la fille du mendiant, ni parce qu'elle a passé la nuit précédente hors de chez moi. Ce n'est pas moi qui l'ai chassée, non, Monsieur, je vous assure que ce n'est pas moi ! Une fatalité me poussait. Vous savez que je n'ai pas honte de vous confesser mes pires faiblesses ; mais ce n'est pas moi qui ai chassé la petite Marie, cette pure et douce fleur que le hasard avait fait pousser sur mon chemin pour le parfumer et l'orner, et pour m'aider à le suivre[1] !

C'est la même fatalité qui, longtemps encore, m'empêcha de mesurer l'abîme de ma faute et de ma détresse. C'est elle qui m'empêcha de répondre à une lettre que je reçus de Marie, un mois après son départ. L'enfant m'écrivait qu'elle était très malade, à l'hôpital de la Pitié, et que je lui ferais plaisir en allant la voir. Je n'y allai pas, je refusai d'entendre désormais parler d'elle[2]. Pourquoi ? Une fatalité me poussait. J'ai toujours pensé

1 Le terme « fatalité » prend ici le sens que lui attribue le *Littré* à travers la « philosophie moderne », comme « nécessité qui résulte de la nature des choses ». La nature de Valbert est d'être « né intellectuel », tout en conservant un « cerveau amoureux », nature contradictoire, donc. Comprise ainsi, la fatalité n'est pas incompatible avec la notion de hasard.

2 Ce que Wyzewa, au contraire, fera pour Jane avec le cachet reçu pour la parution en feuilleton de *Valbert* : « C'est à ce moment que je retrouvai ce cher et bon Teodor de Wyzewa [...]. Il se dévoua à l'ingrate tâche de me soigner, me fit examiner par un éminent praticien, démarcha pour me faire entrer à Villepinte [...] », *Mes Mémoires*, *op. cit.*, p. 74.

que c'était toute ma vie de comédies et de mensonges qu'elle me faisait expier d'un seul coup.

Car peu à peu je reprenais conscience. Je découvrais enfin quel royal trésor j'aurais pu conquérir, et comment je l'avais dédaigné. Chacune des heures passées avec Marie se présentait à mon souvenir, je voyais chacun de ses gestes, j'entendais chacun de ses mots ; et dans un lugubre contraste je me rappelais ma conduite à moi, mes paroles et mes attitudes, jusqu'à cette dernière journée de notre vie en commun.

C'est Rousseau, je crois, qui se plaignait de trouver toujours trop tard, en descendant l'escalier, l'esprit dont il aurait eu besoin pour faire belle figure dans le monde[1]. Ce cuistre n'avait de soin que de son esprit. Mais, moi, Monsieur, j'ai l'infirmité naturelle de toujours éprouver trop tard, et quand enfin je reste seul après une rencontre, les sentiments que j'aurais dû éprouver pendant cette rencontre. Ma tendresse pour mes amis ne déborde de mon cœur que lorsque je les ai perdus ; et je suis condamné à ne ressentir d'amour que pour les femmes qui m'ont quitté[2].

De l'amour, jamais je n'en ai ressenti pour la petite Marie, ni avant ni après ces huit jours vécus avec elle. Elle n'était pas jolie, elle ressemblait trop peu à une femme ; et puis elle était trop parfaite, trop supérieure à moi pour m'inspirer de l'amour. Mais cette perfection que j'aurais dû tout de suite deviner et vénérer, je l'ai appréciée seulement lorsqu'il m'a été impossible

---

1 L'expression est attestée chez Diderot : « Cette apostrophe [de Marmontel] me déconcerte et me réduit au silence, parce que l'homme sensible, comme moi, tout entier à ce qu'on lui objecte, perd la tête et ne se retrouve qu'au bas de l'escalier », *Paradoxe sur le comédien*, Genève, Slatkine Reprints, 1968, p. 40. Si Rousseau s'est plaint, dans son auto-portrait du Livre III des *Confessions*, de posséder un tel esprit, il n'a pas utilisé l'expression telle quelle : « Je suis emporté, mais stupide ; il faut que je sois de sang froid pour penser. [...] je fais d'excellens impromptus à loisir, mais sur le temps je n'ai jamais rien fait ni dit qui vaille. Je ferois une fort jolie conversation par la poste [...] », *Œuvres complètes I*, Paris, Gallimard « Pléiade », 1959, p. 113.

2 Voir *sup.*, note 1, p. 80.

d'en jouir. Et de jour en jour m'est apparue plus terrible la faute que j'avais commise.

Car je m'étais privé d'un trésor comme jamais plus je n'en rencontrerai au monde. Et j'en avais privé aussi le monde tout entier. Ces princières vertus que je découvrais dans l'âme de Marie, je sentais qu'elles périraient vite sous les coups de la misérable existence où j'avais trouvé l'enfant engagée, d'où j'avais eu le devoir de la tirer, et où je l'avais au contraire repoussée plus avant[1]. Ainsi le remords a grandi en moi, comme une plaie qui s'étendait et qui me brûlait. Je souhaitais que Marie fût morte ; je m'accusais de sa mort.

Elle n'était pas morte, cependant ; mais j'avais eu raison de souhaiter qu'elle le fût. Je l'ai retrouvée quatre ans après, l'hiver passé, dans un autre bal, au Moulin-Rouge[2], où j'étais entré par hasard. Elle était devenue tout à fait jolie, avec un délicat visage souriant où scintillaient, plus naïfs qu'autrefois, ses petits yeux à la japonaise. Ou plutôt elle n'était pas jolie ; mais elle avait pris en devenant femme les formes qui convenaient à une jeune princesse. Tout en elle était noble et gracieux. Parmi ces vulgaires

---

1 Derrière ce discours on discerne les accents d'un pygmalionisme très fréquent à la fin-de-siècle. Sous l'influence de Valbert, une Marie nouvelle pourrait naître, ce qui ne s'oppose pas à l'idée que la jeune fille est elle-même une initiatrice pour Valbert. Les deux postures – celle de la femme « pâte azyme qui attend la main du pétrisseur », *Sixtine*, *op. cit.*, p. 73, et celle de la femme prophète -, ont tendance à se succéder dans la littérature fin-de-siècle, de *l'Ève future* de Villiers de l'Isle-Adam (1886) à la Monelle de Schwob, moins de dix ans plus tard. Elles se télescopent ici, assurant à Valbert son rôle de récit de transition. Sur la question du pygmalionisme fin-de-siècle, voir les travaux de Anne Boyer, *Remy de Gourmont. L'Écriture et ses masques*, Paris, H. Champion, 2002, p. 76-94 et de Valérie Grandjean, « Remy de Gourmont et le "complexe" de Pygmalion », *Gourmont*, Paris, Cahiers de l'Herne, 2003, p. 136-141.

2 Valbert n'a pas pu rencontrer Marie au Moulin-Rouge durant l'hiver qui précède sa rencontre à Bayreuth du narrateur, soit l'hiver 1887-1888, puisque le Moulin-Rouge n'a ouvert ses portes qu'en 1889. Jane y dansera dès l'ouverture, mais ses retrouvailles avec son « bon Teodor » n'auront lieu qu'en 1893, au moment où, malade, elle sera soignée par Wyzewa, qui vient de toucher son cachet pour *Valbert*. Voir *Mes Mémoires, op. cit.*, p. 76.

filles qui l'entouraient, vraiment elle s'épanouissait comme une fleur royale.

Elle avait pris les formes d'une jeune princesse, mais son âme d'autrefois s'était évaporée ; et quand je pus enfin l'observer, après une nuit d'humble et remerciante tendresse, je compris que ma tendresse avait été vaine, et que mon remords n'était pas près de cesser. J'avais devant moi une fille semblable à toutes les filles, plus désintéressée peut-être et plus indolente, mais tout de même incapable de voir autre chose dans l'amour d'un homme que l'argent, les cadeaux, et mille petits plaisirs de caresses et de flatteries.

Je découvris cela tout de suite : mais malgré que je l'eusse prévu, je me refusai à le croire. Deux mois durant, j'ai essayé de raviver au fond de l'âme de cette jolie jeune femme un reste de l'âme surnaturelle de la petite Marie de Bullier. Vous ririez bien si je vous disais tout l'argent que m'a coûté cette entreprise. Et je n'ai rien demandé en échange, rien, pas même la faveur d'un baiser. Je voyais Marie tous les jours ; je guettais un geste, un mot, un sourire, qui me rendit la radieuse enfant de jadis. Elle était très touchée de ma bonté. Elle acceptait avec une affectueuse indulgence les excuses qu'à tout moment je lui présentais. Mais pas une fois elle n'a compris ce que je lui voulais. Un jour, je me trouvai si endetté que je dus m'interrompre de lui donner de l'argent. Elle me proposa alors de me prêter cent francs, car je vous ai dit qu'elle avait un cœur excellent. Et je vis clairement dans ses yeux que de jour en jour désormais elle comprendrait moins ce que je lui voulais.

Et je lui ai dit adieu, je ne la reverrai plus. C'est une brave fille qui a le corps et le visage d'une jeune princesse, et qui vaut mieux infiniment que la plupart de ses pareilles. Mais ce n'est pas elle qui pourrait me consoler de la perte de la petite Marie, que j'ai chassée de chez moi par une pluvieuse soirée d'automne, chassée et tuée, tandis que j'aurais dû passer ma vie à la servir, agenouillé devant elle.

SEPTIÈME ET DERNIER RÉCIT[1]

Où l'on trouvera toutes sortes d'aventures

Misère ! Misère !
R. Wagner, *Parsifal*, acte III

Les meilleures choses ont une fin. Nous étions arrivés au dernier jour des fêtes de Bayreuth : encore une représentation de *Parsifal*, ce soir-là, et le lendemain matin en route pour Paris ! Aussi étions-nous convenus avec Valbert de déjeuner ensemble vers onze heures et de ne plus nous séparer qu'au théâtre. Peut-être en coûtait-il au pauvre garçon d'avoir à me débiter d'une seule traite le reste de ses confidences, ou d'avoir à les raccourcir[2]. À peine s'il mangeait. Et quand il eut fini de me voir manger, s'asseyant tout près de moi sur la terrasse du restaurant, il me dit :

Il y aura cinq ans bientôt, Monsieur, que j'ai rencontré au bal Bullier la petite Marie, dans sa toilette de Cendrillon ; et c'est l'hiver dernier seulement que j'ai retrouvé au Moulin-Rouge le sépulcre blanchi[3] qui avait pris la place de cette surnaturelle créature.

---

1 Le chiffre sept n'est pas anodin et Wyzewa a dû penser à la symbolique chrétienne qui lui est attachée. On assiste bien ici à la genèse d'un être nouveau et chaque récit est un pas de plus vers cet épanouissement.

2 Les récits de Valbert sont rythtmés par le festival de Bayreuth, qui en constitue à proprement parler le cadre, et dont le déroulement propose, en contrepoint des aventures narrées, leur interprétation sur un mode symbolique. Dans cette perspective, il est normal que le festival et les récits de Valbert s'achèvent par la représentation de *Parsifal*, qui prélude à la découverte que Valbert est sur le point de faire d'un amour trouvé en renonçant à toute ambition et à toute science.

3 Marie trompe sa nature. À propos de cette expression, le *Littré* propose : « Dans

Vous pensez bien que, dans l'intervalle de ces quatre ans, mon cœur n'est pas resté en repos : c'était un cœur trop heureusement doué pour demeurer inactif.

Je ne vous raconterai pas cependant le détail de mes efforts, pendant ces années, pour fixer mon amour, et pour donner à mon besoin d'exaltation sentimentale un objet nouveau. Aucun de ces efforts ne m'a réussi, aucun même ne m'a laissé un souvenir un peu saillant. Après d'interminables hésitations, je choisissais une femme ; je l'abordais, imposant de prodigieux sacrifices à ma timidité et à mon goût de silence ; cinq minutes je m'ingéniais à dire des paroles, à prendre des attitudes, qui me fissent aimer ; et bientôt ma défiance des autres et de moi-même, ma fatigue, mon sentiment de l'universelle inutilité, tout cela m'arrêtait dans la poursuite commencée. De temps en temps aussi je m'avisais de remplir les devoirs de mon sexe ; c'était encore un sacrifice : j'évitais au moins d'y rien engager de mon cœur ni de ma pensée.

Les trois premières années qui ont suivi ma rencontre avec Marie, je les ai vécues, en somme, dans un lamentable état d'inquiétude, de remords, d'abattement et d'ennui. Parfois je me sentais plein d'ardeur, avec un beau chemin triomphal se déroulant devant moi ; puis des crises survenaient de désespoir mêlé de regrets ; et puis les crises se passaient, me laissant une amertume vague, une honte, un désir de me racheter un jour à mes propres yeux par quelque trait d'héroïsme.

Une maladie d'estomac se joignit à cet état moral, la quatrième année, pour achever de m'isoler du siècle[1]. Toute nourriture m'écœurait, et, par contrecoup, tout le reste des occupations

---

le langage de l'Écriture, des sépulcres blanchis, des hypocrites ; locution tirée de ce que, les tombeaux étant impurs chez les Juifs, on avait soin de les blanchir à la chaux, pour avertir de ne pas s'en approcher ; de sorte que le sépulcre blanc au dehors, était impur au dedans ».

1 La maladie d'estomac est un *topos* de la littérature décadente. Elle matérialise le refus du héros idéaliste de vivre selon la nature. On la retrouve chez Huysmans, où Des Esseintes, Folantin et Jacques Marles souffrent tous trois de dysfonctionnements gastriques ; chez Lorrain, où le prince Noronsoff meurt d'une effroya-

humaines. Je ne sortais pour ainsi dire plus jamais de chez moi. Je redoutais comme une épreuve terrible la nécessité de causer, même avec mes amis les plus chers. Et j'avais, naturellement, renoncé au travail. je me jurais seulement de me mettre à l'œuvre bientôt, au premier rayon de santé.

Je passais mes journées étendu sur un canapé, sans autre compagnie que des cigares et un chat. Il n'y avait pas jusqu'à la lecture qui ne me fût devenue pénible[1]. Je m'entraînais, en particulier, à détester les philosophes, et tous les auteurs à idées, les raisonneurs, les constructeurs, et ceux-là aussi qui m'avaient autrefois suggéré ma conception du monde. Car je n'ai pas besoin de vous dire – après ce que vous savez de moi – que je m'étais spécialement attaché dès ma jeunesse aux théories des idéalistes, Platon, Berkeley, Fichte. J'avais appris d'eux que l'univers extérieur était un rêve de ma pensée, que toute réalité réelle était en moi seul, et tout pouvoir de créer[2]. Mais à présent il m'apparaissait que ces philosophes m'avaient appris cela d'une façon bien embarrassée, avec toute espèce de réticences et de périphrases; et il m'apparaissait que sans eux j'aurais découvert à merveille l'essentielle vérité qu'ils m'avaient enseignée. Toujours est-il que je les trouvais, en fin de compte, infiniment ennuyeux, comme les autres : et c'est en quoi vous auriez de la peine à me démontrer que je me trompais.

---

ble maladie intestinale ou encore chez Gide, qui met en scène, dans *Paludes*, un écrivain soignant sa digestion délicate à l'eau d'Évian.

1 Ce portrait rappelle celui de Des Esseintes, retiré à Fontenay : « il était maintenant incapable de comprendre un mot aux volumes qu'il consultait; ses yeux mêmes ne lisaient plus; il lui sembla que son esprit saturé de littérature et d'art se refusait à en absorber davantage », *À rebours*, *op. cit.*, p. 169.

2 Les lectures de Valbert correspondent aux références du jeune Wyzewa, qui retrouve Fichte à travers Villiers de l'Isle-Adam, et auxquelles il faudrait ajouter Schopenhauer, Wagner et Stendhal. Tel est, nous dit Paul Delsemme, le climat dans lequel « Wyzewa a élaboré son esthétique », *Teodor de Wyzewa*..., *op. cit.*, p. 130-131. Notons que Valbert ne remet pas en cause les vérités avancées par ces philosophes, à savoir que le monde n'existe que par la conscience du sujet, mais s'insurge contre leur démarche scientifique. À l'argumentation logique Valbert oppose l'intuition.

Les poètes m'ennuyaient aussi. Je n'appréciais désormais chez eux que la musique de leurs vers[1]. Encore les *Fugues* de Händel, les *Fantaisies* de Mozart et les *Sonates* de Beethoven suffisaient-elles amplement à me fournir la somme de musique dont j'avais besoin. Parfois il m'arrivait de lire, avant de me coucher, une *Méditation* de Lamartine[2] : je la choisissais au hasard et la lisais d'une haleine, sans m'inquiéter un instant du sens des paroles : et cela même, peut-être ne le faisais-je que par une manière de scrupule, pour m'affirmer que je n'avais pas absolument renoncé à ma part des plaisirs de la poésie. Car, en vérité, la musique avait dès lors accaparé toutes mes facultés de jouissance artistique. Händel, Mozart, Beethoven, je passais à mon piano les heures que je ne passais pas dans mon lit ou sur mon canapé. Je jouais toujours les mêmes morceaux, y découvrant toujours des beautés nouvelles. Et cette divine musique entretenait autour de moi comme une atmosphère enchantée de rythmes légers et de douces couleurs.

Les romanciers m'ennuyaient aussi… Mais au lieu de vous énumérer les écrivains que je ne lisais pas, j'aurai plus vite fait de vous nommer ceux que je lisais. Je n'en lisais que trois : Michelet, Dickens et Dostoïevsky, et jamais depuis lors je n'ai lu que ces trois-là. C'est que seuls ils m'aidaient à *tromper le temps* de la façon qui me plaisait. Ces hommes d'une imagination violente m'empêchaient de former des jugements sur leurs œuvres, vain et stérile jeu de pédants où je n'étais que trop porté[3] ; ils m'entraînaient de force devant les figures qu'ils créaient pour moi, me contraignant à les chérir, à les plaindre, ou à les haïr, à vivre enfin avec

---

1 Valbert ne retient de la poésie que sa force incantatoire, à travers son rythme, sa musique, ratifiant la classification de Schopenhauer, qui organise les arts selon leur capacité à exprimer la Volonté pure, de l'architecture à la musique, cette dernière étant l'expression même de la Volonté.

2 La référence à Lamartine peut paraître étonnante, là où l'on attendrait Verlaine, mais outre le fait que l'harmonie du vers lamartinien impose un force incantatoire, on peut penser que ce choix souligne la prééminence de la sensibilité et l'aspiration à l'absolu de Valbert.

3 Voir *sup.*, note 2, p. 124.

elles en dehors de cette réalité ordinaire où le temps me paraissait si long, si monotone, si difficile à tromper. Je suis doué, pour mon bonheur, d'un manque de mémoire incroyable ; à mesure que j'achève la lecture d'un ouvrage, j'en oublie les épisodes et même le sujet : de telle sorte que je puis relire indéfiniment les mêmes récits, rejouer indéfiniment les mêmes morceaux. Et ainsi, par la grâce de ces bons magiciens, je ne passais pas mes journées sur un misérable canapé, dans une misérable chambre de la rue Lepic, mais à Londres, à Pétersbourg ou à Versailles, toujours en compagnie de personnes qui m'étaient familières, qui ne se gênaient pour moi ni ne me gênaient, et qui *vivaient*, tandis que les plus chers de mes amis me faisaient l'effet d'inutiles fantômes[1].

Et ces livres même que je lisais, je ne les lisais guère : j'avais alors mieux que des livres, en vérité, pour m'occuper tout entier.

Je vous ai trop souvent parlé déjà des contes de ma nourrice. Mais c'est qu'ils ont eu sur moi une influence énorme ; et je les soupçonne d'avoir contribué plus sérieusement que Berkeley et ses confrères à me suggérer ma conception de la vie[2]. Mon esprit en tout cas s'en est imprégné à jamais, de sorte que je ne puis avoir une pensée sans les y mêler. Et je me rappelle que dans l'un de ces contes il y avait une princesse, une jeune princesse plus belle que le jour. Sa marâtre l'avait enfermée au haut d'un donjon, comptant sans doute l'y laisser mourir de solitude et d'ennui. Mais, dès le premier soir, une araignée reconnaissante rendit à la jeune princesse le spectacle du monde, dont on avait voulu la priver[3]. Elle apporta sur le noir plancher de la cellule quelques

---

1 Valbert a atteint le dernier degré de l'idéalisme qui tend à inverser les rôles respectifs de l'art et de la vie. Cette attitude est exploitée chez Gourmont, dans *Sixtine*, où le héros affirme que « le monde extérieur n'est que fantômes », *op. cit.*, p. 58 ou dans *Le Fantôme*, Paris, Mercure de France, 1893.

2 Voir *sup.*, p. 91, note 1.

3 La métaphore du cerveau-toile, dans laquelle l'araignée-conscience tend ses fils, est bien connue des symbolistes, amateurs de Baudelaire. Si Redon l'exploite picturalement, on la retrouve chez Mallarmé, dans sa lettre programmatique à Aubanel : « J'ai voulu te dire simplement que je venais de jeter le plan de mon œuvre entier,

bribes de terre ; elle y planta de petits arbres, de petits buissons, de petits épis, quelle fabriqua je ne sais plus comment ; elle y mit aussi de petits chats et de petits oiseaux, et de petites fermes avec des petits fermiers. Elle fit tant, que la jeune princesse retrouva en miniature, au haut de son donjon, tout ce qu'elle regrettait d'avoir perdu parmi les délices de la terre. Et je n'ai pas besoin de vous dire que la méchante marâtre en creva de dépit.

Eh bien ! j'étais moi-même pareil à cette princesse, pendant ces longues semaines de vie solitaire sur mon canapé. Comme elle dans le haut donjon, j'étais emprisonné dans mon cerveau[1]. Seule de tout mon corps, ma tête vivait. Quand j'avais essayé de marcher devant moi, elle m'avait empêché d'avancer, trop encombrée de sentiments et de projets ; j'avais alors ressemblé à ces enfants hydrocéphales qui ne peuvent faire un pas sans tomber[2]. Mais désormais, je m'étais résigné à l'immobilité. Je ne tentais plus d'agir[3]. J'avais rompu tout rapport avec le monde.

---

après avoir trouvé la clef de moi-même, clef de voûte, ou centre [...] où je me tiens comme une araignée sacrée, sur les principaux fils déjà sortis de mon esprit [...] », 28 juillet 1866, *Correspondance, 1862-1871*, Henri Mondor éd. , Paris, Gallimard, 1959, p. 224, et chez Schwob, dans un conte de *Cœur double* intitulé « Arachné », qui annonce la trame du conte raconté par Valbert, Paris, Crès, 1891.

1 L'image du prisonnier dans un donjon pour désigner l'artiste de l'extrême conscience tend à devenir, en 1892 déjà, un lieu commun de la littérature symboliste. Variation sur la thébaïde de Des Esseintes, on retrouve la tour comme lieu de méditation artistique ou métaphore du roman à faire chez Lorrain, (*Très Russe*, 1886), Gourmont, (*Sixtine*, 1890), Mirbeau, (*Dans le Ciel*, 1892-1893), puis chez Rachilde (*Les Hors Nature*, 1897), Georges Eekhoud (*Escal-Vigor*, 1899) et, surtout, dans le *Paludes* de Gide, dont le narrateur lance la formule de l'artiste symboliste : « Paludes, commençais-je, – c'est l'histoire d'un célibataire dans une tour entourée de marais », repris dans *Romans, récits, soties. Œuvres lyriques*, Paris, Gallimard, « Pléiade », 1958, p. 93.

2 André Gide donnera sa version du héros de *Paludes*, qui concorde avec la description de Valbert : « Il y a [...] dans ce que Goya appelle *Les Proverbes* [...], il y a une de ces planches qui représente, à mon avis, absolument le héros de *Paludes*. C'est, au milieu de la planche, un pauvre intellectuel avec un front énorme, qui se prend la tête dans les mains, qui ferme les yeux et qui est exaspéré [...] », *André Gide*, Lyon, La Manufacture, « Qui êtes-vous ? », 1987, p. 170.

3 Deux ans avant *Valbert*, Paul Adam met en scène Manuel Héricourt, héros de l'extrême conscience qui, comme Valbert, renonce à l'action : « Il s'abîmait alors dans les pures études de la philosophie. Kant lui révélait la merveilleuse puissance de la

Et voilà que le monde se reconstituait dans ma tête ; voilà qu'il venait à moi, qui avais renoncé à aller vers lui ! En devais-je la grâce à l'araignée protectrice qui, suivant les croyances populaires, habite le cerveau des rêveurs[1] ? Je ne sais ; mais de jour en jour ma tête se peuplait de nouvelles visions. Sans faire un mouvement, sauf pour me tourner d'un côté sur l'autre ou pour allumer un cigare, je vivais une vie d'action, de lutte, de triomphes. Les passions les plus variées me brûlaient tour à tour. Je voyageais au gré de ma fantaisie, tantôt parcourant sur un petit cheval kirghiz les steppes nues de mon pays, ou traversant à la nage le Dniéper entre des glaçons, tantôt m'asseyant à mi-hauteur de collines plantées d'oliviers pour suivre au loin le jeu des barques sur les flots bleus du Midi[2]. Général, j'entrais vainqueur dans Varsovie, et la Pologne m'acclamait. J'étais aussi le maître de la musique moderne : j'entendais les applaudissements fiévreux d'une foule qui était pourtant une élite, l'élite des royales jeunes femmes et des critiques de génie : à jamais je me l'étais conquise par les lentes et dolentes modulations de l'Ondine, un

---

conscience créant le monde tel qu'elle le sait vouloir. Il admirait la concordance de ses sentiments avec les théories du maître, méditait une existence illusoire, d'autant plus impériale et goûtée hors de toute action », *Les Volontés merveilleuses. En décor*, Paris, Albert Savine, 1891, p. 35. L'hypercérébralité sera exaspérée dans le personnage de Teste, que Valéry met au centre de *La Soirée avec Monsieur Teste* (1896).

1 Le *Littré* atteste à partir de la seconde moitié du XIXe siècle : « populairement, avoir une araignée dans le plafond [dans la tête], se dit d'un homme bizarre et un peu fou ». Le conte de Schwob, « Arachné », *Cœur double, op. cit.*, se présentant comme une variation sur le myhte éponyme et la légende d'Ariane, donne l'illustration de la formule. Le personnage, suspendu aux fils délirants de l'histoire qu'il tisse, finit par s'y pendre.

2 Comme Valbert, Wyzewa sera toute sa vie partagé entre la nostalgie des paysages de Pologne et son amour pour le Midi, qu'il découvre durant l'hiver 1891-1892. C'est précisément durant cet hiver qu'il termine son roman. À Barrès, il écrit : « [...] je suis, moi, installé depuis huit jours à Tamaris, où je mène, dans une solitude ininterrompue, la plus charmante vie de romancier-amateur que je pouvais rêver. Je dors, je mange à mon goût, je vais le matin à Toulon, et trois fois par jour à la poste, et de temps à autre j'écris quelques pages pour en finir avec ce lamentable Valbert », BNF, *Fonds Barrès*, lettre de Wyzewa à Barrès, n. 40.

grand drame que je venais de finir jusqu'à la dernière note – dans ma tête, naturellement[1].

Créant pour la princesse prisonnière un petit monde en raccourci, l'araignée reconnaissante y planta surtout des violettes et des lys : c'est du moins ce que ma nourrice m'a souvent affirmé[2]. Mais dans mon petit monde à moi, dans ce délicieux monde de féerie qui avait daigné me monter à la tête, ce sont surtout des femmes et des jeunes filles que vous auriez rencontrées. Combien vous en auriez vu, Monsieur, combien ma simple et franche tendresse pour elles vous aurait touché ! La fleur d'amour qui germait dans mon âme, elle s'est alors épanouie, comme ces roses qui s'ouvrent vermeilles et parfumées au premier soleil du printemps. Jamais avant ni après je n'ai été si parfaitement amoureux : jamais non plus je n'ai été si parfaitement heureux, car je suis né pour aimer[3]. Aucune trace ne me restait de ma timidité,

---

1 Wagnérien fervent, Valbert ne peut imaginer qu'une variation autour d'un personnage de la mythologie germanique. *Ondine* est par ailleurs le titre d'un opéra d'Albert Lortzing (1845), et surtout d'Hoffmann (1816), qui inspire à Weber la théorie de l'opéra romantique allemand. La critique a relevé les convergences entre l'*Undine* de Hoffmann et le *Tristan und Isolde* de Wagner, notamment dans « l'anéantissement final des amants, une sorte de *Liebestod* qui n'a cependant rien de wagnérien dans la musique qui l'accompagne [...] »,Walter Zidaric, « Ondines et roussalkas : littérature et opéra au XIXe siècle en Allemagne et en Russie », *Revue de littérature comparée*, Paris, Klincksieck, 2003/1, N 305, p. 9.

2 On ne s'étonnera pas du choix de ces fleurs, qui reviendront pour célébrer les trois jeunes filles que Valbert rencontre en Provence – l'anémone étant l'autre nom du lys des champs, ou du lys rouge [*V*, 198] –, puisque le lys est le symbole biblique de la pureté et de la virginité, tandis que la violette, modeste et peu visible, évoque la naissance de l'amour. Si Wyzewa est fidèle à cette symbolique, le lys aiguisera l'imagination décadente. Jean Lorrain publie « La Princesse aux lys rouges » (1894), lys rougis par le sang des victimes de la jeune femme ; Gourmont, dans ses *Fleurs de jadis* (*Mercure de France*, juin 1893) évoque le « lys blanc, âme éployée des vierges mortes, Lys rouge, qui rougit d'avoir perdu sa candeur, sexe fleuri », tandis que l'abbé Plomb du Huysmans de *La Cathédrale* (1898), lui attribue de singulières vertus : « le lis pulvérisé et mangé par une jeune fille permet de s'assurer si elle est vierge car, au cas où elle ne le serait point, cette poudre acquiert, aussitôt qu'elle l'a absorbée, les irrésistibles vertus d'un diurétique... », *in Le Roman du Durtal*, Paris, Bartillat, 1999, p. 855.

3 Valbert raconte cet épisode avant d'avoir fait la connaissance d'Alice, dont le

de mes hésitations, de mon égoïsme méfiant. J'aimais, j'étais aimé, toute ma vie n'était qu'un doux jeu. Ombres chéries qui me nourrissiez de vos sourires, mes seules amantes, hélas ! pourquoi vous ai-je perdues ?

Je me promenais au bord d'un lac immobile et bleu, tenant à mon bras la petite Marie, princesse de mon rêve, ma seule bien-aimée. Enfin ses yeux avaient pu lire dans mes yeux, et, sans rien oublier, nous nous étions tout pardonné. Nous avions, elle et moi, comme le sentiment d'une faute à racheter ; et c'est cela qui rendait notre amour si parfait. Elle me montrait, avec son cri d'enfant surprise et ravie, la voile rouge d'un canot sur l'horizon rose : elle poursuivait les papillons, elle s'épuisait à courir, et puis elle revenait prendre des forces au foyer de mes yeux. L'adorable enfant était devenue une jeune femme sans cesser de rester enfant. Et j'étais pour elle un amant, un maître, un frère aîné, j'étais pour elle le monde tout entier[1]. Joyeusement elle battait l'une contre l'autre ses petites mains de princesse. Et, quand le soir tombait, nous rentrions dans notre maison sous les vieux chênes ; je sentais le bras de Marie qui frémissait à mon bras ; nous marchions sans nous parler, heureux d'entendre enfin résonner dans nos deux cœurs les mêmes harmonies ; nous marchions lentement, immortellement, tandis qu'à nos pieds sommeillait le grand lac sombre, et que s'éveillaient sur nos têtes nos fidèles amies les étoiles[2].

Ou bien les hasards de mon rêve m'avaient conduit à Londres, et j'allais épouser ma seule bien-aimée, la timide jeune fille que, depuis l'enfance, j'avais adorée, Ruth, la sœur blonde et rose

---

narrateur n'apprendra l'existence que l'année suivante, à l'occasion d'une nouvelle rencontre à Bayreuth.

1 À nouveau apparaît l'idéal de la femme-enfant, voir *sup.*, note 2, p. 152.

2 Rêverie médiatisée par les lectures, la vision de la promenade vespérale tient à la fois du « Lac » de Lamartine et d'un paysage de Hugo, dans *Han d'Islande* : « C'était un tableau sombre et magnifique que cette vaste nappe d'eau réfléchissant les derniers rayons du jours et les premières étoiles de la nuit dans un cadre de hauts rochers, de sapins noirs et de grands chênes », *Romans I*, Paris, Seuil, 1963, p. 68.

du brave organiste Tom Pinch. Oui, depuis l'enfance, je l'avais adorée. J'étais encore un enfant moi-même, lorsque Dickens me l'avait montrée allant attendre son frère dans la Cour des Fontaines[1]. Les pavés de la cour se soulevaient pour la voir ; les fontaines, pour lui faire hommage, sautaient de vingt pieds plus haut qu'à leur ordinaire ; les oiseaux se taisaient, tout au plaisir d'entendre le bruit de ses pas ; les branches noires des arbres s'inclinaient vers elles ; les vieilles lettres d'amour au fond des tiroirs s'agitaient, soudain ravivées sur son passage. Tout l'adorait, comment ne l'aurais-je pas adorée aussi ? Et puis elle était si blonde et si rose, et son timide sourire révélait un cœur si naïf ! Et maintenant ce n'était plus John Westlock, c'était moi seul qu'elle aimait ! Ce n'était plus John Westlock, c'était moi qui la conduisais à travers les rues du paisible faubourg où nous allions demeurer. Que de jolis meubles dans les boutiques ! Quelle joie, à l'idée que nous pourrions les acheter, quelque jour, bientôt, quand sa chaude tendresse aurait fait éclore mon génie ! Et en attendant nous allions, nous tenant par la main : chacun de mes mots la grisait de bonheur.

Une autre fois, j'étais assis dans un boudoir, ou plutôt, non, je n'étais pas assis, j'étais agenouillé près d'un vieux divan de la Perse ; et sur le divan je voyais mollement étendue celle que j'aimais, ma seule bien-aimée, Mme Floriane, l'actrice que jadis à Douai j'avais poursuivie d'un culte si constant. Je l'avais conquise, enfin. Elle était trop pure et trop belle, et d'une beauté trop fragile, pour que j'eusse l'audace de la prendre dans mes bras ; mais la hautaine fille m'avait donné sa main à baiser ; et sa voix sonnait en de tendres aveux ; et j'avais un spasme de bonheur à la contempler qui me souriait, de ce mystérieux sourire où s'alliaient, pour me charmer, la malice et l'ingénuité. Enfin je le savais tout

1 Il s'agit des personnages de *La Vie et les aventures de Martin Chuzzlewit* (1843-1844). Wyzewa ne plaçait aucun romancier au-dessus de Dickens. Paul Delsemme rappelle la théorie de Wyzewa, qui « prétendait que tout roman moderne, en Europe, s'était constitué et développé sous l'influence immédiate de l'œuvre de Dickens », *Teodor de Wyzewa...*, *op. cit.*, p. 248-249.

à moi, ce sourire qui tant de fois avait enfiévré mes nuits ! Et je tremblais, éperdu d'orgueil et de joie, car j'apprenais que, du premier soir où elle m'avait aperçu, au théâtre, celle-là aussi m'avait reconnu ; et c'était pour m'aimer qu'elle m'avait permis de venir chez elle ; et c'était pour m'aimer qu'elle était descendue de sa loge, la nuit du bal masqué. Et moi, naïf enfant, qui n'avais pas voulu la comprendre ! Avec son sourire enchanté, et légèrement, tendrement, elle me raillait de ma modestie : et, moi, la mangeant des yeux, je savourais de nouveau l'affolante délice[1] qui naguère me faisait pâmer, lorsque la blanche et svelte figure de Mme Floriane apparaissait sur la scène.

Voilà, Monsieur, quelles étaient, avec mille autres tour à tour, les compagnes de ma solitude. Elles surgissaient au hasard d'une lecture, d'un souvenir passager, d'une mélodie qui me bourdonnait à l'oreille. La fumée de mon cigare les amenait à moi, c'est elle encore qui les remmenait, quand j'étais las de les aimer[2]. Je n'étais las d'aimer l'une d'elles, cependant, que pour aimer l'autre : car l'amour m'avait pris tout entier, et le reste des joies de la terre, malgré qu'elles s'offrissent à moi de la même façon, me semblaient fades désormais en comparaison de celles-là. Ainsi, je vivais, goûtant sans arrêt les seules voluptés qui plai-

---

1 Bien que le *Littré* mentionne son emploi au masculin quand le mot est singulier, une note indique que Vaugelas et Marguerite Buffet condamnent cet usage.

2 Dans son introduction à *Penses-tu réussir !* de Jean de Tinan, Guy Ducrey rassemble les éléments d'une poétique du cigare qui, de Barrès à Tinan, en passant par Mauclair et Wyzewa, caractériserait l'imagination inquiète, mobile et insaisissable du jeune idéaliste, voir *Romans fin-de-siècle…*, *op. cit.*, p. 1043-1044. S'ouvrant sur un chapitre intitulé « De Cigares en cigares », le roman de Tinan se déroule en volutes et déliaisons gracieuses : « Le cigare est ce que nous avons de meilleur, il est le temps perdu, il est la douleur bercée, il est aussi la précieuse transition, et il est toute notre imagination qu'il symbolise », *ibid.*, p. 1049. Chez Wyzewa, le récit ne peut avoir lieu que parce que le cigare du narrateur s'est éteint : « Je me sentis en faute. Si mon cigare s'était rallumé, j'aurais offert le feu demandé, et je serais parti. À défaut du feu, je me décidai à sacrifier mon heure de rêverie », [*V*, 67]. Voir encore à ce sujet, Guy Ducrey, « Fumées sur papier ou comment tirer vanité de la vanité » *in Équinoxe. Revue romande de sciences humaines*, 6, « Éclats fin-de-siècle », automne 1991, p. 35-53.

saient à mon tendre cœur. Ces femmes belles et pures qui se succédaient auprès de moi, je ne me demandais pas même d'où elles venaient. Tout au plus je me rappelais avoir rencontré l'une dans un roman, l'autre dans un rêve, avoir jadis connu, puis perdu de vue, la troisième, pendant les lamentables années d'inaction et de somnolence qui avaient précédé ce réveil triomphant. Et c'était vraiment comme si ma vie antérieure, depuis l'enfance, n'eût servi qu'à préparer cette vie nouvelle : chacune de ses phases avait déposé en moi des germes féconds, un nom, un profil, une robe, un son de voix ; maintenant ces germes mûrissaient dans l'atmosphère chaude de ma chambre ; et c'était un monde de gracieuses, de touchantes images, qui toutes au premier appel accouraient dans mes bras, d'autant plus parfaites à me séduire et à m'adorer qu'elles me connaissaient plus profondément, étant nées de mon âme.

Parfois seulement je m'affligeais de leur variété même, et de cette mobilité divine qui d'autres fois m'était si chère. Il me paraissait alors que mon bonheur eût été plus complet avec une seule femme, mais une femme en qui seraient réunies toutes les qualités que je pouvais désirer.

Et c'était, comme vous pensez, des qualités qu'on ne voit guère réunies. Car je la souhaitais tout ensemble brune et blonde, n'ayant pu me décider à choisir entre ces deux couleurs. Je la souhaitais robuste et ferme de cœur, pour me soutenir qui étais si fragile ; et puis je la souhaitais aussi délicate et faible, défaillante devant la vie, pour l'avoir à moi plus soumise. Et ces vains souhaits me valaient des instants de mélancolie, où je sentais toute mon âme s'affaisser. Mais bientôt je ressaisissais au passage l'une de ces ombres légères qui flottaient devant moi : je l'animais de mon impérieux amour ; souriante elle accourait dans mes bras, et chassait ma tristesse sous un long baiser.

Et j'en étais là quand un soir, étendu sur mon canapé et fumant à mon ordinaire, je vis pour la première bois l'adorable Amie, celle qui devait être désormais, pour des semaines et des semaines, mon unique et fidèle compagne. Je l'appelle Amie parce qu'elle n'avait point d'autre nom ; jamais je n'ai eu le loisir de lui donner aucun nom, ni de songer à m'étonner de ce qu'elle n'en eût point. Mais je pourrais, en revanche, vous décrire sa délicieuse figure plus exactement et avec plus de détails que celle de personne, parmi les femmes que j'ai connues. Je l'ai regardée avec tant d'amour que son image m'est restée intacte dans l'esprit : je n'ai qu'à fermer les yeux pour la revoir. Oui, Amie, je te revois telle que tu m'es apparue dans ce bienheureux soir, telle que si longtemps tu as daigné être pour moi ! Mais je te revois lointaine, immobile, morte, ma bien-aimée, comme si un mauvais magicien avait paralysé mon cœur, lui ôtant son mystérieux pouvoir de te faire vivre toute à moi !

Sachez d'abord, Monsieur, que mon amie était aveugle. Pourquoi ? Je me le suis souvent demandé depuis, dans ces cruelles nuits passées à l'appeler et à me désoler de sa perte. Pourquoi était-elle aveugle ? Peut-être parce que j'avais lu naguère un conte de Dostoïevsky où l'héroïne était boiteuse, et douce, et jolie, et tendre, à me faire haïr le beau jeune homme qu'elle aimait. Peut-être parce que j'avais rencontré dans mon enfance une petite fille atteinte de la cataracte, et que ses parents et les miens m'avaient laissé seul avec elle toute une après-midi, me chargeant de la distraire et de lui raconter des histoires[1]. Mais non : mon Amie était aveugle, simplement afin qu'elle eût toujours besoin de mes yeux et de mon bras, dans notre commun voyage à travers la vie, afin

1 On retrouve le motif de la jeune femme sans regard dans *Sixtine*, où Guido, enfermé dans sa tour comme Valbert dans son cabinet de lecture, rêve de Pavona, la femme aux paupières closes à qui il rend des yeux dans l'amour, *op. cit.*, p. 138-145. L'Antinoüs aux yeux vides est au centre du *Monsieur de Phocas* de Lorrain. Dans *Le Livre de Monelle*, l'héroïne se décrit semblable aux « petits vers [...] aveugles », *op. cit.*, p. 206, tandis qu'en 1891, Maeterlinck présente son drame symboliste, *Les Aveugles*. Représentative de la condition que fait à l'homme la philosophie idéaliste qui, de Platon à Schopenhauer, est condamné à ne connaître du monde que la représentation des Idées, la cécité d'Amie exprime aussi la tentation de pygmalionisme qui obnubile Valbert, tout comme son échec, puisque la créature qu'il anime est incomplète.

qu'elle me fût ainsi plus proche, et que le malheur où je la voyais me la rendit plus touchante[1]. Ce n'est pas là, si vous voulez, un motif bien noble ; mais je vous ai livré assez de mon cœur pour y ajouter cela encore. D'ailleurs, il est arrivé deux ou trois fois que mon Amie n'était plus aveugle. Tantôt je l'avais conduite à un miraculeux chirurgien qui avait ouvert et rallumé ses grands yeux ; tantôt ses yeux d'eux-mêmes s'étaient rallumés, dans quelque royal musée où je l'avais menée.

C'était une jeune fée, et tour à tour elle m'apparaissait blonde ou brune, assidue à deviner mes secrets désirs. Mais blonde ou brune, elle m'offrait sans cesse le même beau visage pâle, tranquille et triste, un visage qui était vraiment comme la projection vivante de vingt années de rêves et d'impressions fugitives. Elle était petite, ou plutôt frêle et délicate, telle exactement qu'il fallait pour ne point trop peser à mon bras. Et à mon bras je l'avais toujours, si timide, si prête à s'alarmer d'un vain bruit, répondant par un amour si docile au protégeant amour que je lui offrais !

Je l'avais toujours à mon bras quand nous nous promenions : et c'était alors de lentes promenades au bord de la Seine, où ma voix pour l'émouvoir se teintait des tièdes nuances des arbres, de l'eau sous les vieux ponts, des palais endormis, et là-bas, de ces deux tours légères et massives, orgueil du monde. Délicieuses heures de paresse au long des rues, bruit de la foule à jamais en marche, et tant de figures singulières que je décrivais au passage ! Mon Amie était aveugle, mais je sentais son âme dans mes yeux.

Toujours je l'avais à mon bras quand nous nous promenions ; mais nous ne nous promenions pas toujours. Nous préférions

1 Les confessions du Chevalier rappellent le programme que se fixait le jeune Remy de Gourmont, lui aussi lecteur assidu de Michelet et futur théoricien du symbolisme, qui notait dans son *Journal* de 1874 : « J'aimerais à créer des personnages, à les marquer du sceau de mon esprit, à les faire mouvoir selon ma volonté ; je voudrais avoir mes héroïnes à moi, qui me devraient tout, depuis la naissance jusqu'aux qualités qui font aimer une femme comme on aime un ange », *Journal intime et inédit de Feu Remy de Gourmont (1874-1880)*, 31 décembre 1874, Paris, Bernouard, 1923, *www.remydegourmont.org*.

encore rester en tête-à-tête chez nous, dans l'élégant salon tout parfumé de silence que chaque jour nous meublions à notre fantaisie. Car j'oubliais de vous dire que le plus souvent nous étions mariés, et qu'une fortune nous était venue, je ne sais d'où : une petite fortune, mais nos désirs étaient si petits ! Mon Amie s'asseyait près de moi. Elle aimait à tenir ma main dans sa fine main tremblante. Elle ne me voyait pas, mais elle ne cessait pas de me regarder. Et je lui racontais les somptueux romans que j'allais écrire pour elle. Je lui lisais mes poèmes : était-ce l'admiration, ou l'amour, était-ce simplement le bonheur, qui illuminait d'un sourire son pâle visage, tandis qu'elle m'écoutait, sa fine main tremblante dans ma main ! Mais la voici qui se levait : elle marchait à tâtons dans la chambre ; Dieu ! comme je suivais fiévreusement ses pas, comme la pitié débordait de mon cœur en torrents d'amour et de joie[1] !

Elle allait au piano. Elle jouait de singuliers préludes d'une tristesse résignée ; ou bien de sa divine voix si douce et si haute elle chantait, dans le calme du soir. Elle chantait les *lieds* de Beethoven, les *Cinq Poèmes* de Wagner[2], d'autres chants encore que je n'avais point soupçonnés, plus purs, plus imprégnés de mélancolie, plus émouvants que ceux-là.

Son âme, d'ailleurs, n'était rien qu'un chant prodigieux, la projection vivante de toutes les impressions qu'avait laissées en moi la musique des maîtres, depuis tant d'années. Son âme ! Il me suffit de fermer les yeux pour de nouveau l'entendre, un chœur d'accords doux et pâles, murmuré par des voix d'enfants. Hélas ! je puis encore l'entendre, mais comme un chœur de fantômes, et vainement je m'efforce de retrouver la troublante délice que j'en ai si longtemps ressentie. Je crois bien, à y songer maintenant, que

1 Valbert pressent pour la première fois ce qui constituera sa vérité et qui tend à faire de la compassion la seule forme d'amour véritable.

2 Pièces intimistes, chants intérieurs d'inspiration romantique chez Beethoven ou s'élaborant à partir de la correspondance privée de Mathilde Wesendonck à Wagner, le choix souligne ici l'idée d'une communion possible à travers la musique, même si, dans les faits, il ne s'agit que d'une relation fantasmée.

son âme était sœur de l'âme de la petite Marie, telle du moins qu'un douloureux souvenir me l'avait fait concevoir. Oui, mon Amie, elle aussi, était une princesse de féerie ; mais ses princières vertus s'étaient librement épanouies ; elle n'avait eu à les défendre d'aucune influence mauvaise ; et toutes ses pensées et toutes ses émotions gardaient une fraîcheur immortelle que je ne me lassais pas de chérir. D'autant plus m'enivrait la caresse de son amour. Je savais que pour moi seul se chantait cette musique ; que moi seul étais admis à respirer ce parfum. Et en même temps que mon cœur haletait d'orgueil et de passion, tout un univers de fervents désirs s'éveillait dans mes sens. Je rêvais de mêler ma chair à cette chair royale ; un rouge frémissement traversait mes nerfs : ma pensée défaillait, envahie tout à coup de lascives images.

Par un étrange scrupule, j'avais pris l'habitude, quand la nuit tombait, de ne pas allumer de lumières. Ainsi les ténèbres m'enveloppaient comme elle, ainsi nos deux cœurs pouvaient mieux s'unir. Et quand nous étions saturés de musique, c'est alors que, du lit où je reposais, j'appelais à moi mon Amie, et tout de suite je goûtais la volupté divine de la posséder dans mes bras. J'attachais mes lèvres à ses lèvres, ses cheveux dénoués flottaient sur mon front, et c'était comme si son corps eût fondu sous mon étreinte. Sans doute elle me voyait, car la nuit qui nous entourait ne m'empêchait pas de la voir, souriante et pâmée d'un frisson d'amour ; et le chant de son âme vibrait en des rythmes d'une joie fiévreuse. Son corps fondait sous mon étreinte, je couvrais de baisers ses pauvres vains yeux pleins de larmes, et puis de nouveau nos lèvres se mêlaient, et je sentais sur ma langue la moelleuse caresse de sa petite langue brûlante. Enfin, je l'avais toute à moi ! Des éternités passaient autour de nous, rapides et bienfaisantes, nous laissant à cette molle ivresse qui nous transfigurait. Et puis c'étaient des appels plus fervents : le flot de délice montait, nous emportant avec lui, sans cesse plus vite et plus haut. De suprêmes joies nous inondaient, si poignantes que par instants nous craignions d'y mourir. Et nos cœurs et nos chairs s'unissaient plus profondément, plus tendrement encore, secoués d'un commun vertige. Adorable angoisse, spasmes éperdus, minutes de sublime extase qui duraient des siècles[1] ! Et puis, c'était le repos, l'étreinte se desserrait, l'ineffable musique modulait sur des rythmes plus lents. Et puis c'était le sommeil avec ses rêves bleus[2] ; et c'était, au clair soleil du matin qu'elle ne pouvait voir sans moi, c'était mon Amie assise à mon côté, attendant mon réveil pour connaître l'heure, et pour retomber dans mes bras. Et tandis que se taisaient mes désirs, doucement rassasiés, la pitié reprenait possession de mon cœur, y ramenait un nouvel amour[3].

Voilà, Monsieur, quelle était ma vie pendant ces mois de printemps où mes amis m'accusaient de m'abrutir tout à fait, à passer mes heures comme je les passais, oisif et solitaire, sur mon canapé.

Mes amis ni personne ne savaient quelle royale compagne je m'étais élue, qui avait fermé ma pensée au reste des choses pour y régner d'un pouvoir plus complet. Oui, je puis dire que, à toute minute jour et nuit, j'ai vécu près de trois mois dans

1 L'expérience de la musique, « qui est reproduction de la volonté au même titre que les Idées elles-mêmes » (*Le Monde…*, Livre III, § 52, *op. cit.*, p. 329) et l'intuition du corps propre, « vérité philosophique par excellence » (*op. cit.*, Livre II, § 18, p. 144) puisqu'elle établit l'identité avec la Volonté dans une connaissance immédiate, sont deux des trois expériences que Schopenhauer place au sommet de l'existence et que Valbert réunit dans sa relation à Amie.

2 L'expression « contes bleus » est utilisée pour parler d'une illusion, d'un récit incroyable. Elle est peut-être dérivée des contes bleus ou « récits fabuleux », allusion à l'ancienne bibliothèque bleue, collection de colportage constituée de romans d'aventure réécrits et adaptés jusqu'à l'époque romantique.

3 Valbert donne un aperçu des trois « antidotes » [selon le mot de Gourmont dans « Dernières conséquences de l'Idéalisme », *La Culture des Idées* (1900), Paris, Mercure de France, 1910, p. 260] que propose Schopenhauer pour permettre à l'homme de dépasser la souffrance par l'intuition de la Volonté : l'art – et plus particulièrement la musique –, la pitié – ou compassion –, et l'expérience du corps propre, dans l'amour physique. Si l'art et le corps ne sont que des « antidotes » momentanés, la compassion, chez Valbert comme chez Schopenhauer, constituera l'unique cadre moral possible. Wyzewa représente une posture morale partagée par sa génération, de France à Mirbeau en passant par Schwob, qui dans la préface à *Cœur double*, montre le mécanisme de désindividualisation qui conduit à la pitié.

l'unique société de cette Amie sans nom, fée surgie tout à coup du plus profond de mon cœur et maintenue vivante à mes yeux par un bienheureux prodige que je ne parviens pas à comprendre. Je ne la voyais pas à toute minute, mas je la sentais autour de moi, comme si elle eût été dans une chambre voisine, prête à me rejoindre au premier appel[1].

Et c'était surtout le soir que je l'appelais. Je dormais jusqu'à midi ; après le déjeuner, je jouais du piano, ou je lisais, ou je taquinais mon chat, ou bien c'était une visite à subir : mais le soir était tout à l'amour. Parfois je restais jusqu'au matin sur mon canapé, parfois je me mettais au lit dès huit heures, pour laisser mon rêve se dégager plus à l'aise. Mon rêve ! Était-ce donc un rêve, cette apparition qui m'a si longtemps enchanté l'âme et les sens, si vivante, si constamment la même dans le changement de ses formes, et si bonne, si pleine des étranges vertus qui pouvaient me toucher ? Pour moi, en tous cas, elle était plus réelle cent fois qu'aucune des femmes que j'ai connues dans ce qu'on nomme la réalité. Seule de toutes mes maîtresses elle a été réelle pour moi : les autres n'étaient rien que de vagues ombres qui se sont enfuies dès que j'ai voulu les saisir. Celle-là ne s'est pas enfuie. Bonne d'une bonté surhumaine, elle m'a tout livré d'elle, pour toujours. Et c'est encore moi qui l'ai chassée, Monsieur, celle-là aussi ; et combien follement, et dans quelles pitoyables circonstances !

---

1 Le fantasme d'une suggestion verbale capable d'évoquer la vie est mis en scène dans plusieurs récits proches du symbolisme, comme *Sixtine*, *Le Fantôme*, ou *Les Chevaux de Diomède* chez Gourmont, *La Course à la mort*, d'Édouard Rod, *Penses-tu réussir !*, de Tinan, *En décor* de Paul Adam ou encore *La Force du Désir* de Krysinska. Wyzewa contribue à la mode ésotérique, mystique ou magique (les termes étant interchangeables pour les artistes fin-de-siècle), en donnant un article à la *Revue indépendante* sur « La Suggestion et le spiritisme », t. II, février 1887, dans lequel il affirme : « Tout est possible, dès que ton esprit peut le concevoir; et tout est réel, dès que ton esprit a plus de motifs pour le vouloir que s'y refuser », p. 222-223. Sur ce point, voir Sandrine Schianno-Bennis, *La Renaissance de l'idéalisme…*, *op. cit.*, p. 496-501.

Apprenez donc que l'été passé, et malgré qu'il n'y eût point cette année-là de fêtes wagnériennes, j'ai senti l'étrange besoin de conduire mon Amie à Bayreuth, afin de partager avec elle l'enchantement de ce lieu béni. C'est que Bayreuth est pour moi quelque chose comme une patrie d'été. Il y a six ans que la première fois j'y suis venu, l'année de *Parsifal*[1], attiré déjà par le magique pouvoir de cette musique, dont un lointain écho m'avait bouleversé. J'y suis venu en véritable pèlerin, mendiant quasi d'étape en étape les petites sommes nécessaires pour continuer mon voyage. Et pas une fois depuis lors je n'ai pu résister à l'appel de ces bois et de ces collines, théâtre miraculeux où le grand drame éternel des couchers de soleil se joue tous les soirs devant moi avec un charme nouveau, comme si l'âme de Wagner s'était répandue dans la vallée de son choix, l'imprégnant à jamais de chants langoureux et de molles harmonies.

Idéale musique, toute née au profond de mon cœur, personne mieux que mon idéale Amie ne pouvait m'aider à l'entendre ! Aussi mis-je un soin extrême, dès mon arrivée ici l'été dernier, à me choisir un logement isolé et commode où il me serait aisé d'évoquer à toute heure le cher fantôme de ma bien-aimée. Fuyant les odieux hôtels, je louai, à l'extrémité de la Wagnerstrasse, sur le chemin de l'Ermitage[2], ces deux petites chambres que j'habite cette année encore, que j'habiterai encore, probablement, les années prochaines. Je les louai à une vieille dame, la veuve d'un officier bavarois, qui occupait avec sa fille les autres pièces du rez-de-chaussée. C'est précisément la fille de cette dame qui était venue m'ouvrir quand d'abord je m'étais présenté : une grande et belle fille, blonde avec des yeux bleus suivant l'usage du pays. Elle avait rougi à mes premiers mots ; un sourire un peu niais m'avait découvert ses dents, qui étaient longues, blanches,

1 *Parsifal* est joué pour la première fois à Bayreuth lors du second festival, le 26 juillet 1882.

2 L'Ermitage est le nom donné au château édifié par Georges Ier Guillaume de Brandebourg-Bayreuth entre 1715 et 1719, dans un faubourg de la ville.

et d'un style parfait. Et, tout de suite, j'avais résolu de demeurer dans cette maison, sans du reste penser à autre chose qu'à y installer mon Amie et tout mon bonheur avec elle.

Il m'arrive volontiers, l'après-midi vers trois heures, de prendre du thé. Et ce fut encore la fille de mon hôtesse qui, le jour de mon emménagement, vint me servir un énorme bol de soi-disant thé, sur un de ces énormes plateaux polychromes que vous connaissez. Elle avait joint au thé toute sorte de gâteaux et de fruits et aussi elle y avait joint le même sourire un peu niais qui découvrait ses dents. Ses mains étaient grosses et rouges, ses pieds s'abattaient lourdement sur le plancher, mais en dépit de tout cela je devinai aussitôt qu'elle n'était pas une fille comme les autres. Je fus étonné surtout de l'expression de ses traits. Non qu'il y eût sur ce visage régulier rien de bien séduisant, ni même de bien expressif ; mais j'y sentais un mélange bizarre de timide ingénuité et de hardiesse provocante ; et jamais, en effet, je n'ai retrouvé ce mélange à un tel degré. À tout moment elle rougissait avec de naïves manières enfantines, si bien que j'en vins à me demander si ce n'était pas une enfant, grandie et formée avant l'âge. Mais en même temps elle tenait levés sur moi ses yeux bleus, et mes questions les plus indiscrètes ne valaient pas à troubler l'audace pour ainsi dire effrontée de ses regards.

Le fait est, cependant, que je lui posai sur-le-champ les questions les plus indiscrètes. Sa vue avait suffi pour réveiller mes maudits instincts de psychologue. Quelle âme avait-elle ? Que pensait-elle de moi ? Je me promis de le savoir. Étendu à demi sur le beau divan de velours rose où j'avais donné pour le soir rendez-vous à mon Amie, longtemps je gardai la pauvre petite allemande debout devant moi. Elle-même d'ailleurs, c'était trop clair, ne demandait qu'à rester. Je lui dis qu'elle était jolie, que sa robe mauve lui seyait, que je préférais pour les blondes les nattes aux chignons. Je lui dis encore mille petites niaiseries de ce genre, qu'elle parut écouter avec un intarissable plaisir. Mais elle ne répondit rien, ne cessa pas de rougir, de joindre les mains comme une enfant timide, et de me regarder dans les yeux de son grand regard effronté. Par instants il me semblait que c'était une fille d'âge et d'expérience, accoutumée en quelque sorte à considérer son corps comme l'un des meubles que sous-louait sa mère, et à tomber tous les étés dans de nouveaux bras. Mais lorsqu'ensuite je l'interrogeais, son attitude était plutôt d'une fillette échappée de pension. J'eus beau lui présenter tour à tour les sujets de conversation les plus divers, aucun ne l'intéressait, ni ses études, ni les plaisirs de Bayreuth, ni Wagner, ni même la pâtisserie. À peine si elle répondait d'un oui ou d'un non : on aurait cru qu'elle n'entendait pas, absorbée dans sa double occupation de rougir et de me dévisager. Si bien que je fus ravi de la voir enfin sortir ; mais dès qu'elle fut sortie, je commençai à désirer de la revoir encore. Qui était-elle ? Que pensait-elle de moi ? Je saurais bien la forcer à me le révéler.

Ce fut elle, de nouveau, qui, le soir, m'apporta le dîner. Elle vint avec le même plateau, où elle avait rangé cette fois, d'un seul coup, les trois plats et la carafe de bière. Elle continuait de sourire, de rougir et de joindre ses mains en de petits gestes d'enfant ; mais elle ne me regardait plus, et dès qu'elle me crut disposé à la questionner, elle s'enfuit, me souhaitant, comme il est d'usage, bon appétit pour le dîner, bon sommeil pour la nuit, bon réveil pour le lendemain matin.

J'avais acheté, en passant à la gare de Nuremberg, une traduction allemande de *Dombey père et fils*[1]. L'angélique figure du petit Dombey me fit oublier, ce soir-là, mon rendez-vous avec mon Amie. Je me couchai à minuit, résolu à lire encore une heure ou deux dans mon lit ; et un moment après je dormais, sans avoir même songé à consoler d'un baiser l'idéale compagne que je portais en moi. Ce fut là, j'imagine, mon véritable crime envers elle, celui dont elle m'a ensuite si cruellement puni.

1 Comme Valbert, Teodor maîtrisait parfaitement l'allemand. Ce roman de Dickens, paru en 1848, est peu connu en France. Roman construit autour d'un personnage orgueilleux qui ne sait pas reconnaître l'amour, il pourrait souligner le propre aveuglement de Valbert, enfermé dans son narcissisme.

Ainsi je dormais, commodément enchâssé, à la bavaroise, entre deux édredons, lorsque je fus soudain réveillé par un bruit, comme de légers coups à la porte ; et je n'avais pas encore rallumé la bougie, que je vis la porte s'ouvrir. La fille de mon hôtesse était debout près de mon lit, en chemise, pieds nus, les cheveux dénoués.

Elle me parut en vérité plus belle infiniment qu'elle ne m'avait semblé dans le jour. Ses formes étaient pleines et nobles ; je sentais frémir sous sa chemise une chair jeune, rose, parfumée ; et ses longs cheveux blonds se répandaient en folles tresses sur ses épaules, entourant comme d'une couronne fantastique son grand visage timide et hautain. Telle je la vis, d'un rapide coup d'œil ; un mouvement instinctif me fit étendre les bras vers elle, et tout de suite elle s'y jeta collant ses lèvres sur mes lèvres.

Elle grelottait sous le froid de la nuit. Je lui ménageai une place près de moi dans le lit, et, toujours sans nous dire un mot, nous recommençâmes à nous manger de baisers. J'étais trop surpris, trop heureux peut-être, pour songer à lui parler ; elle, de son côté, évitait même de lever les yeux ; elle me tenait embrassé, son beau jeune corps frémissait dans mes mains, ses lèvres restaient collées à mes lèvres. Elles étaient rouges et brûlantes, de grosses lèvres d'amour, comme des coussins de baisers.

On se fatigue de tout, moi du moins, car ma nouvelle amie semblait infatigable dans son tendre zèle. Aussi, la voyant obstinée à ne me rien dire, je retournai, sans plus tarder, à mes méditations psychologiques. Et un profond mépris m'envahit, devant cette dépravation précoce, ce grossier abandon, cette conception toute matérielle du bonheur et de l'amour. Je pensai cependant que je serais bien sot et même aussi un peu ridicule, de ne point profiter d'une occasion qui s'offrait si aisée. Et je me mis en devoir d'accorder à l'impétueuse créature la satisfaction suprême qu'elle paraissait désirer.

Jugez donc de ma surprise lorsque je reconnus à des signes certains que j'avais dans mon lit une fillette ignorante et pure, qui concevait, en effet, l'amour et le bonheur d'une façon toute matérielle, mais seulement comme un échange indéfini de serrements de mains et de baisers sur les lèvres. Peut-être avait-elle entendu dire qu'il était plus doux de s'aimer la nuit, et en tête-à-tête dans un lit ; mais elle ne savait, elle ne voulait savoir rien de plus. Et pendant deux heures elle se tint ainsi à demi nue, serrée contre moi, sans me dire un seul mot ni me regarder.

Un autre, à ma place, aurait sans doute jugé que cette ingénuité était un embarras plutôt qu'une vertu chez une jeune fille aussi expansive. Mais avec tous mes vices, voyez-vous, je garde dans ces matières une sorte de probité dont les tentations les plus fortes ne parviendraient pas à me départir. C'est ainsi que l'idée de l'adultère m'a toujours fait horreur : il n'y a pas une forme du vol que je ne mette au-dessus de celle-là. Et pour des scrupules du même ordre je me suis tout de suite interdit de sacrifier à quelques secondes d'un vain plaisir sensuel la destinée de cette malheureuse, qu'un funeste vent de démence avait jetée dans mon lit.

Mais plus était ferme ma résolution, mieux j'en sentais le mérite, et aussi tout ce qu'il y avait de fâcheux dans mon aventure : de sorte que mon mépris ne tarda pas à se changer en une vive colère, si vive que je n'eus guère la force de la dissimuler. L'enfant, d'ailleurs, aurait mis à bout la patience la plus têtue. J'eus beau lui représenter le danger qu'elle courait, j'eus beau lui dire que mon voyage m'avait fatigué, et que maintenant je voulais dormir. Sans doute elle ne m'entendait pas, car elle continuait à me ternir embrassé. Parfois elle souriait, puis de grosses larmes coulaient sur ses joues. Et sa chaude haleine me brûlait. Enfin, désespérant de la congédier, je feignis de dormir : elle se releva, colla une dernière fois ses lèvres sur mes lèvres, éteignit la lumière, et s'enfuit.

Si elle était restée, je crois que je me serais vraiment endormi ; mais elle emporta, en s'en allant, ma part de sommeil pour cette nuit-là. Jusqu'au matin, je me retournai dans ce lit tout battu, qu'enfiévrait encore le feu de sa jeune chair. Je revoyais tous les détails de la scène, et je songeais, je songeais, tâchant à modérer le tourbillon pressé d'images, de sentiments, de projets qui tournoyait devant moi. Je découvris alors que mon impression dominante n'était plus la colère, mais, comme tant de fois déjà, la honte ; et il me parut même que jamais auparavant je ne m'étais comporté d'une aussi détestable façon. Voilà donc comment j'avais répondu à l'amour de la première femme qui m'avait aimé ! Mon Amie et tous mes autres rêves, ce n'était rien, au fond, que les expressions de mon intime désir, d'être aimé ; et voilà comment je profitais du miracle qui avait réalisé mon intime désir ! J'eus dégoût de moi-même. Je résolus d'offrir tout de suite ma main et mon cœur à cette jeune fille, par expiation.

Non, pourtant, jamais je n'aurais le courage de lui offrir mon cœur, ni ma main ! Elle était trop sensuelle, trop exclusivement assoiffée de baisers. Comment espérer que je la garderais longtemps toute à moi, avec cette humeur insatiable, et cet inquiétant mutisme, et ces rouges lèvres d'amour dont je sentais encore la brûlure ?

Créature terrible ! me disais-je ; et je songeais ensuite que c'était surtout une pauvre créature. Elle m'avait pris pour l'incarnation de Dieu sait quels rêves éclos dans sa folle tête d'enfant. Elle était venue chercher auprès de moi des consolations tendres, quelqu'une de ces douces paroles qui réchauffent le cœur des jeunes filles, et agrandissent leurs yeux. Si un chien s'était attaché à moi d'un attachement aussi parfait, je l'aurais recueilli, choyé, je l'aurais aimé. Et, elle, avec quelle cruauté je l'avais congédiée ! Étais-je donc à jamais méchant, moi qui n'avais de goût que pour la bonté[1] ? Je me rappelais le baiser d'adieu qu'elle

---

1 Interrogation qui préoccupera toute sa vie Wyzewa. À Barrès, vers 1890 : « Je suis vraiment d'une lacheté (sic) où il doit entrer une forte part de bassesse », BNF, Fonds Barrès, lettre de Wyzewa à Barrès, n 35 ; À sa femme défunte, en 1902 : « Voilà, mon ange, comment ta bienheureuse influence agit sur la méchante, rancunière et cruelle nature qu'il y a, je crois, tout au fond de moi ! », *Journal*, *op. cit*, notation du 21 octobre 1902.

m'avait laissé sur la bouche, me croyant endormi. Et je ne l'avais pas reprise dans mes bras, je n'avais pas trouvé un sourire pour la remercier ! Je me rappelais son timide sourire, je me rappelais ses larmes, que je n'avais pas même essayé de tarir. Pourquoi avait-elle pleuré ? Pourquoi s'était-elle obstinée à ne point parler ? La malheureuse ! Cependant je ne l'aimais pas : après ce qui s'était passé, je ne pouvais plus l'aimer !

Voilà, Monsieur, quelques-unes des tristes pensées qui me harcelaient, tandis que je me retournais dans mon lit, comptant les heures, désespérant de voir arriver le matin. Et à côté de mon remords et de ma honte de moi-même, un autre sentiment se dégageait, grandissait en moi : une immense pitié pour cette enfant qui m'avait cru capable de l'aimer.

Ma pitié grandit encore, les jours suivants, lorsque je connus l'histoire de la pauvre fille. Son père, l'officier bavarois, était mort d'alcoolisme, après vingt ans d'une horrible fureur ; et sans doute Lischen avait été conçue dans une nuit mauvaise, car, avec l'épanouissement splendide de ses formes, qui, à seize ans, faisait d'elle une femme, elle gardait un petit cerveau de bébé. On avait eu grand'peine à la faire parler ; elle ne savait quasi point lire ; de rien au monde elle n'était curieuse, sinon de tendres caresses. Et jamais elle n'avait obtenu, en fait de caresses, que des reproches, des moqueries, des coups. Et il avait suffi de mon sourire, quand je lui étais apparu sur la porte de sa maison, du ton bienveillant de mes questions, pour la précipiter dans mes bras. Elle s'était figuré que je devinais sa peine ; dans la noire solitude qu'elle sentait autour d'elle et en elle, il avait suffi de mon premier regard pour me la conquérir.

Je ne vous dirai pas les ennuis que m'a valus cette triste conquête. Au lieu de quitter aussitôt la maison et le pays, comme j'aurais dû le faire, je suis resté, je me suis juré d'être pour Lischen le fidèle et compatissant ami que désirait son cœur. Je suis resté, je me suis laissé aimer, assidu à recevoir et à rendre les baisers, m'efforçant de cacher mes impatiences sous des sourires indulgents. Mes intentions étaient pures, pas un moment je ne me suis complu dans l'égoïste jouissance de respirer le parfum de cet amour printanier. Je souffrais, et je ne voulais que souffrir, pour donner à la malheureuse enfant l'illusion d'un parfait amour. Mais je me refusais à prévoir les effets de ma conduite : je chassais obstinément de mon esprit l'idée de mon prochain départ, et de tout ce que je déposais en réserve de chagrins et d'angoisses dans une âme si naïve, pour ce moment-là.

Il me fallut bien pourtant aborder ces importunes pensées ; car, deux semaines environ après mon arrivée, je me trouvais si fatigué du rôle que je jouais, et des caresses de Lischen, et de ses silences, que je résolus de partir. Pas une seule fois je n'avais pu mander devant moi mon idéale Amie. Je perdais mon temps, je m'ennuyais ; mes amis, s'ils avaient pu me voir, se seraient ri de moi. Et cela n'avait déjà que trop duré. Un soir donc où la jeune fille m'avait semblé plus lourde à supporter encore que d'ordinaire – lourde en toute façon, car elle s'était installée en permanence sur mes genoux pour m'embrasser plus à l'aise, – je lui déclarai qu'une lettre pressante m'obligeait à la quitter dès le lendemain matin. Elle s'affaissa sur le divan ; je la vis pâlir, fermer les yeux, je crus qu'elle allait s'évanouir. Et je lui promis de rester. Et je restai.

Je restai plus d'un mois, jusqu'au milieu de septembre, sans autre occupation que de consoler cette jeune chatte amoureuse, sans autre pensée que de la maudire, et de songer aux moyens de me délivrer d'elle. À toute heure, depuis le déjeuner jusqu'au souper[1], souvent même la nuit, je l'avais chez moi, assise sur mes genoux, me regardant de ses grands yeux immobiles.

Sa mère, les premiers jours, avait essayé de la gronder ; mais ni les gronderies de sa mère, ni les miennes, elle ne daignait seulement les entendre. Pour toute réponse à mes remontrances, elle

---

1 Wyzewa adapte son propos à la coutume allemande et campagnarde, qui veut que l'on déjeune le matin et que l'on termine la journée par le souper.

me donnait sa main à baiser ; et puis, avec un étrange sourire mêlé d'ironie et de tendresse, elle me répétait sans arrêt : *Ach, du, mein lieber Papsack !*

« Papsack » était un nom d'amour qu'elle avait inventé pour moi. Parfois elle le variait à sa guise, m'appelant Rapsack, Schapsack, Lapsack[1]. Parfois elle y substituait les noms de tous les objets qu'elle voyait dans ma chambre, et de tous ceux qui lui passaient par l'esprit. Elle m'appelait alors, *sa chère table, son cher cahier de musique*, et moi-même, amusé à ce jeu, tour à tour je lui donnais des noms d'objets divers : c'était un de nos plus grands plaisirs. Un autre était de faire des réussites avec de vieilles cartes qu'elle avait dérobées à sa mère. Ou bien elle me demandait de lui raconter des histoires, qu'elle écoutait longtemps, longtemps, sans chercher à les comprendre, avec une patience infinie. Mais toujours c'était son refrain : *Ach, du, mein lieber Papsack !* qui donnait le signal de la vraie fête ; et la vraie fête, c'était toujours de nous embrasser. Si bien que, dans les derniers jours de septembre, je crus très sérieusement qu'il ne me restait plus qu'à me tuer. J'étais énervé, épuisé, tout à fait à bout de pitié. Je ne voyais plus dans la pauvre Lischen qu'une méchante petite bête, acharnée à me poursuivre de ses taquineries. J'employais mille ruses pour la détourner de mon chemin. Mais avec tout cela je ne pouvais me résigner à lui annoncer mon départ : l'idée seule du chagrin qu'elle en aurait me déchirait le cœur. Il me semblait par instants que le plus sage moyen serait de la saturer de caresses : alors je me montrais patient, indulgent, parfaitement soumis à ses détestables caprices amoureux : je croyais qu'ainsi du moins je lui enlèverais le droit de se plaindre et de m'accuser. Et je m'apercevais ensuite que je me l'étais seulement attachée davantage : Et je me désespérais, furieux contre moi-même, contre elle, contre le monde entier. Voilà ce que j'avais gagné à vouloir

1 Ces noms n'ont aucune signification particulière. Variation sur le substantif *der Sack* (le sac), ils montrent combien l'esprit de Lischen est resté enfant.

pratiquer la pitié, cette haute vertu dont j'avais fait le but de ma vie, à défaut de l'amour.

Et je rougis d'avoir à vous raconter par quel honteux subterfuge je réussis enfin à me délivrer. Je dis à la malheureuse qu'une lettre m'appelait à Paris, cette fois sans rémission, mais seulement pour huit jours ; au bout de ces huit jours je reviendrais, je m'installerais à demeure auprès d'elle. Si encore elle avait hésité à me croire, si elle avait eu un doute, l'ombre d'un soupçon ! Abominable tromperie ! Mais en vérité je n'ai pas le courage de me la reprocher, car ma situation était trop affreuse, et jamais je n'aurais pu supporter la vue du chagrin de Lischen. Je lui écrivis le lendemain et les jours suivants. Je l'amenai, par degrés, à m'attendre un an, au lieu d'une semaine. Et, comme vous le voyez, j'ai tenu parole. Depuis un mois je suis ici avec elle[1] ; je vais rester quelque temps encore, et puis sans doute j'emploierai de nouveau la même ruse, et l'année prochaine je reviendrai de nouveau. C'est une chaîne que je dois désormais me résigner à porter. Elle me devient, du reste, de moins en moins lourde, par l'habitude que j'en prends ; et puis ma jeune amie, cette fois, paraît avoir beaucoup réduit ses exigences, soit que son âme rudimentaire ait enfin senti le mérite de mon amitié, soit qu'elle désire maintenant d'autres distractions, que je me refuserai toujours à lui faire connaître. Et je me demande avec un peu d'effroi si je ne vais pas à mon tour pâlir, et trembler, et souffrir, et la regretter, lorsque la froideur de mon attachement l'aura décidément rebutée.

Vous vous demandez sans doute dans le même temps, Monsieur, le rapport que peut avoir cette banale aventure avec l'histoire de ma divine Amie bien-aimée, et du bonheur d'amour qui me venait d'elle. Ce rapport, hélas ! je puis vous le dire, mais je ne puis vous

1 Le temps du récit rejoint ici celui de la narration. Valbert, au moment de sa narration, est donc lié à Lischen dans une parodie d'amour qui le rend malheureux, ce qui laisse déjà entrevoir que le reste du récit, à savoir l'année écoulée entre la première rencontre avec Lischen et le moment de la narration, ne lui apportera pas la félicité escomptée.

l'expliquer. À moins que vous ne vous contentiez de cette explication sommaire, dont il faut bien que je me contente moi-même : *Un hasard m'avait donné mon Amie ; un hasard me l'a ôtée*[1].

Car vainement, dès mon retour à Paris, j'évoquai mon cher fantôme, et je lui tendis les bras : lui, naguère si empressé à mes premiers appels, maintenant il y était sourd, et pas une fois depuis lors il n'a daigné revenir. Dieu sait pourtant combien je l'ai passionnément désiré, tous les moyens que j'ai employés pour vaincre ses refus ! Amie, bien-aimée Amie, pourquoi m'as-tu quitté, après m'avoir laissé de toi un si profond souvenir ? Pourquoi m'as-tu laissé ce souvenir cruel, qui ne sert qu'à raviver mon désespoir de t'avoir perdue ? Oui, Monsieur, son image est restée en moi aussi claire, plus claire, qu'aux adorables nuits où elle était vivante près de moi. Je n'ai qu'à fermer les yeux pour revoir sa douce figure, et pour entendre la douce musique de son âme. Mais je ne la vois, je ne l'entends, qu'à travers un voile[2], ou plutôt à travers le couvercle d'un cercueil. Elle demeure en moi tout entière, mais elle a cessé d'y vivre ! Tel est le prix dont elle m'a fait payer mon stupide projet de la conduire à Bayreuth, comme si Bayreuth et tous les lieux de la terre n'avaient pas été dans ma petite chambre de Montmartre, embaumés de son haleine, illuminés de son sourire !

---

1 La notion de hasard est schopenhauérienne et on ne s'étonnera pas de la retrouver chez Valbert : « Le monde humain est le royaume du hasard et de l'erreur, qui y gouvernent tout sans pitié, les grandes choses et les petites », *Le Monde*..., *op. cit.*, Livre III, § 59, p. 409. Faire appel à la notion de hasard souligne la nature aussi éphémère qu'incontrôlable de la contemplation, solution partielle ou « illusoire[s] antidote[s] », dira Gourmont dans « Dernières conséquences de l'idéalisme », *op. cit.*, p. 260.

2 Voile de la représentation, à travers l'image reconstituée d'Amie, contrairement à l'intuition immédiate qui s'imposait à lui auparavant. Le motif du voile renvoie à Mâyâ, ou « illusion » en Sanskrit, que les principales religions indiennes reconnaissent comme instance régissant la dualité de l'univers phénoménal. Schopenhauer, pratiquant les écrits védiques, va reprendre le motif pour illustrer la séparation entre le monde de la représentation, ou vision indirecte du monde, car médiatisée par les catégories *a priori* de la raison, et la Volonté. « Déchirer le voile » de Mâyâ signifie donc accéder à la vérité. Villiers de l'Isle-Adam en fait le sujet de son roman *Isis* (1862).

Il y a dans les contes de ma nourrice un jeune pâtre qui avait obtenu le secret de la langue des oiseaux. Mais un jour il tua un oiseau qui voulait en tuer un autre, et du coup toute sa science l'abandonna[1]. Il continuait à entendre parler les oiseaux ; mais il ne comprenait plus rien à ce qu'ils disaient. Par un enchantement pareil j'ai gardé mon Amie présente devant moi, mais j'ai cessé de pouvoir jouir de sa délicieuse présence. Je la contemple, je l'admire, je la regrette, mais j'ai cessé de pouvoir croire en elle.

Quel oiseau ai-je donc tué, pour mériter un si dur châtiment ? Car mon Amie ne s'est pas seulement enfuie à jamais de mes bras et de mon cœur, elle en a emporté aussi tous mes autres rêves. Vainement, la voyant si rebelle, j'ai essayé de rappeler du moins ces légères amantes qui naguère m'avaient aidé à l'attendre. Je m'installais des journées sur mon canapé, je contraignais mon esprit à l'unique idée d'un amoureux entretien ; et mon esprit s'échappait vers d'autres idées, et les ombres que j'évoquais ne se montraient que pour aussitôt disparaître, et je me retrouvais seul, épouvantablement seul, anéanti sous mon misérable effort à étreindre des nuées.

Et ce n'est pas seulement mes rêves que mon infidèle Amie a emportés avec elle. Elle a emporté mon cœur tout entier ; par sa faute, j'ai fini d'aimer. Ni à mes rêves, ni aux choses de la vie réelle je n'ai plus la force de croire. Et que je me renferme dans ma pensée ou que je me mêle à la société des hommes, j'ai toujours l'impression comme d'un songe lointain et confus, où les formes des objets s'altèrent, s'effacent, dès que je veux les atteindre. Comment admettre la réalité de ces vaines ombres, quand l'image de mon idéale Amie est encore en moi si réelle ? Comment prendre plaisir au spectacle de ces ombres imparfaites, quand toute mon âme est pleine encore du souvenir de tant de perfection[2] ?

---

1 Variation sur l'épisode du moulin, que le jeune Valbert comme le jeune Teodor ont tous deux brisé, portés par une curiosité malheureuse. On pense aussi, bien sûr, à « La Poule aux œufs d'or » de La Fontaine et au conte d'Andersen, « Le Rossignol et l'Empereur ».

2 Dans une rhétorique très platonicienne, commune dans la littérature symboliste, Valbert évoque la distorsion existant entre le monde de la représentation, dans

Lorsque j'ai retrouvé au Moulin-Rouge ma petite Marie, l'hiver passé, elle n'était plus rien qu'une fille, et c'est ce qui m'a empêché de mettre ma vie à ses pieds. Mais avec tout le chagrin que je vous ai dit, il y a eu des heures où je me suis réjoui du changement fatal que je découvrais en elle. Si elle était restée la Marie d'autrefois, certes je ne l'aurais pas traitée de la même façon qu'autrefois. Occupé seulement de la servir et de lui rendre hommage, je n'aurais pas exigé son amour en échange de mes soins. Tout orgueil s'est effacé de mon âme, peu à peu, et avec l'orgueil s'en sont allées la haine, la jalousie, la cruauté, qui ne me venaient que de lui. Si Marie était restée la surnaturelle princesse d'autrefois, je n'aurais plus exigé son amour ; mais je me serais cru obligé à lui offrir le mien, et je n'aurais pu le lui offrir, car j'avais perdu le pouvoir d'aimer.

– Imaginez un musicien qui, ayant négligé toute sa vie d'entendre *Parsifal*, éprouverait enfin l'impérieux besoin de l'entendre, et qui s'apercevrait alors qu'il est sourd, et que toute musique désormais a cessé pour lui. Monsieur, je suis pareil à ce musicien ! Toute ma vie j'ai désiré Dieu sait quelles chimères, la gloire, l'intelligence, la domination. J'ai désiré d'être aimé, ce qui était bien la chimère la plus chimérique. Aujourd'hui je ne désire plus que d'aimer. J'ai renoncé aux joies de l'action, aux joies de la pensée ; dans le sommeil de mes sens et de mon cerveau j'ai senti s'éveiller mon cœur. Et je ne trouve personne que je puisse aimer.

Dans une accueillante maison de Provence où j'ai demeuré ce printemps, j'ai rencontré trois jeunes filles, trois sœurs, qui du premier coup d'œil me sont apparues l'incarnation vivante de mon idéal féminin[1]. Toutes trois étaient blondes, élégantes, gra-

---

lequel se meuvent de vains fantômes, et une réalité supérieure, dont Amie est la manifestation.

1 Durant l'été 1892, au moment où il écrit *Valbert*, Wyzewa fait la connaissance des trois filles du peintre Félix Terlinden. Alors qu'il courtise l'aînée, il apprend qu'elle est engagée ailleurs, s'apprête à demander la main de la seconde puis découvre la cadette, qui deviendra sa femme.

cieuses, avec ce bon sourire ingénu qui a fini par devenir pour moi l'unique beauté vraiment belle. Je les savais pauvres, je savais que toutes trois dédaignaient les plaisirs du monde, et que leurs âmes étaient de celles que la vie ne saurait flétrir. L'aînée avait vingt ans, la plus jeune seize ; elles étaient sérieuses comme des femmes et rieuses comme des enfants. Leur vue me donna l'impression d'un asile discret et sûr où m'attendait le repos. Huit jours il me sembla que mon malheureux cœur s'était rouvert à l'amour. Je courais, je riais avec ces délicieuses jeunes filles : elles chantaient et je les accompagnais ; elles vivaient et je les regardais vivre ; je prenais ma part du matin d'avril qu'elles étaient. La nuit je rêvais d'elles ; le jour, je m'ingéniais à les divertir, et toutes mes pensées n'étaient que pour elles. Quelles fleurs n'avons-nous pas cueillies, les anémones des champs, les violettes des bois, les étoiles des cieux[1] !

Mais un soir l'idée me vint de me choisir une femme parmi ces trois jeunes filles ; et ce fut comme si de nouveau je m'étais éveillé, après un rêve trop charmant. Car je m'aperçus que ces jeunes filles m'avaient séduit parce qu'elles étaient trois, et si différentes l'une de l'autre, et pourtant si pareilles ! J'avais aimé le groupe de leurs trois figures, la douce harmonie de leurs trois sourires[2]. Je les examinai séparément, avec un désir passionné de découvrir la plus aimable, et chacune, à tour de rôle, me parut seulement la plus déplaisante. Je vis que chacune était pauvre

---

1 Anémones et violettes font partie du patrimoine poétique depuis la poésie bucolique jusqu'aux tentatives symbolistes. *Sup.*, note 2, p. 174. Fleurs inédites, les étoiles des cieux pourraient faire référence aux vers de Hugo, dans « Crépuscule » (*Les Contemplations*, Livre II ; XXVI) : « L'étoile aux cieux, ainsi qu'une fleur de lumière ». La référence à ces images convenues de la poésie amoureuse pourrait être interprétée dans le sens de « conter fleurette à ».

2 L'obsession d'un idéal féminin impossible à rassembler en une seule femme est l'un des motifs repris dans la seconde œuvre autobiographique de Wyzewa, *Le Cahier rouge ou les Deux Conversions d'Étienne Brichet*, *op. cit.*, p. 27-28 : « Cependant, je n'avais réussi – je le jure – à aimer pleinement aucune de ces amies, et cela parce que, tout en se ressemblant l'une à l'autre, aucune d'elles ne ressemblait assez à mon portrait intérieur de la bien-aimée ».

d'âme plus encore que d'argent; une gentille poupée qui m'ennuierait, et s'ennuierait de moi après un an de mariage. Et les deux autres, à tour de rôle, je les voyais si préférables! Non, je ne pouvais songer à choisir l'une d'elles[1]! C'était elles trois que j'aimais, le gracieux mélange de leurs trois chansons; ou plutôt à elles trois elles n'étaient qu'une seule chanson. Séparées, elles n'avaient plus rien pour me plaire. L'aînée faisait voir trop de goût pour l'ordre et la régularité, mon indolence l'eût fâchée; une autre parlait trop vite; la troisième n'avait que seize ans, et quelque chose dans ses yeux disait un cœur trop mobile. Et je me suis enfui, craignant que l'habitude de les examiner l'une sans l'autre ne finit même par m'empêcher de les aimer toutes ensembles, et de garder au moins l'odorant souvenir du matin d'avril qu'elles étaient.

Et je revins à Paris, et je continuai à chercher l'impossible jeune femme que je pourrais aimer. Je l'ai trouvée, cette jeune femme, grande, pâle, grave et souriante, telle tout à fait que je la rêvais. Hélas! il eût mieux valu que je ne la visse jamais! Car c'était la femme d'un de mes amis : depuis huit jours à peine elle était mariée lorsque je l'ai connue. Il me sembla que, sans me connaître, elle aurait dû m'attendre, comme moi-même depuis tant d'années je l'avais attendue. Et je fus navré de voir un autre homme occuper ce cœur généreux et doux, où j'aurais été si à l'aise! Son mari était jeune, beau, ardent à la vie[2]. Il était mon ami, et sa

---

1 Ayant perdu la faculté d'agir selon son instinct, Valbert souffre d'une maladie de la volonté, que la fin du siècle met en scène. On la retrouve chez Gourmont, où le personnage d'Oury décrit le mécanisme qui le condamne à l'inaction : « Plus je vais, plus me manque la force initiale. Je puis tout continuer, je ne puis rien commencer. Entre la volonté et l'acte, un fossé se creuse où je tomberais en essayant de le franchir : c'est une impression physique », *Sixtine*, *op. cit.*, p. 191.

2 Wyzewa admirait Jeanne Couche, la jeune femme de Maurice Barrès, épousée en 1891. Sur la foi de rumeurs rapportant que Wyzewa se vantait d'avoir séduit Mme Barrès, Maurice Barrès rompit avec son ancien ami. On peut supposer qu'il s'agit ici d'un écho lointain de cet épisode, d'autant que dans l'exemplaire de *Valbert* appartenant à Jeanne Couche et reçu dès sa publication, en 1893, ce passage est discrètement souligné; voir l'exemplaire conservé à la BNF, cote Z Barrès 27 550.

femme n'était rien qu'une étrangère pour moi. Pourquoi donc n'ai-je point cessé, depuis lors, de m'écarter de lui, et peut-être de lui garder un peu de rancune, sous mon amitié ? C'est sans doute que je lui reproche de ne point savoir apprécier, autant que je l'aurais fait à sa place, la surnaturelle beauté de cette âme qui s'est offerte à lui. Mais n'est-ce pas aussi que je l'accuse en secret d'avoir accepté un hommage qui n'aurait dû revenir qu'à moi ? Et suis-je donc condamné à ne désirer que le bien des autres, un bien que mille scrupules, par ailleurs, me défendront toujours d'approcher ? Et si j'avais rencontré cette adorable jeune femme plus tôt, et s'il m'avait été permis de l'aimer, me serait-elle apparue déjà telle que maintenant je la vois, aurais-je comme maintenant découvert en elle le miraculeux assemblage des seules grâces qui me plaisent ? Vous m'avez demandé ce que c'était que l'amour : qu'est-ce que l'amour, en vérité ? Nous nous agitons à travers la vie sans rien savoir des autres ni de nous-mêmes ; notre pensée nous trompe, nos cœurs sont pleins de ténèbres ; et nous n'avons de force que pour souffrir ou pour faire souffrir[1].

J'ai rencontré à quelques jours d'intervalle deux jeunes femmes dont le sourire m'a séduit. Le sourire de l'une était dans ses yeux, ses bons yeux bleus naïfs et tendres, qui semblaient promettre une reconnaissance infinie à qui voudrait les aimer. L'autre était blonde avec des yeux noirs[2], et je lisais sur ses lèvres un étrange sourire provocant et dédaigneux, comme si la mauvaise créature

1 La description de Valbert est proche de celle de Schopenhauer, qui insiste sur le fait que l'individu est le jouet d'une illusion dans la passion : « [...] l'instinct sexuel, bien qu'au fond pur besoin subjectif, sait très habilement prendre le masque d'une admiration objective et donner ainsi le change à la conscience ; car la nature a besoin de ce stratagème pour arriver à ses fins », *Le Monde*... Supplément au Livre IV, Ch. XLIV, *op. cit.*, p. 1290.

2 Valbert, dont l'idéale Amie était aveugle, est condamné à errer de regard en regard sans trouver le secret des yeux d'Amie. Yeux verts de Marie, noirs de Sarah, bleus de Lischen, auncun regard ne peut l'arrêter. Mais ce motif n'atteint ici ni la dimension obsessionnelle ni la portée macabre que nombre de romans décadents lui attribuent, mettant en scène des esthètes cherchant dans le regard de leurs amantes la couleur de la mort. Cette quête est celle du Duc de Fréneuse dans *Monsieur de Phocas* chez Lorrain, ou encore du héros de *L'Heure sexuelle* de Rachilde. On la

m'eût à la fois demandé mon amour et refusé le sien. Et j'ai essayé d'aimer ensemble ces deux jeunes femmes. Pour vaincre la froideur de l'une, je m'abaissais à mille feintes, je lui prodiguais les témoignages d'un désir passionné, je me forçais à éprouver ce désir ; et mon effort, plus encore que l'insuccès de mes démarches, m'accablait de tristesse. Et puis j'allais me consoler auprès de celle qui, doucement souriante, dès le premier instant m'avait abandonné son cœur : mais au lieu qu'elle me consolât, c'était moi qui, en dépit de moi-même, m'acharnais à la désoler. Je lui racontais les cruelles moqueries de mon autre maîtresse, j'étalais devant elle mon âme toute saignante. Je la prenais dans mes bras, et nous pleurions ensemble : mais je sentais qu'elle pleurait de ce que mes larmes ne fussent point pour elle ; et l'aveu que je lui faisais de mes remords achevait de la désoler.

Elle finit par se lasser d'une compassion si pénible : et vers le même temps sa rivale finit par se lasser de sa cruauté. Je pus enfin, d'un baiser de mes lèvres, effacer sur ses lèvres ce méchant sourire qui m'avait tant raillé ; je pus ouvrir ce cœur mystérieux que je m'étais cru à jamais fermé. Je l'ouvris ; et je reconnus aussitôt que c'était un cœur médiocre et banal, où rien ne se trouvait de ce qui pouvait me toucher. Pour la première fois, je m'avisai de la niaiserie de ma maîtresse, de son mauvais goût, de la lourdeur de ses hanches et de la vulgarité de ses mains. Et je découvris que celle qui m'avait coûté tant de larmes m'avait, au fond, toujours été moins chère que l'aimable et douce rivale que je lui avais sacrifiée. J'avais désiré son amour, je m'étais torturé de ne pouvoir point l'obtenir, mais je n'avais aimé en elle que son refus de m'aimer, et la source d'angoisses qu'elle était pour moi.

Vous m'avez demandé, Monsieur, ce que c'était que l'amour : ce que c'est, jamais je ne l'ai su, et vous voyez, par le récit de mes aventures, qu'il n'y a guère de chance maintenant que je le sache

---

retrouve dans le conte « Les yeux d'eau », dans les *Histoires magiques* de Remy de Gourmont.

jamais. Mais peut-être vous ai-je fait voir aussi combien mortellement je souffrais de cette impossibilité de connaître l'amour. Oui, c'est une souffrance que je porte en souriant, mais jour et nuit elle m'est présente, et un ulcère qui me rongerait la peau ne me ferait pas souffrir davantage. Car avec tout cela je n'aime que l'amour, je n'ai de goût, je n'ai de pensée que pour lui. Les autres hommes s'acharnent à la poursuite d'une idée, ou bien se divertissent dans les plaisirs des sens ; mais moi, les idées m'ennuient, et les plaisirs des sens me fatiguent sans me divertir. L'art lui-même, par l'exaltation qu'il me donne, ne fait qu'aviver mon désir d'amour[1]. Je veux aimer, j'ai besoin d'aimer ! Et quand une femme m'offre son cœur, je la dédaigne, m'apercevant aussitôt que c'est un autre cœur qu'il m'aurait fallu ! Et je suis seul, affreusement seul, et tous les jours je sens le vide s'étendre autour de moi !

Qu'ai-je donc fait pour mériter ce châtiment ? Malgré les mille ruses et folies dont je me suis accusé devant vous, je ne crois pas être pire que le reste des hommes : peut-être même suis-je meilleur que la plupart, j'ai en tout cas des intentions plus généreuses, un plus constant désir de bien faire. Et ce que je demande à la vie n'est point si exagéré que je ne puisse prétendre à l'obtenir. Je ne demande à la vie ni la fortune ni la gloire, ni de ces difficiles et précieuses conquêtes qui excitent l'ambition des âmes romanesques. Je voudrais seulement trouver une femme qui me permît de l'aimer ! C'est cela déjà, me semble-t-il, c'est cela que je

---

1 Loin de l'idée schopenhauérienne d'un art comme renoncement à la Volonté par la contemplation, le plaisir esthétique appelle désormais la vie et le plaisir érotique, théorie en vogue au tournant du siècle, notamment après les premières traductions de Nietzsche. Remy de Gourmont en donne un aperçu dans une réflexion sur « le succès de l'idée de beauté » : « L'idée de beauté a une origine émotionnelle, elle se ramène à l'idée de procréation. [...] La Beauté est si bien sexuelle que les seules œuvres d'art incontestées sont celles qui montrent tout bonnement le corps humain dans sa nudité. On veut seulement dire que l'émotion esthétique met l'homme dans un état favorable à la réception de l'émotion érotique. Cet état est donné aux uns par la musique, à d'autres par la peinture, le drame [...] », « Nouvelles Dissociations d'idées » (1901), *Le Chemin de velours*, Paris, Mercure de France, 1902, p. 142-143.

désirais aux temps lointains de mon enfance, lorsque j'importunais Mademoiselle Irène de mes sanglots et de mes baisers. Je la suppliais de faire que mon cœur se mit d'accord avec le sien, pour qu'ensuite nous n'ayons plus qu'à goûter l'immortelle délice de cette entente à jamais fixée. Mais ni Mademoiselle Irène ni personne n'ont daigné réaliser ce miracle. Je suis resté seul à travers la vie, déchu du rêve et séparé de la réalité, gardant toujours au fond de moi-même ce funeste besoin d'amour, dont je n'ai su user que pour souffrir et pour faire souffrir. Qu'ai-je fait pour mériter un tel châtiment ? Et qu'est-ce que l'amour ? Et quelle infirmité secrète porté-je dans mon cœur qui l'empêche de connaître l'unique bien dont il soit curieux ?

Le lecteur aura dû s'apercevoir que ce dernier récit de Valbert avait duré davantage que les précédents. Mais c'est de quoi Valbert ni moi-même ne nous apercevions : le malheureux était tout à son chagrin, et j'étais tout au chagrin de ne pouvoir lui rien dire pour le consoler. Quand la foule survenue nous avait chassés du restaurant, lentement nous avions gravi le petit chemin planté d'arbres qui, par-delà le théâtre, conduit à la Tour de Victoire. C'était là que, dix jours auparavant, la rencontre imprévue de Valbert avait éteint mon cigare[1]. J'avais espéré qu'en échange il me renseignerait sur l'amour, et voici maintenant que c'était à moi de le renseigner !

Tremblant d'émotion et de fatigue, il s'était arrêté au milieu du chemin. Et peut-être y serions-nous encore, à nous lamenter en silence, si l'appel lointain des trompettes du théâtre ne nous avait fait souvenir de *Parsifal*, qu'on allait jouer ce soir-là pour la dernière fois. Alors seulement nous découvrîmes que notre entretien avait trop duré, car le soleil s'était couché, et déjà quelques étoiles s'allumaient au ciel. Les deux premiers actes de *Parsifal* s'étaient joués sans nous : à peine nous pouvions espérer d'arriver pour le troisième.

---

1 Le lecteur sait désormais que les récits de Valbert s'étendent sur dix jours. Faut-il y voir une référence au *Decameron*, modèle canonique de récit encadré et série de variation sur un thème désigné à l'avance ?

Nous courûmes à toutes jambes ; et je crois bien que si nous avions manqué encore le troisième acte de *Parsifal*, j'en aurais gardé contre Valbert une rancune assez forte pour effacer en moi le souvenir de ses tristes récits. Mais nous arrivâmes à temps, et lorsque nous nous quittâmes, sur le seuil du théâtre, j'avais retrouvé toute ma compassion.

– Adieu donc, dis-je à Valbert, adieu, mon pauvre ami !

Déjà l'on avait fait la nuit dans le théâtre, lorsque j'y entrai. Je m'efforçai d'oublier Valbert et le reste des choses pour recueillir une fois de plus la bienfaisante délice de cette musique surnaturelle, dont les premiers accords doucement s'exhalaient des profondeurs de l'orchestre. Mais ces premiers accords m'arrivaient comme l'écho d'une plainte ; et malgré moi j'eus l'impression d'entendre encore les plaintives paroles de Valbert. « Pourquoi donc ne parvient-il pas à connaître l'amour, me disais-je, ce malheureux ? » Et à mesure que s'emmêlaient dans l'orchestre les thèmes si poignants de *Parsifal*, je voyais surgir devant moi les douloureux épisodes des récits de mon ami ; je les voyais, mais sous une lumière plus sereine et plus calme, comme si l'espérance de la Pâque prochaine eût un peu tempéré la mortelle angoisse du Vendredi Saint. N'était-ce pas un reflet de cette espérance bénie qui adoucissait la plainte du vieux Gurnemanz, la plainte de Kundry ? « Quel est donc le remède à la souffrance de Valbert ? » me demandais-je ; et la consolante musique me répondait : « Tu le sauras bientôt ! »

Et voici que toute plainte se tut : un flot divin de caresses inonda la terre et les cieux. Tous les cœurs autour de moi s'apaisaient, pâmés d'un tendre bonheur. L'adorable jeune homme était venu ; il avait reconquis, il ramenait à Montsalvat la lance sacrée. Debout dans sa longue robe blanche, tranquille et doux, sa seule venue avait suffi pour transfigurer la nature. C'était lui que célébraient maintenant, avec mille chansons si naïves, les oiseaux, les arbres, les fleurs, et ces voix mystérieuses qui s'éveillaient dans nos âmes[1].

---

1 Une autre figure, proche de Parsifal, intéressera Wyzewa après sa conversion. C'est

Toutes choses l'aimaient : et lui, d'un amour harmonieux et puissant, il aimait toutes choses. Il avait traversé le monde, il avait subi la faim et la soif et les dangers de mort pour ramener à Montsalvat cette lance divine, qui devait guérir Amfortas et tirer de leur peine les chevaliers du Graal. Cette lance qu'il avait reconquise, c'était le symbole du bonheur, d'un immuable bonheur enfin retrouvé dans l'amour. Et en lui et autour de lui s'épanouissait l'amoureuse joie. Par quel miracle avait-il donc découvert le secret du véritable amour ? Je me demandais cela, tandis que frémissaient tous mes sens, baignés par le grand flot de caresses de *l'Enchantement du Vendredi Saint.* Et c'est encore la consolante musique qui me répondit. Car de nouveau l'orchestre me chanta cette phrase d'une expression si profonde et si claire, la phrase sublime qui sanctifie, comme d'une auréole céleste, le dernier drame de Wagner : « *Durch Mitleid Wissend, der reine Thor !* » *le niais, l'imbécile, mais qui a le cœur pur et qui trouve toute science dans la compassion*[1]. Oui, je savais maintenant par quelle grâce s'acquiert le seul vrai bonheur dans l'amour. Il n'est donné qu'à ceux qui dédaignent de penser et qui renoncent à eux-mêmes, pour trouver toute science dans la compassion[2] !

Et je comprenais du même coup la raison qui avait toujours empêché Valbert de pouvoir me renseigner sur l'amour.

---

celle de Saint-François d'Assise auquel il consacrera plusieurs traductions. Voir à ce sujet notre introd., p 53.

1 Wagner précise, dans une lettre à Judith Gautier, le sens du nom de Parsifal : « Ce nom est arabe. Les anciens trouvères ne l'ont plus compris. "Parsi fal" : signifie parsi (pensez aux parsis, adorateurs du feu), – "pur" ; "fal" : dit "fou"(fol), dans un sens élevé, c'est-à-dire homme sans érudition, mais de génie [...] », Richard Wagner, *Lettres à Judith Gautier*, Paris, Gallimard, 1964, p. 66.

2 Nous avons déjà signalé comment l'histoire de Parsifal dominait celle de Valbert, en représentant une mise en abyme de la situation du jeune intellectuel. Dans cette perspective, on peut déjà penser que Valbert, comme Parsifal, découvrira le secret de l'amour dans le renoncement à une conception intellectuelle de la vie pour la compassion.

ÉPILOGUE

Où l'on verra enfin le chevalier Valbert sur le seuil du bonheur

Triste chose que la vie, si elle ne nous offrait au moins deux plaisirs : l'amour et la mort !
Ansiaume, *Petit choix d'idées*, p. 7

Sur la demande expresse de l'empereur d'Allemagne et du Régent de Bavière[1], il y eut de nouveau des fêtes wagnériennes à Bayreuth l'année suivante, en 1889. J'y assistai de nouveau ; et de nouveau il m'arriva, certain beau soir cette année-là, de manquer le second acte des *Maîtres Chanteurs* pour garder plus longtemps fraîche et vivante en moi la délicieuse impression que m'avait laissée le premier.

Et de nouveau, comme je conduisais lentement vers le petit bois mon cigare et mes rêveries, je m'entendis appeler ; et de nouveau, m'étant retourné, je vis le chevalier Valbert[2].

Dieu ! je voudrais pouvoir oublier l'étrange et douloureuse émotion que je ressentis à sa vue. Comme ses joues s'étaient creusées, comme son nez s'était aminci, comme son pauvre visage avait maigri et jauni, avec ces vilaines taches rouges sur les pommettes saillantes ! Deux grosses boules de verre, ses yeux, lui sortaient de la tête. La sueur découlait, en sillons parallèles, de son

1 Il s'agit de Guillaume II, empereur d'Allemagne dès 1888, et de Léopold de Wittelsbach, Prince Régent de Bavière à la mort de Louis II.

2 Reprise de la scène du Prologue, dans une structure circulaire qui referme le cadre du récit et apporte au lecteur la promesse d'un dénouement.

front ; et je vis que son front était devenu énorme, haut et large démesurément, comme si ses cheveux eussent reculé pour lui faire plus de place. Valbert, mon malheureux ami ! Et ce corps que je devinais si réduit, ces épaules pointues, cette main décharnée qui frissonnait de fièvre dans ma main.

– Mon ami, criai-je, qu'avez-vous ? Êtes-vous souffrant ?

Mais, au lieu de me répondre, Valbert se mit à tousser. Une toux lugubre, un terrible râle avec des hoquets, une plainte d'angoisse qui toujours montait du plus profond de sa poitrine, s'exhalait sur sa bouche en un flot d'écume sanglante.

Enfin la toux cessa. Valbert s'essuya la bouche, égoutta la sueur qui roulait dans son cou. Et alors seulement il put me répondre.

« Oh ! dit-il, ce n'est rien ! Un méchant rhume qui m'est venu l'automne passé et qui ne veut pas s'en aller. Mais ce n'est rien, ce n'est rien ! Je me porte à merveille. Ce n'est absolument rien du tout ! Et voici donc que je vous retrouve, mon cher ami ! Comme je vous ai cherché depuis un an, combien j'avais hâte de vous voir ! Mon cher ami, un miracle m'a transfiguré ! Je connais le bonheur, le repos, je connais l'amour ! Cette toux qui vous alarme, ce n'est rien ! Oui, mon ami, je connais l'amour ! Et je suis heureux, follement heureux, divinement heureux ! »

Et je vis, avec une joie mêlée d'épouvante, que Valbert disait vrai. Il était heureux. Le bonheur rayonnait dans ses gros yeux transparents. Le sourire de ses lèvres pâlies s'était comme purifié de toute amertume, pour devenir désormais un doux sourire plein d'espérance et de vie. Son blême visage d'agonisant m'apparaissait à présent si calme, si gai, si parfumé d'allégresse qu'une jalousie secrète me mordit au cœur. Avec sa toux, avec ses joues creusées et ses poumons déchirés, Valbert était follement, divinement heureux !

Nous nous assîmes sur un banc de la *Bürgerreuth* ; chaque pas lui coûtait trop d'efforts. Et voici ce qu'il me dit. À tout instant il s'interrompait pour tousser et souffler ; deux fois je crus qu'il allait mourir ; mais dans les intervalles de ses accès de toux, sa voix aussitôt reprenait chaude et claire, avec de singuliers accents de tranquille enthousiasme. Et la joie, la confiance, la vie rayonnaient dans ses yeux.

– Ami, disait-il, vous me croyez malade, et moi je suis tout au bonheur de me sentir guéri. Ce rhume n'est rien, il passera ; et en attendant je suis guéri d'un mal cent fois plus cruel, de cette impuissance à aimer[1] et à vivre dont je me plaignais il y a un an, dans ce même lieu où nous sommes, vous en sou-venez-vous ? Maintenant j'aime, je vis, je sais rire ; je comprends le langage des oiseaux dans les bois. Vous n'imaginez pas combien la vie est belle : je poursuivais des rêves, jadis, et maintenant c'est la vie qui m'apparaît comme le rêve le plus charmant. Et vous n'imaginez pas combien il est facile à rêver !

« Un miracle m'a donné ce bonheur. Mais c'est un miracle où vous avez eu votre part, mon ami, comme aussi ces aimables lieux, et la bienfaisante musique de notre cher Wagner. Vous vous rappelez comment nous nous sommes dit adieu, l'année passée, sur le seuil du théâtre. Je vous avais montré le fond de mon âme, mais c'est à moi surtout que je l'avais montré : jamais encore je n'avais vu si clairement les symptômes et les tristes effets du mal qui me ravageait[2]. Et à peine l'orchestre eut-il joué, ce soir-là, les premières harmonies du *Vendredi Saint*, qu'une surnaturelle lumière se répandit en moi[3]. Je n'avais fait jusqu'alors

---

1 Maladie morale partagée par la génération de 1890, l'impuissance d'aimer va donner le titre à un essai de Jean de Tinan, qui paraîtra un an après *Valbert*, en 1894 : *Un Document sur l'impuissance d'aimer*.

2 Les allusions explicites à Rousseau et Marmontel, implicites à Augustin, Musset ou Chateaubriand, situent les récits du Chevalier dans la tradition des *Confessions*, leur prêtant une dimension apologétique. Le roman symboliste de l'extrême-conscience revendique cette filiation, à l'instar de Remy de Gourmont qui fait dire à son héros, Hubert d'Entragues : « les premières histoires d'une âme, le premier roman analytique naquit spontanément dans le génie nouveau d'un esprit christianisé et ce fut saint Augustin qui l'écrivit : la littérature moderne commence aux *Confessions*. Elle doit y revenir », *Sixtine*, *op. cit.*, p. 260.

3 Si le récit de Valbert prépare l'esprit à l'intuition de la vérité, c'est la musique, art émotionnel et émanation de la Volonté, qui élève l'individu jusqu'à la contemplation de celle-ci.

qu'entendre et admirer *Parsifal*; pour la première fois je le compris. *Der reine Thor, durch Mitleid wissend*, voilà ce qu'il fallait être, et j'avais été précisément l'opposé de cela, et c'était l'unique origine de toutes mes misères. Mes yeux s'ouvrirent, une joie désormais immortelle inonda mon cœur.

«Oui, toutes mes misères m'étaient venues de ce que j'avais toujours pensé à moi-même, tandis que le secret du bonheur est de ne penser qu'à autrui. Ou plutôt le secret du bonheur est de ne point penser : car le premier et le dernier résultat de la pensée est de nous convaincre de notre existence, et de la non-existence des autres[1] ; tandis qu'il n'y a point de bonheur pour qui n'est point convaincu de l'existence des autres, et de sa non-existence[2]. J'avais essayé de voir, de sentir, d'aimer; ma pensée m'avait toujours condamné à ne voir à ne sentir, à n'aimer que moi seul. Abominable erreur, je vous ai dit toute l'angoisse où elle m'avait conduit Mon cœur avait soif d'amour, et ma pensée lui défendait de trouver personne à aimer.

«Il y a je ne sais quel philosophe qui s'est vanté d'avoir sauvé les hommes en déplaçant l'axe de la pensée, de façon à mettre l'esprit humain au centre des choses[3]. Ce triste baladin était trop

1 Dépasser le monde de la représentation implique de renoncer à soi en tant qu'instance de la représentation. La leçon de Valbert est anti-solipsiste et anti-narcissique, s'opposant au culte du moi qui fascine les romanciers proches du symbolisme.

2 Dans le langage de Schopenhauer, dont l'œuvre de Wagner est, selon Wyzewa, une «scolie», l'intuition de la vérité passe par la dissolution de l'individualité qui se reconnaît alors comme pure Volonté. Wyzewa avait déjà interprété ainsi la leçon de *Parsifal*, que son personnage fait sienne : «Parsifal renonce à vouloir, mais ce n'est point au profit de l'anéantissement boudhiste [*sic*] ; il renonce à l'égoïste plaisir, pour fondre sa vie, plus joyeusement, avec l'universelle vie», «Le Pessimisme de Richard Wagner», *Revue Wagnérienne*, *op. cit.*, p. 168.

3 L'imprécision de Valbert nous permet d'imaginer plusieurs noms, en premier lieu celui de Berkeley, qui fait partie des lectures du Chevalier et que l'on considère comme le père de l'idéalisme subjectif, mais il se pourrait qu'il s'agisse de Descartes, à qui Schopenhauer, et à travers lui les «schopenhauériens» de 1890, attribuent la vérité d'un monde comme représentation : «Le monde est donc *représentation*. Cette vérité est d'ailleurs loin d'être neuve. Elle a fait déjà le fond des considéra-

niais, je suppose, pour mesurer l'étendue de l'abîme où il jetait les hommes : et d'autres niais sont venus après lui, qui ont achevé le désastre. Mettre l'esprit au centre des choses, c'est supprimer le reste des choses : c'est se condamner à l'éternel tête-à-tête avec soi-même, et il n'y a point d'âme un peu généreuse qui puisse subir ce tête-à-tête sans un profond dégoût. Ma vieille nourrice m'a toujours affirmé que les femmes qui se regardaient trop longtemps dans un miroir finissaient par y voir, au lieu de leur figure, le diable avec toutes ses cornes ; et pareillement nous ne saurions regarder trop longtemps en nous-mêmes sans y voir le diable. L'âme qui n'a point d'issue au dehors ne peut manquer de se pourrir ; et une puanteur s'en exhale qui a failli m'asphyxier.

« *L'imbécile, mais qui a le cœur pur, et qui trouve toute science dans la compassion* : c'est le seul homme vraiment heureux[1]. J'ai toujours vécu en moi-même, j'aurais dû toujours sortir de moi et vivre en autrui. Alors j'aurais connu l'amour, j'aurais compris la beauté de la nature, la grâce des jeunes filles ; cessant d'être moi-même, j'aurais pu être, délicieusement, tout le reste des choses.

« Voilà, mon cher ami, ce que m'a révélé, quand je vous eus quitté, le troisième acte de *Parsifal*. Je me jurai de chercher désormais le bonheur à sa vraie source, qui était l'oubli de moi-même et la compassion. Et je n'eus pas de peine, en vérité, à tenir mon serment : car depuis longtemps déjà mon cœur était mûr pour cette conversion. J'étais las de moi-même, je haïssais mon esprit, j'aspirais à compatir. J'étais seulement emprisonné dans cette muraille de ma pensée, et quand j'étendais le bras pour saisir un

---

tions sceptiques d'où procède la philosophie de Descartes », *Le Monde...*, Livre Premier, § 1, *op. cit.*, p. 26.

1 L'anti-intellectualisme de Wyzewa débouchant sur la compassion et le renoncement à soi est à l'opposé du cheminement d'un Gide, par exemple, qui, convaincu lui aussi de l'erreur idéaliste, trouvera sa voie dans l'acceptation du désir. Dans *Paludes* (1895), Gide se moque du renoncement à soi incarné par Richard : « Vertu des humbles – acceptation ; et cela leur va si bien, à certains, qu'on croit comprendre que leur vie est faite à la mesure de leur âme. Surtout ne pas les plaindre : leur état leur convient ; déplorable ! », *op. cit.*, p. 107.

autre objet à aimer, mon bras heurtait la muraille, et je ne parvenais qu'à souffrir[1]. Mais c'était une muraille depuis longtemps vermoulue, et au premier effort je la vis tomber. Je me sentis enfin libre, mon ami, libéré de moi-même. Immense fut ma joie. Je respirais, je vivais, un univers enchanté s'offrait à mon cœur.

« Un univers de légers parfums, de couleurs délicates, de tendres chansons. Car cessant de m'intéresser à moi-même, je pus désormais m'intéresser à tout. Je compris que la beauté véritable n'était pas où je l'avais cherchée, dans ces misérables ouvrages de l'esprit des hommes qui seuls, jusque-là, m'avaient attiré. C'était moi-même encore que j'avais aimé dans les œuvres d'art ; j'y avais aimé l'originalité de mon jugement, la finesse de mon goût, mon aptitude à devenir l'égal de ceux dont je devinais si bien la pensée. Mais tout cela n'est que vanité[2] ; et quand j'y eus renoncé, l'éternelle beauté des choses enfin m'apparut[3]. Je vis qu'il y avait d'inépuisables, de prodigieuses délices dans la verdeur des plai-

---

1 Constat que fait toute la génération symboliste, à l'instar du héros de *Paludes* : « Que de fois, cherchant un peu d'air, suffocant, j'ai connu le geste d'ouvrir les fenêtres – et je me suis arrêté, sans espoir, parce qu'une fois, les ayant ouvertes [...] j'ai vu qu'elles donnaient sur des cours – ou sur d'autres salles voûtées [...] et qu'alors, ayant vu cela, par détresse, je criai de toutes mes forces : Seigneur ! Seigneur ! Nous sommes terriblement enfermés ! », *op. cit.*, p. 144.

2 Si l'on retrouve dans cette formule les échos de l'Écclésiaste, on peut surtout y reconnaître des accents pascaliens. Pour Wyzewa, Pascal demeure une source de méditation permanente et il écrira à Brunetière, à propos des *Pensées* : « Ce dernier livre est décidément ce qu'on a encore fait de mieux. Je continue à en être ahuri. Il n'y a pas une phrase qui ne me bouleverse, or j'avoue que Bossuet ni Platon ne sont pas de cette force », Lettre à Ferdinand Brunetière, BNF, NAF, 25051, f° 376 (2).

3 Renoncer pour atteindre la joie : Wyzewa en fait la leçon philosophique de *Parsifal*, montrant comment Wagner dépasse le pessimisme de Schopenhauer. Voir « Le Pessimisme de Richard Wagner », *op. cit.*, p. 168. Wyzewa soulignait ensuite les vertus propédeutiques du renoncement dans son article sur « La Religion de Richard Wagner et la religion du comte Léon Tolstoï », utilisant la même formule pour l'un et l'autre : « Et, ayant au degré suprême élevé l'art, Richard Wagner [le comte Léon Tolstoï], ensuite, renonça l'Art », *op. cit.*, p. 237-238. Notons cependant qu'entre 1885 et 1893, sa pensée a évolué et qu'il se détourne des conclusions idéalistes auxquelles il aboutissait. Alors qu'en 1885 il répondait à la question : « Quel est donc, pour Wagner [...] cet être imanent, si prodigieusement bienheureux ? [...] Cet Être est l'Homme, c'est Moi, c'est la Volonté individuelle, créant

nes, le mouvement des feuillages, dans le murmure des sources, et dans la musique des étoiles. Je vis que dans ma pensée tout était laid, et que tout était beau en dehors d'elle. Adorable printemps de mes sens, je regardais, j'écoutais, pour la première fois dans ma vie je découvrais la vie !

« Un miracle m'a donné ce bonheur. Et vous savez qu'un miracle ne vient jamais seul. Peu de temps après vous avoir quitté, j'ai eu en quelque sorte une seconde révélation. Rentré en France depuis la veille, j'étais allé avec un de mes amis et sa jeune femme à la foire de Saint-Cloud, où la petite Marie, autrefois, m'avait tant humilié de son enfantine gaieté. J'étais moi-même, désormais, d'une gaieté d'enfant, et quand nous eûmes essayé tour à tour des chevaux de bois, des balançoires, des montagnes russes avec leur chute si troublante, quand nous eûmes entendu tous les boniments des pîtres et le répertoire complet des orchestres à vapeur, la jeune femme me pria de la mener dans le parc, pour se griser d'un peu d'air et de l'odeur des arbres avant de retourner à Paris. Nous marchions au long des sentiers, c'était un soir d'automne tranquille et tel que je les aime, et la vue de cette gracieuse jeune femme s'ajoutait pour me charmer à la sereine harmonie du grand silence d'alentour. Mais il me sembla bientôt que ma compagne mettait plus d'efforts à sourire, comme si quelque pensée triste eût assombri son rêve. Je l'interrogeai, elle rougit ; et elle m'avoua enfin qu'un caillou, sans doute, était entré dans son soulier qui la blessait à chaque pas.

« J'ai toujours détesté le travail ; mais, entre toutes les formes du travail, il n'en est point que je haïsse autant que les occupations matérielles ; et je me résignerais plus aisément à porter toute ma vie mes bottines non cirées, qu'à essayer de les cirer moi-même. Je priai cependant, je suppliai la jeune femme de me montrer ce soulier qui la faisait souffrir : ce n'était pas un caillou qui y était entré, mais un petit clou s'était relevé de la semelle, et

---

le Monde des phénomènes », Valbert est désormais l'apôtre du renoncement à soi, « Le Pessimisme de Richard Wagner », *op. cit.*, p. 168.

je le sentais, au fond du soulier, qui me piquait le doigt. Je m'assis sur un banc, j'installai la jeune femme près de moi, et longtemps, longtemps, je travaillai pour renfoncer le clou. Mais à défaut d'adresse j'étais plein de zèle, et je finis par réussir. Et la jeune femme retrouva son sourire, et nous revînmes lentement vers la gare où son mari nous attendait[1].

« Le croiriez-vous ? Cette aventure banale fut pour moi d'une portée infinie. Car je m'aperçus que, sans mettre à mon travail aucune pensée d'intérêt, le seul fait de travailler pour autrui m'avait rendu agréable et facile la plus fâcheuse des besognes. Oui, j'avais éprouvé un plaisir singulier à renfoncer ce méchant clou, simplement parce qu'ainsi je procurais du plaisir à une jeune femme qui sans moi eût souffert. Je n'avais songé ni à mon mérite, ni à sa reconnaissance : je n'avais eu d'idée que de la souffrance que je voulais lui éviter. Et j'achevai ce soir-là de comprendre la sublime leçon de *Parsifal*. Il me suffisait, pour être heureux, de déplacer le centre de ma vie, de m'intéresser aux choses au lieu de m'intéresser à moi-même, de travailler pour autrui au lieu de travailler pour moi[2]. Honte à ceux qui travaillent pour leur plaisir propre et par goût natif du travail : car c'est un vieux sang d'esclaves qui revit en eux. Plutôt que de travailler, l'homme né libre doit se priver de tout, il doit croître comme le lys des champs, qui ne moissonne ni ne file[3]. Mais tra-

1 La référence au cordonnier est une double allusion, à Tolstoï et à Wagner. D'une part, elle renvoie à plusieurs récits de Tolstoï, dont *Mikhaïl* et *Le vieux Cordonnier*, d'auteur inconnu et que l'écrivain russe reprend. La figure du cordonnier, artisan mettant au service de son prochain son art, illustre les convictions chrétiennes de Tolstoï. On retrouve le cordonnier dans *Les Maîtres-Chanteurs* de Wagner, puisque l'opéra met en scène le personnage historique de Hans Sachs qui, cordonnier de son état, prend Walther sous sa généreuse protection et lui transmet son savoir.

2 En 1885, Wyzewa présentait déjà ces conclusions dans sa réflexion sur « La Religion de Richard Wagner et la religion du comte Léon Tolstoï », *op. cit.*, p. 252 : « La seule religion, toute la religion, est à chercher le bonheur, le bonheur immédiat et présent, le bonheur qui s'acquiert par le Renoncement. Le renoncement s'exerce par la Compassion, répète Wagner ; et Tolstoï ajoute : par la Compassion Agissante ».

3 En reprenant les paroles du *Sermon sur la Montagne* (Matthieu VI ; 24-34), Wyzewa

vailler pour le plaisir des autres, ce n'est rien qu'un jeu ; et, sauf les jeux de l'amour, je n'en ai point connu de plus agréables[1].

« Et c'est ainsi que j'ai secoué jusqu'aux dernières cendres du lamentable cadavre que j'avais été. Rien ne survit plus, désormais, de Valbert le compositeur[2]. J'ai compris que personne n'avait besoin de mes drames lyriques ; les belles œuvres d'art sont déjà trop nombreuses ; je suis sûr qu'on en jouirait davantage s'il y en avait un peu moins. Et vous pensez bien que, renonçant à tout ce qui existait en moi, je ne pouvais manquer de renoncer d'abord à mon génie, qui peut-être n'existait pas.

« J'ai renoncé à mon génie ; mais j'ai pris l'habitude du travail, et au lieu d'importuner les autres de mes vains projets d'action, je me suis efforcé d'agir pour les autres. J'ai rencontré de malheureux garçons que la maladie, la malchance, ou des habitudes de paresse rendaient incapables de gagner leur vie. J'ai souffert de les voir souffrir ; comment aurais-je pu me dispenser de les tirer de peine[3] ? N'ayant plus moi-même de besoins,

---

fait de Valbert un adepte d'une mystique chrétienne de la liberté, telle que l'a défendue Tolstoï.

1 Idée que Wyzewa ne cesse de préciser dans ses correspondances de l'époque, soulignant combien elle apparaît problématique aux yeux de ses anciens compagnons de lettres. Dans une lettre probablement adressée à Anatole France, il répète : « Et je vous supplie enfin de ne pas croire que je suis un fantaisiste, ni un nihiliste, ni surtout un dilettante sceptique [...]. Et pour souhaiter la destruction de l'intelligence, je ne souhaite pas le retour à la barbarie. Je crois que nous sommes au monde pour nous amuser, uniquement pour nous amuser, et que rien n'est d'un amusement plus réel, plus positif, moins boudhiste [*sic*] qu'une bonne vie simple et charitable, mais charitable par plaisir non par devoir ; et que cette vie là est à notre portée si seulement nous consentons à renoncer aux joies illusoires de la pensée, et si, sous l'intelligence aujourd'hui hypertrophiée, nous laissons se développer notre bonté naturelle, BNF, NAFr, 15439, ffo 363-364.

2 Alors qu'il n'a que peu été question du statut de compositeur de Valbert, ce rappel attire l'attention sur un sens plus général du mot. Ce qu'abandonne Valbert, c'est l'art de la composition, attitude caractéristique des héros de l'extrême conscience, qui s'oppose à la sincérité.

3 On ne peut s'empêcher de penser à l'ironique exemple de Richard et Ursule, dans *Paludes*, qui travaillent de nuit, à l'insu l'un de l'autre, pour éponger les dettes de leur beau-frère Édouard.

j'ai partagé leurs besoins, je me suis ingénié à les satisfaire. Et si vous saviez l'adorable source de plaisirs que j'y ai découverte ! Le travail, qui n'était pour moi qu'une humiliante fatigue, si vous saviez combien à présent il m'est léger et précieux ! J'ai pris un métier, je transcris des partitions, réduis des morceaux, restitue de vieux textes, pour un éditeur de musique ; c'est un métier dont j'aurais autrefois rougi, mais aujourd'hui je l'aime. J'aime en lui le prix du terme de tel de mes amis, qui a perdu sa fortune aux courses, ou encore l'heureuse soirée de tel autre, qui n'est curieux au monde que des caresses des filles, et qui sans mon travail en serait privé[1]. Les plus grosses sommes sont si peu de chose, lorsqu'il s'agit de nos propres besoins, et les plus petites sommes sont une chose si considérable lorsqu'il s'agit du besoin des autres ! J'ai déplacé l'objet de mon fatal égoïsme ; je me suis chassé de mon cœur pour y appeler d'autres cœurs ; ce n'est encore que le rêve, comme lorsque je serrais dans mes bras d'idéales amies ; mais c'est un rêve vivant, un beau rêve que je ne crains plus de voir s'enfuir au premier réveil. Ah ! mon cher ami, combien je suis heureux ! Ces misérables morceaux que je copie, je les entends, qui chantent un chant d'allégresse ; il me semble parfois que chacune de leurs notes s'anime, prend un corps, et tendrement me sourit, pour m'encourager au travail. Et je revois alors le parc de Saint-Cloud, le petit sentier tapissé de feuilles rouges, et cette gracieuse jeune femme assise sur le banc, près de moi, me récompensant de mon apprentissage de cordonnier par la calme gaieté de ses yeux.

---

1 Difficile de ne pas percevoir un voile d'ironie de la part de Wyzewa, qui rend son Valbert ridicule à force de bonté, comme si le sceptique qu'il fut n'avait pas totalement disparu. C'est ce que relève Bernard Lazare dans son commentaire de *Valbert* : « M. Teodor de Wyzewa, qui fut un symboliste et qui est demeuré un esthète est maintenant un tolstoïsant, mais un tolstoïsant à la fois inquiet et sceptique, paraissant ne croire qu'à demi aux conseils qu'il donne et que, tout le premier, il aimerait à suivre », *Figures contemporaines*, Paris, Perrin et Cie, 1895, p. 175.

«Je connais maintenant le bonheur de vivre ; je connais le travail, et tout ce qu'il offre de repos et de soulagement aux âmes fatiguées. Et je connais aussi l'amour, le seul vrai bien. En tout temps j'ai désiré le connaître, guidé vers lui, à travers les ténèbres d'une vie de mensonges, par quelque sûr instinct originel qui m'interdisait, de prendre plaisir au reste des choses. Et maintenant je le connais. Oui, c'était une étoile enchantée qui me guidait vers lui ; car le reste des choses n'est que misère et néant, en comparaison de l'amour ; et dans l'amour j'ai trouvé l'unique asile de mon pauvre cœur. Et je peux enfin vous dire ce que c'est que l'amour... »

Je crus bien que le chevalier Valbert se trompait, une fois de plus, et que jamais, décidément, il ne parviendrait à me dire ce qu'était l'amour. Car la passion qu'il avait mise à me dépeindre son bonheur l'avait tout à fait épuisé ; et juste à ce moment il dut s'interrompre, et un accès de toux le saisit où il me sembla que son reste de vie allait s'abîmer. Une toux épouvantable, je ne puis me la rappeler sans frémir de pitié. Les gros yeux soudain s'étaient remplis de sang, et un flot de sang coulait sur la bouche grande ouverte, rougissant la sueur qui tombait du front. La poitrine se soulevait par saccades subites, puis je la voyais se creuser, je voyais tous les membres du malheureux se crisper dans un effort d'agonie. Valbert, mon cher Valbert, j'aurais offert tout le sang de mes veines pour adoucir son supplice ! Mais l'horrible supplice, par degrés, s'adoucit. De rauques soupirs succédèrent à la toux, le sang cessa de couler, un reflet de vie reparut, illumina de nouveau la mortelle pâleur des joues. Et je vis reparaître sur les lèvres décolorées de Valbert ce joyeux et tranquille sourire qui disait la sécurité, l'espoir, le naïf épanouissement d'une jeunesse à jamais reconquise.

– Vous êtes bon et je vous aime, reprit Valbert quand il fut en état de parler. Mais ne vous alarmez point de cette toux, qui n'est rien qu'un rhume. On m'avait affirmé que le printemps, puis l'été, le feraient passer ; mais, bah ! ce sera donc l'automne, aimable saison qui m'a toujours été la plus chère. J'ai vingt-sept ans, je viens à peine d'apercevoir la beauté de la vie, mille joies m'attendent ; j'ai droit à vivre, j'ai besoin de vivre ; quelle folie d'admettre que je puisse mourir ! Je vous jure, d'ailleurs, que cette toux n'est qu'un rhume. Et plutôt que de m'en alarmer, je la bénis ; car c'est à elle précisément que je dois d'avoir connu la délice[1] d'aimer.

« Je toussais beaucoup déjà au début de l'hiver dernier ; et comme rien ne m'empêchait de continuer mon travail hors de Paris, les médecins m'engagèrent à aller attendre le printemps dans un endroit moins humide. J'allai à Cannes, où le soleil, tous les soirs, offre de si prodigieuses fêtes aux montagnes et aux bois. Le mistral, quand il y vient, n'est qu'une brise un peu vive ; l'air y est frais et léger ; le Casino, éloigné de la ville, ne gêne personne que ceux qui y entrent, et la vue, des saintes vieilles îles, à l'horizon, ne tarde pas à faire oublier la laideur des hôtels, le mauvais goût des villas, l'envahissement continuel des rues par les Anglais et les domestiques.

« Sans compter que, d'année en année, je peuple davantage de mes rêves cette terre provençale, la seule qui ne réserve point de déception à ceux qui l'ont choisie pour patrie[2]. Je ne m'explique pas quel malencontreux hasard m'a fait naître si loin de ces cieux bleus et de cette mer bleue. C'est là que mes nerfs se détendent ; un attrait mystérieux contraint ma pensée à sortir de moi-même ; mes sens s'animent d'une vie nouvelle, douce, égale, harmonieuse ; mon cerveau s'assoupit, et j'entends chanter les fauvettes dans les bocages de mon cœur.

1 Le délice.

2 Reflet fidèle de la pensée de Wyzewa, qui passe régulièrement, à partir de l'été 1891, l'hiver en Provence. Pour l'amateur de peinture qu'il est, sa découverte de la lumière du Midi coïncidera avec son éloignement du Wagnérisme et de la mythologie du Nord, se détournant désormais de : « [...] l'appel trompeur des ondines, des nixes, des *roussalkas*, de toutes ces fées du Nord qui ont des voix si charmantes, mais point de corps et point d'âme », « Du Soleil, de la Provence et de la mer méditerranée », *Revue Bleue*, 13 janvier 1894, p. 59.

« J'occupais mes matinées à de longues promenades sur les routes. L'après-midi, je venais m'asseoir sur la plage. Je m'intéressais aux travaux des pêcheurs ; je prenais ma part de leurs peines et de leurs plaisirs, j'écoutais leurs entretiens ; et plus volontiers encore j'écoutais les mobiles discours de la mer, qui me parlait de rives de féerie, de magiques soleils, de barques enchantées surgissant des flots au premier appel des étoiles.

« Aimant la vie comme je l'aime, je ne puis m'empêcher de haïr la mer : sa désolation me désole ; je devine un désespoir infini dans son gémissement. Mais la mer bleue de Provence ne gémit point comme les autres mers. Au lieu de réclamer ma pitié, elle m'offre la sienne ; ses petites vagues doucement s'insinuent en moi ; sa voix, pour me cajoler, se fait tendre et pleine d'indulgence. Et je ne puis me retrouver en face d'elle sans qu'aussitôt toutes mes pensées d'homme se fondent sous sa caresse ; les contes de ma nourrice prennent la place de mes réflexions habituelles ; et dans ma joie de me sentir bercé, je redeviens un enfant.

« Aussi n'eus-je point de peine a me lier d'une très cordiale et parfaite amitié avec deux enfants qui, tous les jours, venaient jouer près de moi sur le sable de la plage. C'étaient d'ailleurs deux enfants délicieux, un petit garçon de six ans et une petite fille de quatre ans, blonds, naïfs, doux, avides de lumière et de vie ; exactement pareils à ce que j'étais moi-même en leur compagnie. Dès le premier soir, nous nous entendions comme de vieux amis. Je laissais aux deux enfants toute la part intellectuelle de nos jeux : c'était eux qui combinaient les plans des routes, des canaux, des lignes de chemin de fer à creuser dans le sable ; et, moi, la pelle en main, j'exécutais les travaux. Nous construisions, – dans le sable toujours – des bateaux de guerre qui allaient mitrailler les Allemands : le petit garçon était le capitaine, la petite fille le mousse, ou encore l'amiral ; j'étais le chauffeur, le canonnier, le cuisinier du bord. D'autres fois nous jouions à *nous porter* sur la plage ; le petit garçon, puis la petite fille, me grimpaient sur les épaules ; je courais où ils voulaient que je coure ; et quand, la course finie, je toussais un peu trop, mes deux amis se pendaient à mon cou ; leurs regards inquiets et repentants avaient vite fait de me guérir.

« Ils m'expliquaient tout : ils me disaient les noms des bateaux dans le port, la différence des grands yachts et des petits, la cruelle façon dont les Anglais venaient de traiter Jeanne d'Arc, la bonté de Dieu, qui avait puni Absalon en le suspendant à un arbre[1]. Mais je n'avais pas besoin qu'ils m'expliquent la bonté de Dieu, car je la sentais et je l'admirais dans le vivant sourire de leurs yeux. Ils se fatiguaient à m'instruire ; et moi, pour les remercier, je les instruisais à mon tour. De mon cœur, où la caressante voix de la mer les avait rappelés, les contes de ma nourrice allaient tout droit à leur cœur. Sans cesse j'en découvrais de nouveaux. Je révélais à mes petits amis jusqu'aux plus intimes secrets de la vie : je les apitoyais sur les chagrins des étoiles, je leur apprenais à distinguer les nixes d'avec les ondines ; je les mettais en garde contre les mandragores[2], qui ne pouvaient penser qu'à leur nuire.

« Nous nous connaissions depuis quinze jours, et je n'étais plus leur ami mais leur frère aîné, lorsqu'ils m'annoncèrent l'arrivée à Cannes de leur grande sœur Alice, enfin revenue de Paris. Et le lendemain, leur grande sœur Alice les accompagna sur la plage. Elle avait dix-neuf ans, elle était mince et frêle, avec une petite bouche toute petite, et de grands yeux accueillants. Et dès le premier instant où je l'aperçus, je l'aimai.

« Je l'aimai du seul amour véritable, et c'est du même amour que je l'aimerai toute ma vie. Je me sentais auprès d'elle parfaitement

1 Conception naïve de la chronologie et de la bonté divine. La luxuriante chevelure d'Absalon s'emmêle, dans sa fuite, aux branches d'un chêne, ce qui permet à Joab de le frapper à mort, transgressant l'ordre de David, son père, qui demandait de l'épargner.

2 « Nixe » est le nom allemand de l'Ondine, ou génie des eaux dans les mythologies germaniques et scandinaves. Cepdendant, les Nixes vivent en général dans les eaux stagnantes et les marais et cherchent à attirer les jeunes hommes en vue de leur nuire, tandis que les Ondines sont présentées comme des créatures innocentes. La mandragore est la plante de Circé, dotée de pouvoirs magiques, objet d'un culte macabre et très présente dans la mythologique celtique ou germanique.

tranquille et heureux ; je trouvais à toutes ses paroles, à tous ses mouvements, quelque chose de simple qui me ravissait de plaisir. Je ne songeais pas à me demander si elle était jolie, si elle avait de l'esprit, si je l'aimais. Je crois bien que non seulement je m'oubliais moi-même, mais je l'oubliais elle aussi, ou plutôt que d'elle et de moi je ne faisais qu'un être. Jamais, depuis six mois, je n'ai réfléchi un instant à son sujet. Lorsque j'étais près d'elle, tout m'intéressait, j'éprouvais comme la sensation d'une vie plus complète ; et lorsque je l'avais quittée, toutes choses me semblaient décolorées, fanées, un voile gris s'étendait sur mon âme.

« Travailler pour les autres, servir les autres[1], était pour moi un plaisir constant mais ce plaisir redoublait et devenait une béatitude céleste, lorsque j'avais l'occasion de servir Alice, de travailler pour elle. C'est, ma foi ! la forme la plus décisive sous laquelle je pourrai vous représenter mon amour. Je ne pense à cette jeune fille que pour vouloir la servir, et dans tous mes rêves de bonheur je me vois travaillant pour lui plaire.

« Ne croyez pas au moins que je l'aime d'une façon maladive, par une folie de compassion. Je désire son corps de tout mon corps, et son âme de toute mon âme. Les autres femmes, maintenant, me semblent laides ; je ne conçois pas autour de mon cou d'autres bras que ceux d'Alice. Mes yeux ont besoin de son visage, mes oreilles ont besoin de sa voix, mes lèvres s'impatientent de sa petite bouche de poupée.

« Et je ne me soucie point de ce j'ai à lui dire, ni de ce qu'elle me dit. Sans effort, nos âmes se comprennent ; les paroles, entre nous, ne sont que pour entendre le son de nos voix. Ce qui lui

---

1 Vingt ans après *Valbert*, Wyzewa réaffirme, dans *Ma Tante Vincentine*, ce que cette découverte doit à l'œuvre de Wagner : « Mais entre ces inventions poétiques du maître allemand, y en a-t-il de plus étonnantes que le seul mot prêté à Kundry dans tout le dernier acte du dernier drame de Wagner ? *Dienen*, « servir » : telle est l'unique ambition de la pauvre femme, depuis que le chaste baiser de Parsifal l'a délivrée du poids séculaire de son péché ! », *op. cit.*, p. 292.

plaît me plaît. Elle s'amuse d'un rien ; et moi, rien ne m'amuse que de l'amuser.

« Et par un dernier miracle, mon cher ami, elle m'aime autant que je l'aime ! Dès le premier instant, elle m'a aimé ! Non qu'elle ait ressenti pour moi cette romanesque passion que j'attendais jadis en échange de ma sympathie ! Elle prend plaisir à causer avec moi, elle consent à partager mes joies et mes chagrins, elle s'efforce de me trouver supérieur au reste des hommes. Elle a été vivement touchée de mes soins pour les deux petits, attribuant à ma bonté ce qui n'était qu'un facile plaisir. Elle me croit bon, et elle est si bonne, et je l'aime si profondément qu'elle conservera toujours cette illusion sur mon compte. Et je suppose qu'elle aussi est impatiente d'unir tout à fait sa vie à la mienne. Nous allons nous marier, nous aurons des enfants, alors notre amour sera enfin consacré pour toujours.

« Ses parents sont pauvres ; mais ce sont de braves gens qui m'aiment déjà comme leur fils. Sans cette toux, nous nous serions mariés le mois dernier. Mais cette toux n'est rien : d'un jour à l'autre, tout sera fini. Et alors, mon cher ami, alors commencera véritablement ma vie. J'ai mille projets, je veux procurer mille jouissances à Alice et à nos enfants. Quel univers de tendre bonheur j'aperçois devant moi ! Ah ! combien j'ai été stupide, injuste, cruel envers la vie ! L'amour, le bonheur, la vie… »

Valbert ne put achever, car de nouveau son exaltation amena un terrible accès de toux. Comment il a pu survivre à ce dernier accès, je ne puis me l'expliquer. Cinq minutes au moins il resta étendu sur le banc, livide et immobile ; on eut toutes les peines à le ranimer. Et quand il revint à lui, le mouvement de la foule dans le jardinet du théâtre nous fit voir que le second acte des *Maîtres Chanteurs* était fini[1]. Aussitôt Valbert se releva, et étreignant mes mains dans ses pauvres mains glacées :

---

1 Alors que le narrateur avait lancé à Valbert sa question sur l'amour pendant le second acte manqué des *Maîtres Chanteurs*, ce dernier lui répond l'année suivante,

– Adieu, me dit-il, mon cher ami. Je vais rejoindre ma fiancée, qui est ici avec sa mère. Je vous ai vu tout à l'heure, à la fin de l'entracte, j'ai voulu vous apprendre mon bonheur. Mais maintenant j'ai hâte d'aller retrouver Alice. Nous partons demain pour Paris ; mais, sitôt marié, je vous écrirai ; et vous consentirez, n'est-ce pas, à venir voir souvent notre petit ménage ? »

Là-dessus Valbert me quitta. Je descendis vers le théâtre, et, au moment où j'allais entrer pour le troisième acte, j'entrevis mon ami en compagnie de sa future femme. Celle-ci me parut une jeune fille assez banale, point jolie, mais simple et aimable, au demeurant, avec de bons yeux. Valbert la contemplait en souriant : jamais je ne lui avais vu cette radieuse expression de confiance et de bonheur.

Pendant tout le troisième acte des *Maîtres Chanteurs*, j'entendis les lugubres hoquets de sa toux. Il toussait avec une persistance si fâcheuse que tout le public, à la fin, s'impatienta. On murmura des « silence ! » Et, une grosse dame assise près de moi déclara presque haut que, lorsqu'on était malade à ce point, c'était de religion qu'il fallait s'occuper, et non point de musique ni des *Maîtres Chanteurs*. J'avoue que cette représentation, troublée ainsi d'épisodes divers, ne m'apporta pas tout le contentement que j'en avais espéré.

FIN

Bayreuth, août 1888. Bonn, mai 1893

---

faisant manquer une fois encore à son interlocuteur le second acte de l'opéra. Outre l'effet de circularité, ce procédé renforce le parallélisme des parcours entre les chevaliers Valbert et Walther, qui tous deux doutent en cherchant leur voie/x, avant de la découvrir au dernier acte.

ÉLÉMENTS BIOGRAPHIQUES[1]

1862 : naissance à Kalusik (Pologne), le 30 août de Théodore Étienne Wyżewski (Teodor de Wyzewa), fils de Théodore Wyżewski, médecin et petit hobereau polonais qui, de retour d'un premier exil en France à la suite de l'insurrection de 1836, épouse en secondes noces Séverine Grundzińska.

1863 : suite à l'insurrection contre la Russie, les Wyżewski quittent Kalusik pour Zwaniec, ville située au bord du Dniester. Théodore est élevé par sa mère Séverine et sa tante Vincentine. Cette dernière joue un grand rôle dans la formation de son neveu, en exaltant son imagination par de nombreux récits de contes et de légendes polonais. Premières amours pour une demoiselle du voisinage, relatées dans *Valbert* [Premier récit]

1868 : installation de la famille Wyżewski en France, dans le Vexin, à la suite d'une visite à l'exposition universelle de 1867 par le père de Théodore. Dès lors, le docteur Wyżewski envisage le départ de Pologne pour que son fils puisse grandir dans un pays qu'il conçoit comme une terre de liberté. Conditions de vie difficiles, car les villageois n'accordent pas leur confiance au docteur Wyżewski, dont les méthodes sont surannées et la mise excentrique.

1871 : départ pour Milly-sur-Thérain, où le père de Théodore pense retrouver la clientèle de son premier séjour en France, ce qui ne sera pas le cas. Les Wyżewski connaissent la misère.

1872 : entrée de Théodore au collège de Beauvais grâce à la protection du duc d'Aumale, qui subvient en partie au coût

1 Nous reprenons ici les principaux éléments de la biographie de Wyzewa mis au jour par Paul Delsemme dans *Teodor de Wyzewa…*, *op.*, *cit.*

de l'instruction. Théodore va connaître six années terribles. En proie à de permanentes vexations, que lui valent sa pauvreté et sa mise excentrique, battu par ses camarades d'étude, il développe un comportement de mauvais élève. Admis par charité, il devient le symbole de l'ingratitude et les surnoms se succèdent. Il sera « Crapulofski » ou « Coquinski ». Les années de collège marquent l'enfant qui, devenu adulte, ne cessera de les revivre dans ses cauchemars.

1878 : Théodore termine son collège à Douai grâce à une bourse. Répit momentané.

1879 : reçu bachelier ès lettres, puis boursier au collège Sainte-Barbe, il suit les cours de philosophie à Louis-le-Grand et aura comme professeur Auguste Burdeau, qu'il reconnaîtra sous les traits du Bouteiller des *Déracinés* de Barrès. Découverte de Renan, Taine, France et Wagner.

1880 : refusé à l'École Normale Supérieure à l'oral pour insuffisance en grec, il obtient une bourse pour la faculté de Douai. Rencontre à Douai avec Paul Adam. Ils déchiffrent ensemble Fichte et Hegel. Période heureuse, grâce à son expérience parisienne, qui le grandit aux yeux de ses camarades et à quelque argent que lui procurent sa bourse et une petite rente versée par son père. Il y fait la connaissance de Mlle Jagetti, une actrice que son imagination idéalise [*Valbert*, récit IV].

1882 : Théodore achève avec succès sa licence de philosophie à Nancy. Professeur de philosophie à Châtellerault, il n'a qu'un élève et peut mener une vie de demi-oisiveté.

1883-1885 : âgé de vingt et un ans, Théodore revient à Paris pour s'y établir. D'abord répétiteur dans une institution privée, il perd rapidement son emploi. Années de misère pendant lesquelles il court les leçons particulières. Cohabitations multiples : avec Paul Adam, dont il relit le manuscrit de *Chair Molle*, avec Barrès, avec Xavier Perreau, qui renforce sa technique du piano. Par l'entremise de Perreau, Théodore fait la connaissance d'Édouard Dujardin, qui l'incite à écrire pour la *Revue Wagnérienne*. Il signe son premier article, en avril 1885, du nom de Teodor de Wyzewa. Le second article, qui traite du « Le Pessimisme de Richard Wagner », est salué par Barrès. C'est le début d'une carrière de journaliste littéraire. Il noue ses amitiés symbolistes et fait la connaissance de Jane Avril, dont il tombe amoureux [*Valbert*, récitVI].

1886 : séjour en Allemagne avec Chamberlain et Dujardin, sur les traces de Beethoven et Wagner. Wyzewa rencontre Jules Laforgue à Berlin, lecteur de l'impératrice Augusta, avec lequel il se lie d'amitié et dont il deviendra le légataire universel.

1887 : Wyzewa est aux commandes de la *Revue Indépendante.* Il n'a pas les qualités d'un Directeur, mais son passage confirme la sûreté de son choix en matière artistique. Au mois d'août, il entreprend un voyage de six semaines en Pologne (Galicie). Il en éprouve une grande déception et la Pologne restera l'idéal de son enfance.

1885-1888 : les collaborations avec les revues se multiplient. À côté de la *Revue Wagnérienne*, Wyzewa signe des articles pour la *Revue contemporaine*, la *Revue Indépendante*, la *Vogue*, la *Revue libre*. En août 1888, Wyzewa assiste au festival de Bayreuth. Sous le charme de *Parsifal*, il entame la rédaction de son *Valbert.*

1889 : Wyzewa à nouveau à Bayreuth. Jacques-Émile Blanche, qui l'accompagne, fait son portrait.

1890 : envoyé par la *Revue des Deux Mondes* en Allemagne pour y étudier la vie et les mœurs des Allemands, il sera remarqué par Ferdinand Brunetière et obtient sa place de collaborateur régulier.

1889-1893 : Wyzewa s'éloigne des cercles symbolistes et wagnériens. Le virage anti-intellectualiste est confirmé. Il délaisse les petites revues pour des journaux à plus large tirage, par exemple le *Figaro*, où on lui demande une enquête sur le socialisme européen, la *Revue Bleue* et la *Revue des Deux Mondes.* Essais sur les grands peintres d'Italie, de Flandres, de Hollande, d'Espagne et d'Angleterre, parus entre 1890 et 1892. Durant l'hiver 1891-

1892, Teodor découvre le Midi et travaille à ses *Contes chrétiens* et à son *Valbert*.

1892 : parution du *Baptême de Jésus, ou les quatre degré du scepticisme* chez Perrin (*Contes chrétiens*). Rencontre de Marguerite Terlinden durant l'été. Traduction de *Wuthering Height*, d'Emily Brontë.

1893 : parution des *Contes chrétiens, Les Disciples d'Emmaüs ou les étapes d'une conversion* chez Perrin et de *Valbert ou les Récits d'un jeune homme* dans L'*Écho de Paris* du 27 avril au 28 mai, puis en volume chez Perrin. Pour Marguerite, Teodor rompt avec une femme de qui il aura un fils, Edmond.

1894 : en janvier, Teodor épouse Marguerite Terlinden, fille du peintre belge Félix Terlinden. Rencontre avec Geroges de Saint-Foix, avec lequel il déchiffre du Mozart et s'attelle à la biographie artistique du musicien. Les revenus du jeune couple sont assurés par les collaborations régulières de Wyzewa à la *Revue des Deux Mondes*, à la *Revue Bleue*, au *Temps* et par ses travaux de librairie. Vie agréable et voyages multiples en Italie, en Suisse, en Allemagne.

1895 : en janvier, naissance d'Isabelle, fille de Teodor et de Marguerite. Parution de *Nos Maîtres*, recueil regroupant, entre autres, les études wagnériennes et mallarméennes.

1896-1900 : Wyzewa traduit trois ouvrages de Tolstoï : *Les Évangiles* (1896), *Qu'est-ce que l'art ?* (1898) et *Résurrection* (1899-1900).

1897 : premières atteintes de la tuberculose qui emportera Marguerite. Installation pour l'hiver en Suisse ou sur les bords de la Méditerrannée.

1898 : parution de *Beethoven et Wagner, essais d'histoire et de critique musicales*, chez Perrin

1899 : mort du père de Teodor de Wyzewa. Installation de sa mère et de sa tante Vincentine à Paris.

1900 : durant l'été, la maladie de Marguerite progresse. Les parents de Marguerite la soignent et Teodor s'éclipse à Douai.

Rédaction de son troisième conte, *Barsabas* (*Contes chrétiens*). Durant l'hiver 1900-1901, Marguerite, agonisante, apporte son concours à la traduction de *La Légende dorée*

1901 : mort de Marguerite le 3 août. En septembre, à Tours, Wyzewa écrit *Le Fils de la Veuve de Naïm* (*Contes chrétiens*). Dès le mois d'octobre, installation au bord de la Méditerrannée, pour prémunir sa fille contre la maladie. L'habitude est prise et persistera quatre ans.

1902 : voyages multiples à Florence, Pise, en Hollande, malgré son chagrin. Il tient son *Journal*, adressé à son épouse défunte. Wyzewa multiplie les traductions de romans. Son état dépressif ébranle sa santé physique. Le Docteur Burlureaux lui prescrit de la morphine, à laquelle Wyzewa deviendra dépendant.

1903 : début de sa collaboration avec Saint-Foix en vue de la biographie de Mozart.

1905 : mort de la tante Vincentine.

1908 : déçu par son voyage de 1887 en Galicie, Wyzewa renoue avec la Pologne par l'intermédiaire de ses écrivains ou des romans consacrés à son pays, comme *Immortelle Pologne* du Français Gabriel Dauchot, dont il signe la préface.

1909-1912 : Wyzewa s'intéresse de plus en plus à sa culture d'origine. Dans la *Revue des Deux Mondes*, il fait paraître trois études consacrées à des artistes polonais.

1912 : parution de *W.-A. Mozart, sa vie musicale et son œuvre, de l'enfance à la pleine maturité (1756-1777), essai de biographie critique, suivi d'un nouveau catalogue chronologique de l'œuvre complète du Maître*, 2 vol., chez Perrin, en collaboration avec Georges de Sainte-Foix.

1913 : parution de *Ma Tante Vincentine*. Départ de sa fille en Pologne. En avril, Wyzewa obtient la naturalisation française et en juin, le prix Née, de l'Académie, destiné à récompenser l'œuvre la plus originale comme forme et comme pensée, pour *Ma tante Vincentine*.

1914-1917 : Le Docteur Burlureaux, engagé, ne peut plus procurer à Wyzewa la morphine dont il a besoin. Sa fille Isabelle lui présente la nécessité d'une désintoxication, mais Wyzewa refuse. La jeune femme accepte un préceptorat aux États-Unis et son père est laissé aux soins de son fils Edmond, qui se charge de le pourvoir en morphine.

1917 : mort de Wyzewa le 8 avril 1917, suite à une prise trop abondante de morphine. Parution posthume de son second roman, lui aussi largement autobiographique : *Le Cahier rouge ou les Deux Conversions d'Étienne Brichet*, chez Perrin. Ce roman est construit autour des hantises propres à Wyzewa à la fin de sa vie : l'obsession de la mort, le sentiment de solitude après les décès de sa femme, de sa tante et de sa mère et le souci de la vie éternelle.

PORTRAITS DE WYZEWA

WYZEWA PAR SES CONTEMPORAINS

Un esprit universel

C'est sans doute le trait le plus représentatif de la personnalité de Wyzewa, comme nous le rapportent les différents témoignages de ses contemporains :

> Celui-ci, slave à l'intelligence subtile, polyglotte connaissant admirablement toutes les littératures étrangères, semait au cours des conversations ardentes qu'il avait avec ses amis des idéologies inconnues en France. Il avait étudié à fond tous les systèmes philosophiques – en particulier ceux des races du Nord - et merveilleux assimilateur, ayant sans lassitude par lui-même séparé l'or du sable, clairement, généreusement, sans réflexion égoïste, il exposait à ces jeunes intelligences ses contemporains les métaphysiques d'un Spinoza, d'un Goethe, d'un Hegel ou d'un Fichte. Il évoquait Jean Paul ou Novalis. Il célébrait les mystiques d'Allemagne ou des Flandres. Il exposait les morales rénovées ou libérées de tout dogme d'un Stuart Mil ou d'un Spencer. En littérature, il initiait les nouveaux venus aux drames d'Ibsen, aux romans de Tolstoï ou de Dostoïevski. Son immense lecture, sa clarté d'esprit réparaient le désordre, bouchaient les trous laissés dans la culture artésienne de Paul Adam.

Georges Grappe, « Quelques notes sur le symbolisme », *Mercure de France*, 1er janvier 1907, p. 71.

Malgré la rage haineuse qui anime Maurras à l'égard du slave Wyzewa, de surcroît défenseur des littératures étrangères, il reconnaît en lui les qualités d'un esprit « presque universel » :

> Je n'ai pas besoin de vous dire qui est M. Teodor de Wyzewa ni de vous peindre ce curieux si actif, si prompt, si agile, qu'il en est presque universel. Il entend l'esthétique et la science économique. Il parle huit ou dix langues et voit chaque matin toutes les feuilles de l'Europe. Il a couru le monde. Il a tout regardé, tout lu, tout retenu. Il a fouillé bibliothèques, pinacothèques, museums [*sic*]. Il discerne dans les tableaux qu'a retouchés Rubens chaque coup de pinceau du maître. Il nous traduirait les poèmes de Monsieur Mallarmé.

Charles Maurras, « Un nouvel évangéliste », *Revue Bleue*, 6 août 1892

Remy de Gourmont, dans le Masque qu'il consacre à Édouard Dujardin, dresse le bilan du passage de Wyzewa à la direction de la *Revue Indépendante* :

> Celui-ci pendant plus d'un an analysa les livres nouveaux avec une discrétion et un détachement prophétiques, mais il avait de l'esprit, une lecture immense – et il aimait Mallarmé : c'était malgré tout impressionnant.

Remy de Gourmont, *Le II*e *Livre des Masques*, Paris, Mercure de France, 1924, p. 65-66

Une personnalité retorse

Loué pour sa sensibilité et sa générosité par certains, accusé de fourberie par d'autres, Wyzewa possède une personnalité complexe et mobile, reflétant la situation d'un homme partagé entre plusieurs cultures et sensibilités. Il y a un « mystère Wyzewa » qui le desservira au moment de passer à la postérité.

> Mon dévoué ami venait de faire paraître, dans L'Écho de Paris un roman, Valbert ou les Récits d'un jeune homme, où un chapitre m'est consacré sous le prénom de « la petite Marie » ; avec le produit de ce roman, il m'envoya sur la Côte d'Azur pour y parfaire ma convalescence.

Il me rejoignit à Toulon, d'où nous allâmes à Tamaris-sur-Mer voir son ami le peintre Renoir, dont je fis la connaissance. [...] Jamais assez je ne saurai dire combien fut bon pour moi, et de quelle façon désintéressée, cet être exquis qu'était Wyzewa.

Il avait l'âme d'un saint! C'était un érudit, il savait tout, et s'efforçait de me prêcher l'amour de la simplicité et de la bonté! Il m'offrit tour à tour de m'épouser, de m'adopter...Je fus par lui humblement adorée [...].

Quel dommage que je n'ai pu l'aimer d'amour, n'ayant jamais pu lui offrir qu'une affection reconnaissante et admirative! Mais il occupe dans mon souvenir une place unique et je ne saurais l'oublier. Incapable de la moindre compromission, artiste, lettré, musicien, savant d'une modestie et d'une sensibilité sans égales, il aurait mérité qu'on l'adore. Je lui dois ce qu'il peut y avoir de noble et d'élevé dans mes pensées les meilleures. Je n'ai jamais rencontré dans ma vie un être pouvant lui être comparé!

Jane Avril, *Mes Mémoires*, Paris, éd. Phœbus, 2005, p. 76

Aux yeux de beaucoup, M. de Wyzewa semble être un problème vivant et troublant. C'est, sans aucun doute, un intuitif, mais combien servi, ou desservi quelquefois, par l'érudition la plus documentée! De là vient, chez lui, ce qu'on pourrait prendre, à y regarder sans art, pour une tendance à se contredire et à se donner à soi-même d'incessants démentis.

Paul Berger, «Une âme contemporaine, M. de Wyzewa», *L'Idée libre*, septembre 1895, p. 444

Teodor de Wyzewa était doué d'une souplesse qui lui permettait d'adopter des tactiques diverses dans ses rapports avec les uns et les autres. Tantôt il se montrait conseiller discret, tantôt causeur acerbe, mais je crois que le fond de sa nature était le mépris, un mépris plus ou moins dissimulé et nuancé, qu'il étendait peut-être bien jusqu'à soi-même.

Henri de Régnier, *De mon temps...*, Paris, Mercure de France, 1933, p. 113

Un éducateur

Écrivains, critiques d'art, compositeurs et musicologues témoignent de leur reconnaissance envers celui qu'ils considèrent comme un guide, soulignant l'amplitude du domaine de réflexion de Wyzewa :

> Wyzeva [*sic*] fut notre éducateur et nous avons grandi sur le bord des mers chantantes, bercés au bruit des grandes vagues, de Villiers, d'Edgar Poe, de Mallarmé.

Joachim Gasquet, « Préface », *L'Ermitage*, 15 oct., 1892

> [...] Merci de votre sympathie. Il y a longtemps que la mienne vous est acquise. Depuis les temps lointains de la *Revue Wagnérienne*, où vous m'avez montré le premier ce que c'est qu'un grand critique d'art, un critique dont l'intelligence est illuminée par l'amour.
>
> Je vous l'ai déjà dit dans ma première lettre, je crois : je n'oublierai jamais que vous avez été – (quoique guère plus âgé que moi) – mon premier initiateur dans la critique musicale, mon premier guide en Wagner

Romain Rolland, extraits de lettres à Teodor de Wyzewa, 21 octobre 1910 et 26 juin 1911, citées dans Paul Delsemme, *Teodor de Wyzewa...*, *op. cit.*, p. 184

> Je serais bienheureux de vous revoir, car vous me manquez. Je me souviens, mon cher, (et les larmes aux yeux, sans mentir) des heures passées avec vous dans ma chambre ou sur le boulevard. Je vous remercie, car, plus que tout autre, vous m'avez fait voir clair en moi-même et m'avez encouragé d'une façon unique, inespérée.

M. Lorrain, *Guillaume Lekeu, sa correspondance, sa vie, son œuvre*, Liège, Printing et Cie, 1923, p. 342-343

> Enfin, comment dire ici ce que je dois à M. Teodor de Wyzewa ? Lui-même, si je l'essayais, il pourrait en prendre ombrage par excès de délicatesse. Hélas ! cher et délicieux ami, qui donc, sauf quelques mozartiens,

pourra comprendre ce que m'a révélé notre fervente communion en Mozart ?

Adolphe Boschot, *La Jeunesse d'un romantique. Hector Berlioz (1803-1831)*, Paris, Plon, 1906, p. 516-517

WYZEWA PAR LUI-MÊME

Une carrière manquée

Travailleur acharné, multipliant les traductions et les essais critiques, Wyzewa gardera toute sa vie un sentiment d'échec face à son œuvre littéraire. Certain de ne pas parvenir à la musicalité recherchée, il se désespère devant la minceur de sa contribution d'écrivain, que seule il considère pourtant digne d'intérêt :

> [...]laissez-moi vous dire combien j'ai été profondément touché de ce que vous avez écrit sur *Valbert* ! Tout le reste de ce que j'ai fait ne représente guère, à mes yeux, - sauf encore une ou deux petites choses, - que des besognes professionnelles exécutées de mon mieux : mais *Valbert* me tient vraiment au cœur, et je ne puis vous dire combien je suis heureux lorsque je rencontre un ami qui a lu ce livre et s'y est diverti !

Lettre de Wyzewa à Edmond Jaloux, non datée, Bibliothèque Jacques Doucet, MS α 6340

À propos de Valbert, qu'il relit dix ans après sa parution, Wyzewa note dans son *Journal* :

> C'est un roman bizarre, prétentieux, inutile, affreusement inutile, mais avec tout cela si simple, si naturel et écrit avec tant de bonhomie, que j'en ai eu, en somme, une impression bien meilleure que je n'avais pensé. J'ai surtout été frappé de l'extraordinaire besoin de toi qu'atteste ce roman, qui a rempli les années de ma vie jusqu'au moment

> où je t'ai connue. Tout ce *Valbert* m'apparaît un appel vers toi, mon ange, la folle agitation d'un cœur qui te cherche [...].

Journal, *op. cit.*, notation du 16 juillet 1903

> Je vous sais tant, tant de gré, en particulier, d'avoir loué comme vous le faites mon pauvre *Valbert* : car je vous avoue que, par un phénomène psychologique singulier, j'ai au cœur autant d'affection pour ce livre là que de véritable, bien sincère et bien complète indifférence pour tout le reste de ce que j'ai écrit.

Lettre de Wyzewa à Ferdinand Vanderem, BNF, NAFr, 16878 ffo 15-16

> J'ai eu beau m'efforcer pendant dix ans, jamais je ne suis parvenu à écrire proprement. Moi qui n'aime dans les phrases que l'image et la musique, jamais je n'ai pu faire une phrase ayant des reliefs et du rythme.

Lettre de Wyzewa, probablement à Anatole France, non datée, BNF, 15439, ffo 362-363

L'optimisme dans la souffrance

Wyzewa s'est toujours défendu d'être pessimiste et pourtant ses notations le montrent assailli d'angoisses, proche d'un état dépressif qui finira par s'installer. Optimiste désespéré, c'est peut-être, écrit-il, que son slavisme le pousse à cultiver la joie dans la souffrance, ce qu'il retrouve chez Dostoïevski.

> Ah ! voilà un malheureux ! Et toujours, lui aussi, comme moi, il se surprend à exalter la « beauté de la vie ». Cet optimisme dans la souffrance, cet optimisme accompagné d'un véritable besoin de souffrance, serait-ce donc un trait de notre race ? Ce serait, alors, ce que cette race malade aurait de plus beau.

Journal, *op. cit.*, notation du 15 février 1906

Schopenhauérien atypique, Wyzewa refuse le pessimisme du Maître :

> Eh ! bien, non, ni ce soir ni jamais je n'ai été pessimiste : au contraire, plus que jamais, je considère le pessimisme comme la plus stupide de toutes les théories philosophiques. Pourquoi ? Parce ce que mon tempérament est ainsi fait, et que le moindre plaisir m'importe davantage que la plus noire souffrance.

Journal, *op. cit.*, notation du 18 avril 1904

Malgré ses déclarations, Wyzewa est donc souvent proche d'un état dépressif qui, après la mort de son épouse, ne le quittera plus, ce qui explique la morphinomanie qui l'emportera. À Brunetière, il fait partager l'un des épisodes dépressifs qui s'empare de lui dès avant son mariage, racontant un état assez proche de celui de Valbert :

> Mon cher ami,
>
> [...]. Il ne se passe pas un soir où je ne suis poursuivi [...] par un désir absolument insensé de me tuer. Pourquoi ? Impossible de trouver un motif un peu raisonnable : c'est vraiment une folie. [...] Aussi m'a-t-il été impossible, et m'est-il encore impossible, depuis ces deux mois, de voir personne, d'écrire à personne. Je suis dans mon logis comme ces chiens malades, qui se cachent, et veulent qu'on ne les voie pas souffrir.
> [...]
> Je ne puis plus supporter la solitude. Je deviens positivement fou. [...] Je suis un malheureux : j'imagine parfois que Rousseau devait avoir une folie dans le genre de la mienne. Peut-être le mariage ou la vie de famille me guérirait-il ?

Lettre à Ferdinand Brunetière, s. d. (probablement vers 1891), BNF, NAFr, 25051, f° 382

Un cosmopolitisme paradoxal

> Le cosmopolitisme triomphait chez de tels enthousiastes. Que dire de Théodore de Wyzewa ? Pendant près de quarante ans, il représenta officiellement les littératures étrangères en France. Doumic lui emprunta presque toute sa science internationale : il le reconnaît lui-même !

Charles Beuchat, *La Revue contemporaine (1885-1886)*, Paris, Jouve et Cie, 1930, p. 20

La position de Wyzewa reste cependant ambiguë. Dans l'avant-propos du *Roman contemporain* (1899), il remet en cause le cosmopolitisme de la fin du siècle et annonce sa propre évolution critique et littéraire :

> Je crois, d'abord, que le « cosmopolitisme » est encore très loin d'avoir envahi toutes les littératures de l'Europe, comme nous sommes trop volontiers portés à l'imaginer. [...] Je n'ignore pas, après cela, qu'à Berlin et à Londres, et à Milan et à Saint-Pétersbourg, se trouvent aujourd'hui des romanciers qui s'efforcent d'être cosmopolites, encore que le cosmopolitisme consiste surtout, pour eux, à imiter assez gauchement la manière des auteurs parisiens du jour ou de la veille. Et ce sont ceux-là qu'on traduit, ce sont eux qui se chargent de nous renseigner sur les nouvelles tendances des littératures étrangères. Mais la vérité est que, pour leurs compatriotes eux-mêmes, ces romanciers restent toujours, plus ou moins, des étrangers. Leurs compatriotes achètent leurs livres, ils leur savent gré d'être plus brefs, plus élégants, plus faciles à lire que les écrivains nationaux ; mais personne ne s'avise de les prendre au sérieux. Si bien que ces cosmopolites finissent souvent par renoncer à l'imitation des modes de Paris, et qu'on les voit, un beau matin, se transformer brusquement en de farouches défenseurs du génie de leur race. N'était-ce déjà pas le cas du plus génial des cosmopolites, Ivan Tourguenef, dont on a pu dire qu'il était devenu de plus en plus « russe » à mesure qu'il s'accoutumait davantage à la vie française ?

Avant-propos au *Roman contemporain*, Paris, Perrin et Cie, 1900, p. IV-VI

Observateur du socialisme, mais réactionnaire et antisémite

Wyzewa, âgé de 28 ans, est prié de faire une vaste enquête sur le socialisme européen, tâche qu'il accomplit avec précision, rigueur et équanimité, bien qu'il ne partage pas les idées du mouvement :

> C'est donc en connaissant les hommes du socialisme que l'on peut arriver à connaître le fondement psychologique de ce parti, et ainsi pénétrer la nature exacte de ses désirs et de sa puissance. Et je ne crois pas que, même à un point de vue désintéressé, il y ait aujourd'hui un sujet d'étude plus curieux, car précisément en raison des qualités que réclame de ses chefs le mouvement socialiste, c'est à la tête de ce mouvement que se rencontrent quelques-unes des personnalités les plus singulières de notre temps. C'est à lui que vont de plus en plus tous ceux qui ont gardé la force de vouloir et le goût d'agir [...].

Le Mouvement socialiste en Europe. Les Hommes et les Idées, articles réunis en volume aux éd. Perrin, 1892, p. 19

Alors que, publiquement, Wyzewa ne prendra jamais position dans l'affaire Dreyfus, son *Journal* atteste ses opinions antidémocratiques et antisémites :

> Forcément la majorité numérique sera, de plus en plus, aux pauvres ; et ceux-ci, forcément, profiteront de plus en plus de leur unique droit pour ennuyer les riches. Le seul espoir, à mon avis, est dans un coup d'État impérialiste : et, je ne sais pourquoi, j'imagine toujours que des gens comme les Doumer, les Millerand, s'ils avaient le pouvoir bien à eux, seraient assez capables de vouloir sauver la France par un tel coup d'État : à demi par ambition personnelle, à demi par un certain désir de bien faire, et de parer à la ruine d'un pays dont ils auraient la garde.

Journal, *op. cit.*, notation du 30 avril 1904

> Puis, j'ai lu, dans les journaux, le récit des fêtes qui ont eu lieu aujourd'hui à Tréguier, où, pour ennuyer les Bretons, d'ignobles renégats, Juifs, et autres dreyfusards ont élevé une statue à Renan. Il y eut là des discours que les journaux reproduisent tout au long, des discours interminables et stupides, de Berthelot, de l'immonde Anatole France[1], d'un gros porc imbécile nommé Psichari [...].

1 Anatole France comptait pourtant au nom des révélations de Wyzewa à son arrivée à Paris, au même titre que Wagner. Dans l'article qu'il donne à la *Revue Bleue*, Wyzewa revient sur sa découverte du roman *Les Désirs de Jean Servien* et loue la « toute puissante magie du style de M. France », « Le Lys Rouge », *Revue Bleue*, 1er septembre 1894, repris dans *Nos Maîtres*, *op. cit.*, p. 216-217.

Journal, *op. cit.*, notation du 13 septembre 1903

Un converti

De l'esthétique du sacré, qui fascine Wyzewa comme toute la génération décadente, à la conversion, il n'y a qu'un pas, que l'auteur des *Contes chrétiens* franchit au tournant du siècle, guidé par l'exemple de Tolstoï et des romanciers russes :

> Je veux écrire mon roman religieux, depuis l'enfance, pour expliquer de quelle façon j'ai été conduit fatalement à vouloir chercher le repos et la certitude dans le catholicisme.

Journal, *op. cit.*, notation du 1er juillet 1902

EXTRAITS DE LETTRES, COMPTES RENDUS SUR VALBERT

Jules Renard à Wyzewa

Cher Monsieur,

je ferme *Valbert* que j'aime beaucoup. Vous m'en voudriez si je me livrais à un jeu, que vous dites vous-même être un jeu de pédants, et si je vous écrivais les raisons secondaires qui me font aimer votre livre : pureté de la langue, précision dans la nuance, voile sur l'ironie. Tout cela est du talent. Mais j'aime tant votre livre, parce qu'il est aussi peu que possible d'un littérateur. Si vous étiez près de moi, devant une mer magnifique, je n'aurais même pas besoin de parler. Nous nous entendrions sans cela et vous devineriez l'émotion que m'a laissée *Valbert*. Il me semble que soudain nous somme devenus amis, très amis. Vous m'avez empli, pour un temps hélas, le cerveau d'une foule de bonnes choses que je voudrais garder. Voulez-vous lire *L'Écornifleur* ?

Bien des pages qui m'exaspèrent maintenant vous déplairont, mais je suis sûr que vous reconnaîtrez qu'Henri et Valbert sont de la même famille. Cela vous fera plaisir. Et si je me trompe, tant pis. Je ne regretterai pas ce billet, car une minute où l'on est sincère, est d'or.

[...]

Lettre du Jules Renard à Wyzewa, 12 juillet 1893, Bibliothèque Jacques Doucet, MS 6693

Stéphane Mallarmé à Wyzewa

Wyzewa, vraiment, toute une âme native à part, insérée en la suite précieuse des *Contes chrétiens*, que cet imprudent *Valbert* interrompt; comme je vous trouve en ces pages, partout : esprit on le dirait ironique au prix de ne pas l'être et par la terrible simplicité. Parce que vous dites les choses avec netteté jusqu'à scander, il y a, dans tout cela, un chant presque trop juste, pervers et que j'adore. Rarement quelqu'un a fait donner cela au texte. Au revoir, on ne s'écrit pas, rien qu'un serrement de main ; tardif, tant j'ai crié mon goût pour ce livre, que je relirai bien une fois, tantôt, à Valvins.

Votre S. M.

Lettre inédite, citée par Paul Delsemme, *Teodor de Wyzewa...*, *op. cit.*, p. 48-49

Jacques-Émile Blanche à Wyzewa

Au moment de la parution de *Valbert*, Teodor de Wyzewa et le peintre sont déjà brouillés, ce qui explique le ton distant de la lettre. Remarquons cependant que Jacques-Émile Blanche rappelle, entre les lignes, qu'il fut le compagnon et confident de Wyzewa à Bayreuth en 1889. On peut donc penser qu'une partie des confidences de Valbert au narrateur, Teodor peut les avoir faites à son ami d'alors.

Mon cher ami

Je vous remercie infiniment de m'avoir envoyé votre *Valbert*. Je l'ai lu avec le plus grand intérêt et le plus vif plaisir. Vous savez combien et pourquoi votre personnage m'est tout particulièrement cher.

J'espère que vous allez nous donner beaucoup d'autres livres, pour notre grande joie, à nous tous, ceux qui admirons votre esprit et votre talent,

Bien cordialement, vôtre J.-É. Blanche

Lettre de Jacques-Émile Blanche à Wyzewa, 21 juillet 1893, Fonds Doucet, MS 6757

EXTRAITS DE COMPTES RENDUS

Mathias Morhardt

C'est à Bayreuth, après le premier acte des *Maîtres Chanteurs*, que M. Teodor de Wyzewa a rencontré ce chevalier Valbert, un soir d'août 1888. Tout de suite, ils ont éprouvé l'un pour l'autre une véritable sympathie, un peu ironique peut-être, de la part de M. de Wyzewa puisqu'aussi bien il ne nous parle point de lui, mais, mémorialiste fidèle, il se borne à nous conter délicieusement les aventures de cœur de son nouvel ami.

Certes, dans le cadre finement malicieux où l'auteur a placé la série des expériences sentimentales du chevalier Valbert, il y a, souvent, plus d'émotion qu'on en a voulu laisser voir. Aussi prennent-elles une physionomie spéciale, étrangement attendrissante, ces petites histoires qui constituent l'éternel et naïf apprentissage de l'amour. Depuis l'époque si lointaine où, tout enfant, le chevalier s'éprend avec tant d'ardeur de sa franche amie Mlle Irène, jusqu'au jour où « du seul amour véritable » il aime sa fiancée Alice, il semble avoir accompli toutes les étapes nécessaires d'un cœur généreux et passionné. Et pourtant, c'est une tendresse nouvelle qu'il dédie à sa fiancée. Presque mort de la phtisie qui va l'emmener, c'est dans son cœur encore que le pauvre chevalier trouve l'impérissable énergie de sa confiance en l'amour, de sa foi en la rédemption par l'amour.

Il y a, dans l'autobiographie du chevalier Valbert, mille détails ingénieux et délicats qui susciteront, chez quelques âmes sentimentales de notre époque, une indéfectible sympathie. Et il y a aussi dans ces histoires fuyantes, où le ton a gardé quelque chose de la discrétion que commande le souvenir d'une meurtrissure toute récente, un charme élégant et fin qui est l'artistique contribution du conteur. N'est-ce point assez de tout cela pour faire de *Valbert* un livre d'une précieuse mélancolie ?

« Les livres », *L'Idée libre*, 10 août 1893, p. 184-185

Émile Faguet

C'est une étude plutôt qu'un roman que le *Valbert* de M. Teodor de Wyzewa, une étude extrêmement minutieuse et subtile d'âme extrêmement moderne. C'est l'histoire d'un sentiment effréné.

Vous avez entendu parler de ce monsieur qui quittait sa maîtresse, très aimée, pour aller lui écrire. Ce monsieur était un sentimental.

Le propre du sentimental, c'est de ne pouvoir s'accorder avec la réalité, même qui lui agrée, et s'adapter à la réalité, même qui lui est chère. Il y a toujours discordance entre sa pensée et l'objet même de sa pensée.

Cela vient, on ne sait trop de quoi, mais peut-être, comme le croit M. de Wyzewa, d'un certain déplacement intérieur. Ces hommes-là portent leur cœur dans leur cerveau. « Ce que j'ai, c'est un cerveau amoureux, » dit très finement le héros de M. de Wyzewa. Dans ces conditions, on est infiniment porté et infiniment inapte aux expériences sentimentales. Toutes celles de Valbert sont autant de déceptions extraordinairement cruelles, depuis ses essais d'amitié jusqu'à ses essais d'amour. Elles sont condamnées à mort en naissant, et à une mort prompte.

D'autant plus, et cela est très bien observé, qu'elles ont toutes pour objets les personnes ou les plus vulgaires par elles-mêmes ou placées dans les conditions les plus vulgaires. La principale cause des erreurs du sentimental, c'est que, comme c'est son rêve qu'il aime, il le place, au hasard de la vie, sur n'importe quelle tête, et s'étonne après cela que l'être sur lequel il l'a placé ne soit pas de force à le soutenir. Rien n'est plus naturel [...].

Valbert a l'amour de l'escalier, comme Rousseau avait l'esprit de l'escalier. Il aime rétroactivement : « il éprouve toujours trop tard, et quand enfin il reste seul après une rencontre, les sentiments qu'il aurait dû éprouver pendant cette rencontre ». Je le crois bien. Il ne sent pas : à proprement parler, il rêve le sentiment.

Revue Bleue, 2 sept. 1893, p. 316-317

Georges Pellissier

Les récits d'un jeune homme que M. Teodor de Wyzewa nous fait sous le titre de *Valbert* ne sont aussi que des chapitres détachés sans lien apparent les uns avec les autres, et, comme le journal d'Émilie, ils ont pour sujet l'amour. Mais là s'arrête la ressemblance, et rien de plus pur que l'intention dans laquelle on nous raconte les divers pèlerinages du chevalier Valbert, voire celui qu'il fait avec une fille de brasserie. Interrogé sur ce que c'est que l'amour et n'ayant pas une réponse toute préparée à cette question indiscrète, Valbert se tire d'affaire, non pas comme c'est l'usage dans un cas pareil, en éblouissant son interlocuteur des plus poétiques métaphores, mais en lui narrant avec candeur les principaux épisodes de son apprentissage amoureux. Il n'a pas moins de sept récits à faire, et cette réponse en sept chapitres à la très brève question qu'on lui pose ne peut nous apprendre ce qu'est l'amour, mais seulement que l'amour n'est point, car aucune femme qu'il a successivement aimées, qu'il a cru aimer, n'a satisfait les aspirations de son cœur, pas même la dernière, cette créature idéale de ses rêves, cette parfaite et divine Amie que son imagination fervente avait parée de toute vertu comme de toute beauté. Ne nous plaignons pourtant pas : d'abord il faudrait avoir l'esprit très enfoncé dans la matière pour être insensible au charme rare et précieux de ces récits, à leur distinction sentimentale, à leur délicatesse psychologique ; ensuite, le livre se termine par un épilogue dans lequel Valbert a enfin la révélation de l'amour. Vous vous tromperiez en croyant qu'Alice, la jeune fille auprès de laquelle il trouve le bonheur d'aimer, soit une merveille unique en son genre ; non, il y aurait là quelque chose de trop décourageant ; elle est, nous dit l'ami du chevalier, assez banale et point jolie : mais Valbert l'aime, et que faut-il davantage ? Valbert n'est plus le même homme. Nous l'avons connu jadis comme un « intellectuel », et c'est cet intellectualisme qui lui interdisait la félicité du véritable amour. Une conversion miraculeuse s'est opérée en lui. « Toutes mes misères, dit-il, m'étaient venues de ce que j'avais toujours pensé à moi-même (car l'intellectualisme est forcément égoïste) « tandis que le secret du bonheur est de ne penser qu'à autrui, ou plutôt le secret du bonheur est de ne point penser, car le premier et le dernier résultat de la pensée est de nous convaincre de notre existence et de la non-existence des autres, tandis qu'il n'y a point de bonheur pour qui n'est point convaincu de l'existence des autres et de sa non-existence ». *Der reine Thor, durch Mitleid wissend.* L'imbécile qui a le cœur pur et qui trouve toute science dans la compassion, voilà l'homme vraiment heureux [...].

Peut-être M. de Wyzewa paraîtra-t-il bien sévère à la « pensée » ; c'est se faire d'ailleurs beau jeu que de la symboliser en ce détraqué de Valbert. Les sept premiers chapitres du livre nous montrent le chevalier comme un maniaque assez dangereux. J'ajouterai que, dans le huitième, après l'enfoncement du clou, il cesse d'être dangereux, mais ne cesse pas tout à fait d'être maniaque.

Revue littéraire, *Revue Encyclopédique*, 15 sept. 1893, p. 540-541 (« la Revue »)

Pierre Quillard

[...] autant les conclusions où nous voudrait insidieusement obliger M. de Wyzewa semblent contestables, voire dangereuses, autant, dussé-je lui faire peine en tenant compte de pareilles futilités, on trouvera de charme aux récits pris en eux-mêmes. Cela se lit comme les Mémoires du dix-huitième siècle, j'entends ceux qui sont écrits en bonne prose. Et n'est-ce point une joie, quand le jargon nous envahit chaque jour, de rencontrer un tel livre de libertinage élégant et attendri ? Mais le ton seul et la pureté de la langue rappellent les époques mortes : les épisodes et les images sont d'un homme qui aurait beaucoup fréquenté Henri Heine, Tourguéneff et toutes les littératures du Nord. M. de Wyzewa accomplit constamment ce miracle de séduire par toutes les grâces qu'il renie ; et je connais nombre de gens qui entreraient avec joie dans une communauté essénienne où tout le monde parlerait comme le chevalier Valbert.

« Teodor de Wyzewa », *Mercure de France*, sept. 1893, p. 25-28

Lucien Muhlfeld

[...] sa littérature manque de nécessité. Son lamentable Valbert est petit parent d'Adolphe et de Dominique. Sans vertus à lui propres, il a quelques-unes des qualités de ses glorieux ancêtres. Ce qui le caractérise, c'est la compréhension, l'impuissance et la vanité. Ces caractères sont certes très d'aujourd'hui, et un type qui en serait définitivement marqué deviendrait tôt classique. Le Valbert de M. de Wyzewa n'est qu'un cas particulier, mal émouvant et surtout ennuyeux.

Valbert est guéri par l'amour : « Le secret du bonheur est de ne penser qu'à autrui, etc. » Eh bien, c'est ça. Avez-vous lu Baruch ? Fréquentez-vous l'auteur, d'ailleurs anonyme, de *L'Imitation de Jésus-Christ* ? Savez-vous que c'était un grand génie ? »

« Chronique de la littérature », *La Revue blanche*, octobre 1893, (t. II), p. 249-250

Bernard Lazare

M. Teodor de Wyzewa, qui fut un symboliste et qui est demeuré un esthète est maintenant un tolstoïsant, mais un tolstoïsant à la fois inquiet et sceptique, paraissant ne croire qu'à demi aux conseils qu'il donne et que, tout le premier, il aimerait à suivre.

Dans de petites brochures de propagande qu'illustrerait un Jésus édulcoré, il est parti en guerre contre l'égoïsme intellectuel, sentimental ou artistique, qui sévit encore parmi les byzantins de la littérature ; il a eu des paroles acerbement élégantes contre les défenseurs de l'art pour l'art et de la divinité du versificateur, conter les prêtres de l'artiste idole, maître et roi.

Mais, dans l'ardeur de sa croisade, M. de Wyzewa est allé trop loin. S'il est bon de lutter contre les Valbert qui se complaisent uniquement au jeu de leurs facultés, abusant d'eux-mêmes et des autres, il est excessif d'en rendre responsables la science et le savoir, de dénoncer la malignité de l'esprit et le danger de l'intelligence [...].

L'explication de cette attitude, de cette animosité contre la Sophia éternelle, est que, sans doute, M. de Wyzewa a souffert de l'intellectualisme égoïste. Critique délicat et sensitif, écrivain gracieux et paradoxal, il n'a voulu abandonner les Sorbonnes que pour aller à l'extrême, vers « l'imbécile qui a le cœur pur » dont parle *Parsifal.* Il reviendra un jour là-dessus, car il est d'intelligence trop compréhensive, trop fine et trop subtile, pour pouvoir goûter le bonheur du sot. Ce jour-là, le chevalier Valbert ressuscité reconnaîtra que, si jadis il méprisait la science et l'art, s'il les considérait comme divinités malfaisantes, c'est parce qu'il souffrait de posséder l'esprit qui goûte et explique et non celui qui crée.

Figures contemporaines, Paris, Perrin et Cie, 1895, p. 175 à 178

Henry Bordeaux

[...]. Une douloureuse crise morale se pressent à travers les lignes toutes palpitantes d'humanité : une satiété d'avoir réfléchi, une désespérance de la pensée d'avoir heurté vainement toutes les parois de l'incertitude où elle est emprisonnée, peut-être une souffrance plus grave du cœur ne trouvant dans chacune de ses amours endolories que la projection de son propre sentiment, incapable de se renoncer lui-même et condamné à l'éternelle solitude et à l'éternel désir. Nous l'avons entendu proclamer tout à l'heure les souveraines puissances de la Pensée créatrice, et faire de la poésie un temple très hautain, « un autel rare de la joie dernière » ; le voici maintenant qui dénonce l'inutilité de la science stérile, le bienfait de l'ignorance bonne et pitoyable, et qui murmure avec saint Mathieu : « Si vous ne cessez pas d'être tels que vous êtes pour devenir pareils à des enfants, vous n'entrerez pas dans le royaume des cieux ». [...] Son amour nouveau de la simplicité et de l'ignorance a pour racines profondes l'abus de la raison et la lassitude des subtiles métaphysiques, et cela devait être dit [...].

Valbert est écrit avec toute la sincérité d'un esprit souffrant; une telle inquiétude y palpite, un si frissonnant désir d'apporter au cœur altéré la consolation de l'amour tant aimé, que le cœur se prend involontairement à cette musique des phrases, et qu'on mêle aux pensées et aux rêves de Valbert ses propres songeries et ses propres idées. L'écriture y est parfois un peu terne, un peu monotone, un peu grise, indécise comme cette pauvre âme qui ne peut aimer et qui est organisée pour l'amour. Cette œuvre est une de celles où l'auteur nous parle le plus cœur à cœur, où il jette le plus de lui-même et de son inquiétude cérébrale; elle trouble immensément, elle torture immensément par le spectacle de cette âme qui se dévore elle-même et qui ne découvre qu'au frôlé de la mort le mystérieux secret de l'existence.

Téodor de Wyzewa Le Salut par l'ignorance, Genève, Ch. Eggimann et Cie, 1894

BIBLIOGRAPHIE SÉLECTIVE

PRINCIPALES ŒUVRES DE WYZEWA[1]

Romans, contes, livres de souvenirs et ouvrages inédits

Contes chrétiens. Le Baptême de Jésus, ou les quatre Degrés du scepticisme, Paris, Perrin, 1892, 68 p.

Contes chrétiens. Les Disciples d'Emmaüs, ou les Étapes d'une conversion, Paris, Perrin, 1893, 115 p.

Valbert ou les Récits d'un jeune homme, Paris, Perrin, 1893, 296 p.

Contes chrétiens, Paris, Perrin, 1902, 279 p. (éd. augmentée de *Barsabas ou le Don des langues, Conte pour le jour de la Pentecôte*, paru dans *Revue des Deux Mondes*, 1er août 1901 et *Le Fils de la veuve de Naïm, ou la Mort et l'amour, conte pour le jour des Morts*, paru dans *Revue des Deux Mondes*, 1er nov. 1901)

Ma Tante Vincentine, Paris, Perrin, 1913, 372 p.

Le Cahier rouge ou les Deux Conversions d'Étienne Brichet, Paris, Perrin, 1917, 342 p.

Journal, 1902-1909, Bibliothèque Jacques Doucet, cote B-III-5 MS 9.119 à MS 9.130

Articles et essais de critique littéraire et générale (1885-1900)

*La plupart des essais sur le symbolisme et la littérature fin-de-siècle ont été repris, légèrement remaniés pour certains, dans

1 Pour une bibliographie détaillée, nous renvoyons à l'appendice qui accompagne l'ouvrage de Paul Delsemme, *Les Publications de Teodor de Wyzewa. Essai de bibliographie méthodique*, Bruxelles, Presses Universitaires de Bruxelles, 1967. En reprenant le classement de Delsemme, sans les traductions, nous nous limitons à signaler, pour chaque catégorie, les œuvres les plus significatives dans la perspective d'une redécouverte, autour de *Valbert*, de la contribution de Wyzewa à l'évolution de la pensée symboliste. Nous nous restreindrons également aux études originales de Wyzewa, sans mention aux nombreux comptes rendus d'ouvrages, souvent substantiels et développant une pensée originale.

Nos Maîtres. Études et portraits littéraires, Paris, Perrin, 1895, 368 p. Nous en donnons ici les références originales.

«Le Pessimisme de Richard Wagner», *Revue Wagnérienne*, 8 juillet 1885, p. 167-170, repris dans *Nos Maîtres* (avec de nombreuses variantes)
«La Religion de Richard Wagner et la religion du comte Léon Tolstoï», *Revue Wagnérienne*, 8 octobre 1885, p. 237-256
«La philosophie de M. Renan, à propos du Prêtre de Némi», *Revue Contemporaine*, décembre 1885, p. 423-439, repris dans *Nos Maîtres*
«Notes sur la peinture wagnérienne. Le Salon de 1885», *Revue Wagnérienne*, 8 mai 1886, p. 100-113, repris dans *Nos Maîtres*
«Notes sur la littérature wagnérienne et les livres en 1885-1886», *Revue Wagnérienne*, 8 juin 1886, p. 150-171, repris dans *Nos Maîtres*
«Le Comte de Villiers de l'Isle-Adam», notes. *Revue Indépendante*, décembre 1886, p. 260-290, repris dans *Nos Maîtres*
Mallarmé. Notes, Paris, Vanier, 1886 (Publication de *La Vogue*), repris dans *Nos Maîtres*
«Les Livres», «Notes sur Mallarmé», *Revue Indépendante*, février 1887, p. 150-155, repris dans *Nos Maîtres*
«La Suggestion et le spiritisme», *Revue Indépendante*, février 1887, p. 201-223, repris dans *Nos Maîtres*
«M. Leconte de Lisle», *Revue Indépendante*, avril 1887, p. 69-85
«Les Paysans de M. Zola», *Revue Indépendante*, décembre 1887, p. 371-403
«Frédéric Nietzsche, le dernier métaphysicien», *Revue Bleue*, 7 nov. 1891, p. 586-592
«Albert ou le vrai Surmenage, conte pour les mauvais élèves», *Le Figaro*, 7 août 1892, repris dans *Nos Maîtres*
«M. Stéphane Mallarmé», Le *Figaro*, 8 décembre 1892, repris dans *Nos Maîtres*
«D'un avenir possible pour notre chère littérature française», *Mercure de France*, juillet 1893, p. 193-202
«Le Premier Chrétien». *Conte de Noël*, *La Revue hebdomadaire*, déc. 1893, p. 606-616
«La Dernière œuvre de Frédéric Nietzsche», *Le Temps*, 5 décembre 1894
«Propos de table de Schopenhauer», *Le Temps*, 28 novembre 1894
«Du rôle de la critique dans la littérature de ce temps», *Revue Bleue*, 28 avril 1894, p. 537-540
«Écrivains étrangers», Paris, Perrin, 3 séries :1896 (333 p.); 1889 (364 p.); 1900 (331 p.)
«Une interview de Schopenhauer», *Le Temps*, 20 septembre 1899
Le Roman contemporain à l'étranger, Paris, Perrin, 1900, 329 p.

Essais de critique picturale

Les Grands Peintres de la France, Paris, Firmin-Didot, 1890, en coll. avec Xavier Perreau, 190 p.

Les Grands Peintres de l'Allemagne, de la France (période contemporaine), de l'Espagne et de l'Angleterre, suivi de l'histoire sommaire de la peinture japonaise, Paris, Firmin-Didot, 1891, en coll. avec Xavier Perreau, 578 p.
Peintres de jadis et d'aujourd'hui. Les Peintres de la vie du Christ, la peinture primitive allemande, la peinture suisse, quelques figures de femmes peintres, deux préraphaélites, Puvis de Chavannes, P.-A. Renoir, Paris, Perrin, 1903, 392 p.
Les Maîtres italiens d'autrefois. Écoles du Nord, Paris, Perrin, 1903, 356 p.

Essais de critique musicale

« La Musique descriptive ». *Revue Wagnérienne* (article dirigé contre Camille Saint-Saëns), 8 avril 1885, p. 74-77
Beethoven, de Richard Wagner, Analysé et traduit par Teodor de Wyzewa, *Revue Wagnérienne*, 8 mai 1885, p. 104-116 ; 8 juin 1885, p. 142-149 ; 8 juillet 1885, p. 182-187 ; 8 août 1885, p. 211-214
Notes sur la musique wagnérienne et les œuvres musicales françaises en 1885-1886. Revue Wagnérienne, 8 juillet et 8 septembre 1886, repris dans *Nos Maîtres*
Beethoven et Wagner, essais d'histoire et de critique musicale, Paris, Perrin, 1898, 269 p. Nouvelle éd. entièrement refondue, Paris, Perrin, 1914, 382 p.
Wolfgang-Amadeus Mozart, sa vie musicale et son œuvre, de l'enfance à la pleine maturité (1756-1777), essai de biographie critique, suivi d'un nouveau catalogue chronologique de l'œuvre complète du Maître, Paris, Perrin, 1912, 2 vol.

Politique, mœurs, histoire de la société

Chez les Allemands. L'Art et les Mœurs, Paris, Perrin, 1895, 244 p.
Le Mouvement socialiste en Europe. Les Hommes et les Idées, Paris, Perrin, 1892, 283 p.
Quelques figures de femmes aimantes ou malheureuses, Paris, Perrin, 1908, 418 p.
Excentriques et aventuriers de divers pays, Essais biographiques d'après documents nouveaux, Paris, Perrin, 1908, 418 p.
La Nouvelle Allemagne, 2 séries, Paris, Perrin, 1915, 316 p. et 1916, *Derrière le front « boche »*, 1916, 296 p.

Études entièrement consacrées à Wyzewa

Bordeaux, Henry, *Teodor de Wyzewa, étude littéraire*, Genève, Eggimann, 1894, 30 p.
Delsemme, Paul, *Teodor de Wyzewa et le cosmopolitisme littéraire en France à l'époque du symbolisme* et *Essai de bibliographie méthodique*, 2 vol., Bruxelles, Presses Universitaires de Bruxelles, 1967, 391 p. et 135 p.
Di Girolamo, Nicola, *Teodor de Wyzewa dal simbolismo al tradizionalismo, 1885-1887*, Bologna, R. Pàtron, 1969, 192 p.
Kopsak, Piotr, *Krytyk artystyczna Teodora de Wyzewy*, Warzawa, Neriton, 2005, 175 p.
Livermann Duval, *Elga, Teodor de Wyzewa : Critic whithout a country*, Genève, Droz, 1961, 173 p.

Sélection de pages consacrées à Wyzewa

ADAM, Paul, « Entre Fichte et Shakespeare », *L'Information*, 21 mai 1917

ALBERTI, Konrad, « La Jeune France », *Entretiens politiques et littéraires*, 10 janvier, 1893, p. 13-22

BARRÈS, Maurice, « L'Esthétique de demain : l'art suggestif », *Die Nieuwe Gids*, octobre 1885, p. 140-149

BERGER, Paul, « Les Disciples d'Emmaüs », *L'Idée libre*, nov.-déc. 1892, p. 112-121

BLANCHE, Jacques-Émile, *La Pêche aux souvenirs*, Paris, Flammarion, 1949, *passim*

BEUCHAT, Charles, *La Revue Contemporaine (1885-1886)*, Paris, Jouve et Cie, 1930, *passim*

BORDEAUX, Henry, *Histoire d'une Vie. I. Paris aller et retour ; II. La Garde de la Maison*, Paris, Plon, 1951, *passim*

BURY, R. de (pseud. Remy de GOURMONT), « Les Journaux. Shakespeare remis au point » ; « Un Allemand en France » ; « Une colonie anarchiste en Angleterre », *Mercure de France*, nov. 1897, t. 24, p. 602-603 et 606-607

« L'art de la traduction », *Mercure de France*, mai 1899 (t. 30), p. 508-511

CHARBONNEL, Victor, « Les Mystiques dans la littérature présente », *Mercure de France*, 1897, p. 151-167

CLOUARD, Henri, *Histoire de la littérature française du symbolisme à nos jours*, t. 1, Paris, Albin Michel, 1947, *passim*

DOUMIC, René, « Teodor de Wyzewa », *Revue des Deux Mondes*, 15 sept. 1917, p. 342-364

DUJARDIN, Édouard, *Mallarmé par un des siens*, suivi de « Le Destin du symbolisme », « Les Premiers poètes du vers libre » et « La Revue Wagnérienne », Paris, Messein, 1936, *passim*

GILLET, Louis, « Teodor de Wyzewa et la Revue Wagnérienne », *Revue des Deux Mondes*, 15 nov. 1934, p. 465-469

GOURMONT, Remy de, *Promenades littéraires*, troisième série, Mercure de France, 1909, p. 336-342

Promenades littéraires, cinquième série, Mercure de France, 1913, p. 249-250

LAZARE, Bernard, *Figures contemporaines*, Paris, Perrin et Cie, 1895, p. 175 à 177

LORRAIN, Marthe, *Guillaume Lekeu, sa correspondance, sa vie et son œuvre*, Liège, Printing et Cie, 1923, *passim*

RECOLIN, Charles, « Teodor de Wyzewa », *Revue Bleue*, 12 oct. 1895, p. 469-473

ROCHEFORT, A.-Henry, « Un oublié : Teodor de Wyzewa », *Marginales*, avril 1957, p. 19-28, juillet 1957, p. 10-22.

WYZEWA, Isabelle de, « Teodor de Wyzewa, "Internonce" des lettres salves en France », *Renaissance*, Revue trimestrielle des Hautes Études, New-york, oct.-déc. 1943, vol. 1, p. 615-630

La Revue Wagnérienne. Essai sur l'interprétation esthétique de Wagner en France, Paris, Perrin, 1934, *passim.*

« Le cas Wyzewa », *in Le Jour*, 2 octobre 1935

Comptes rendus sur *Valbert*

BERGER, Paul, « Une âme contemporaine, M. de Wyzewa », *L'Idée libre*, septembre 1895, p. 444-447

FAGUET, Émile, *Revue Bleue*, 2 sept. 1893, p. 316-317

HALLAYS, André, « M. Teodor de Wyzewa », *Journal des débats*, 16 juillet 1893

MORHARDT, Mathias, *Les Livres*, *L'Idée libre*, 10 août 1893, p. 183-184

MUHLFELD, Lucien, *La Revue Blanche*, octobre 1892, t. II, p. 249-250

PELLISSIER, Georges, *Revue littéraire in Revue encyclopédique*, 15 septembre 1893 (partie Revue), col. 540-541

QUILLARD, Pierre, « Teodor de Wyzewa », *Mercure de France*, sept. 1893, p. 21-25

OUVRAGES PORTANT SUR LA PÉRIODE SYMBOLISTE

Souvenirs, témoignages et essais contemporains du symbolisme

AJALBERT, Jean, *Mémoires en vrac. Au temps du symbolisme (1880-1890)*, Paris, Albin Michel, 1938

GOURMONT, Remy de, « Le Symbolisme », Le *Chemin de velours, nouvelles dissociations d'idées* (1902), Éditions du Sandre, 2008

« Dernières conséquences de l'idéalisme », *La Culture des Idées* (1900), Paris, Mercure de France, 1910

HURET, Jules, *Enquête sur l'évolution littéraire* (1891), Paris, Corti, 1999

KAHN, Gustave, *Symbolistes et décadents* (1901), Genève, Slatkine reprints, 1977

Les Origines du symbolisme, Paris, Messein, 1936

MORÉAS, Jean, « Le Symbolisme », *Le Figaro littéraire*, 18 septembre 1886

MORICE, Charles, *La Littérature de tout à l'heure*, Paris, Perrin et Cie, 1889

REYNAUD, Ernest, *La Mêlée symboliste*, Paris, La Renaissance du livre, 1918

RÉGNIER, Henri de, *Figures et caractères*, Paris, Mercure de France, 1901

VALÉRY, Paul, *Existence du symbolisme*, Maestricht, Stols, 1939

VALLETTE, Alfred, « Les Symbolistes », *Le Scapin*, 16 octobre 1886

Études critiques ultérieures

BIÉTRY, Roland, *Les Théories poétiques à l'époque symboliste (1883-1896)*, Bern, Peter Lang, 1988

CITTI, Pierre, *Contre la Décadence. Histoire de l'imagination française dans le roman. 1890-1914*, Paris, P.U.F., 1987

La Mésintelligence. Essai d'histoire de l'intelligence française du symbolisme de à 1914, Saint-Étienne, Les Cahiers intempestifs, 2000

DÉCAUDIN, Michel, *La Crise des valeurs symbolistes. Vingt ans de poésie française, 1895-1914*, Toulouse, Privat, 1960

LEBLANC, Cécile, *Wagnérisme et création littéraire en France*, Paris, H. Champion, 2005

MICHAUD, Guy, *Message poétique du symbolisme et La Doctrine symboliste*, 2 vol., Paris, Nizet, 1947

Le Symbolisme tel qu'en lui-même, avec la collaboration de Bertrand Marchal et Alain Mercier, Paris, Nizet, 1995

ILLOUZ, Jean-Nicolas, *Le Symbolisme*, Paris, Le Livre de Poche, « références », 2004

JENNY, Laurent, *La Fin de l'intériorité. Théorie de l'expression et invention esthétique dans les avant-gardes françaises (1885-1935)*, Paris, P.U.F, 2002

JOURDE, Pierre, *L'Alcool du silence. Sur la décadence*, Paris, H. Champion éd., 1994

MALINOWSKI Wiesław M., *Le Roman du symbolisme*, Poznań, Wydawnicto Naukowe, UAM, 2003

MARCHAL, Bertrand, *La Religion de Mallarmé, Poésie, mythologie et religion*, Paris, Corti, 1988

Lire le Symbolisme, Paris, Dunod, 1993

PALACIÓ, Jean de, *Figures et formes de la décadence*, Paris, Séguier, 1994

Le Silence du texte : poétique de la décadence, Louvain, Peeters, 2003

POUILLIART, Raymond, « Problèmes du roman symboliste », *Revue de l'Université de Bruxelles*, 1974, n 3-4, p. 334-356

PRZYBÒS, Julia, *Zoom sur les décadents*, Paris, Corti, 2002

RIVIÈRE, Jacques, « Le Roman d'aventure », *Nouvelle Revue française*, 1er mai, 1er juin, 1er juillet 1913 ; Paris, éd. des Syrtes, 2000

SCHIANNO-BENNIS, Sandrine, *La Renaissance de l'idéalisme à la fin du XIXe siècle*, Paris, H. Champion, 1999

STEAD, Evanghelia, *Le Monstre, le singe et le fœtus. Tératogonie et Décadence dans l'Europe fin-de-siècle*, Genève, Droz, 2004

(coll.) BERTRAND, Jean-Pierre ; BIRON, Michel ; DUBOIS, Jacques ; PAQUE, Jeannine, *Le Roman célibataire, d'À Rebours à Paludes*, Paris, Corti, 1996

(coll.), *Schopenhauer et la création littéraire en Europe*, Anne HENRY (dir.), Paris, Klincksieck, 1989

INDEX DES NOMS DE PERSONNES

TABLE DES MATIÈRES

LES RÉCITS DU CHEVALIER VALBERT

Achevé d'imprimer par Corlet,
Condé-en-Normandie (Calvados),
en Février 2023
N° d'impression : 179630 - dépôt légal : Février 2023
Imprimé en France